Un cadeau
empoisonné

Retrouvez toutes les collections **J'ai lu pour elle**
sur notre site :

www.jailu.com

Julie Garwood

Un cadeau empoisonné

Traduit de l'américain par Martine Fages

POUR elle

Titre original :
The Gift
An original publication of Pocket Books,
a division of Simon & Schuster

ANGLETERRE, 1802

Le mariage allait tourner au drame et les invités étaient prêts à s'entre-tuer.

Le baron Oliver Lawrence avait pourtant pris le maximum de précautions lorsqu'il avait appris que la cérémonie se déroulerait chez lui, sur ordre du roi. Il s'occupait de ses invités en attendant l'arrivée de George III d'Angleterre et s'acquittait de cette tâche sans grand enthousiasme. Mais l'ordre était venu du monarque en personne et Lawrence, en sujet loyal et obéissant, s'était immédiatement incliné. De leur côté, les Winchester et les St James avaient violemment protesté, mais le roi était resté inflexible : Lawrence était le seul pair du royaume qui fût en bons termes avec les deux clans ennemis. Plus pour longtemps car, à ce moment même, il était persuadé de vivre ses derniers instants. Le roi s'était imaginé que ses invités sauraient se tenir en terrain neutre...

Mais il suffisait de voir l'ardeur meurtrière qui les animait tous : une parole trop vive, un geste mal interprété et cela se terminerait dans un bain de sang. La haine se lisait sur tous les visages. Les deux clans étaient séparés par l'évêque en tenue de cérémonie. Le regard fixé droit devant lui, l'ecclésiastique tambourinait nerveusement sur les accoudoirs de son fauteuil et soupirait douloureusement de temps à autre. Un silence lourd comme une chape de plomb pesait sur le grand hall d'honneur.

Désespéré, Lawrence comprit que l'évêque ne lui serait d'aucun secours. Les futurs mariés attendaient dans des chambres séparées au premier étage. Ils descendraient – de gré ou de force – dès que le roi serait là. Il faudrait alors s'en remettre à la Providence car, dès cet instant, les passions se déchaîneraient.

De sinistres augures planaient sur cette journée. Lawrence avait dû renforcer la garde royale avec ses propres soldats. Présence pour le moins insolite un jour de noces. Mais que dire de ces invités armés jusqu'aux dents ! Les Winchester pouvaient à peine se déplacer sous le poids de leurs armes. Une telle arrogance laissait planer des doutes sur leur loyauté. Pourtant, Lawrence devait reconnaître que leur colère était justifiée : George III était fou à lier.

Tout le monde savait qu'il avait perdu la tête, mais personne n'osait le dire tout haut et chacun se voilait peureusement la face. Ce mariage absurde suffisait à convaincre les plus sceptiques que leur souverain avait le cerveau dérangé. Le roi avait confié à Lawrence sa volonté de réconcilier ses sujets et le baron était resté muet devant l'enfantillage du stratagème.

Mais malgré sa démence, George III était leur roi, et l'insolence de ses hôtes était intolérable. Chez les Winchester, deux vétérans caressaient ostensiblement le pommeau de leurs épées. Belliqueux de nature, les St James furent prompts à s'en apercevoir et avancèrent d'un pas. Aucun d'entre eux n'était armé mais leur sourire cruel fit frémir le baron.

Les Winchester étaient six fois plus nombreux que les St James. Mais une solide réputation précédait ces derniers. Une véritable légende s'était créée autour de leurs frasques : on racontait qu'ils avaient arraché les yeux d'un homme qui les avait regardés de travers ; ils prenaient un malin plaisir à faire souffrir leurs adversaires et personne n'osait songer au sort effroyable qu'ils réservaient à leurs ennemis.

L'attention de Lawrence fut détournée par un brouhaha venant de la cour du château. Le conseiller personnel du roi, l'austère sir Roland Hugo, gravit les marches en toute hâte. Le costume rouge et blanc qu'il avait revêtu pour la circonstance accentuait sa corpulence et le faisait ressembler à un chapon dodu.

Les deux hommes étaient amis et se donnèrent l'accolade. Puis Hugo souffla à voix basse :

— Je précède le roi d'une lieue. Il nous reste quelques minutes avant que Sa Majesté n'arrive.

— Dieu soit loué ! répondit Lawrence en s'épongeant le front.

Hugo lança un coup d'œil par-dessus l'épaule du baron et hocha la tête.

— Quel silence de mort ! murmura-t-il. Vous n'avez pas eu trop de mal à distraire les invités ?

— A les distraire ? répéta Lawrence sarcastique. Hugo, c'est un sacrifice humain qu'il faudrait offrir à ces barbares !

— Dieu merci, votre sens de l'humour vous aide à surmonter cette atroce comédie.

— Je ne plaisante pas, répondit sèchement le baron.

Nous frôlons le drame. Les Winchester n'ont pas amené de présents dans leurs bagages, mon ami. Par contre, ils sont armés jusqu'aux dents. Parfaitement ! Ils ont catégoriquement refusé de quitter leur arsenal et semblent d'humeur chatouilleuse.

– C'est ce que nous allons voir, grommela Hugo. La garde royale les désarmera en moins de deux. Que Dieu me damne ! Jamais je ne laisserai entrer Sa Majesté dans des lieux aussi hostiles. Nous ne sommes pas venus pour nous battre, tudieu ! mais pour unir ces jeunes gens.

Ses menaces portèrent leurs fruits. Les Winchester obéirent aux injonctions furibondes du conseiller royal et leurs armes s'amoncelèrent en tas dans un coin du hall d'honneur. Les quarante soldats qui vinrent encercler les invités y étaient sans doute pour quelque chose. Sous la menace des arbalètes, les St James tendirent les quelques armes qui se trouvaient en leur possession.

S'il survivait à cette rencontre, personne ne croirait le récit que Lawrence en ferait.

Quand le roi d'Angleterre pénétra dans le hall d'honneur, les soldats baissèrent immédiatement leurs arbalètes, mais sans les désarmer.

L'évêque se déplia de son fauteuil pour saluer son roi.

Deux hommes de loi, ployant sous leurs dossiers, suivaient Sa Majesté. Lawrence vint s'agenouiller devant son souverain et prononça son serment d'allégeance d'une voix forte pour inciter ses hôtes à plus de considération.

Le monarque se pencha vers lui avec bienveillance.

– Le roi, défenseur de la patrie, est satisfait de vos

services, baron Lawrence. Ne suis-je pas l'incarnation du royaume, le champion de mon peuple ?

Lawrence s'attendait à cette question. Depuis plusieurs années, le roi s'était mis dans la tête de se faire appeler ainsi et il aimait à se l'entendre répéter.

— Oui, Votre Majesté, vous êtes le défenseur de la patrie, le champion de votre peuple.

— Brave garçon, murmura le roi.

Il tapota amicalement le crâne chauve de sir Lawrence qui rougit d'humiliation. Le roi le traitait comme un jouvenceau.

— Relevez-vous, baron, ordonna le roi, et aidez-moi à superviser cette importante cérémonie.

Lawrence se redressa et retint un sursaut de surprise en constatant combien le roi avait vieilli. George III avait été un beau jeune homme mais les années ne l'avaient pas épargné. Son visage s'était empâté et de grosses poches se dessinaient sous ses yeux fatigués. Sa perruque d'un blanc de neige soulignait son teint ridé et blafard.

Loin de percer les pensées de son vassal, le roi lui sourit. Le regard du souverain rayonnait de bonté et de sincérité et Lawrence eut brusquement honte de lui. George III était un bon roi avant sa maladie. Il avait pour ses sujets la bienveillance d'un père et ne méritait certes pas ce qui lui arrivait.

Le baron vint se placer aux côtés du monarque et se tourna vers ceux dont il craignait la félonie.

— A genoux ! ordonna-t-il d'une voix vibrante de colère.

Tous s'agenouillèrent.

Eberlué par cette autorité, Hugo regarda Lawrence qui n'en revenait pas lui-même.

Cette manifestation de fidélité unanime enchanta le roi.

– Baron, ordonna-t-il. Allez me quérir les futurs époux. Il se fait tard et nous avons encore beaucoup de choses à voir.

Lawrence s'inclina et George se tourna vers sir Hugo.

– Il n'y a pas une femme parmi les invités ! Hugo, qu'est-ce que cela veut dire ?

Hugo ne put se résoudre à dire la vérité : ces hommes avaient laissé leurs épouses à la maison car ils avaient la ferme intention de se battre. Mais une réponse franche aurait heurté le roi.

– Oui, défenseur de la patrie, répliqua Hugo, j'ai moi aussi remarqué leur absence.

– Pourquoi cela ? s'entêta le roi.

Hugo se creusa désespérément la cervelle pour trouver une raison plausible et chercha du secours auprès de son ami.

– Pourquoi, Lawrence ? lança-t-il lâchement.

Le baron sentit la panique dans la voix d'Hugo et fit bravement face.

– Le voyage était trop fatigant pour de si... faibles femmes, prétexta-t-il d'une voix étranglée.

Le mensonge était énorme. Tous ceux qui connaissaient les Winchester savaient pertinemment que leurs femmes étaient bâties comme des chevaux de trait. Seul le roi George III avait dû oublier ce détail car il parut se contenter de cette explication.

Le baron jeta un regard furibond aux Winchester qui l'avaient contraint à mentir et sortit de la salle d'honneur.

Le futur marié apparut en premier. Tous s'écartèrent pour laisser passer le marquis de St James.

Grand et dégingandé, il marchait lentement avec l'air hautain du guerrier qui passe ses troupes en revue. Lawrence lui trouva la beauté arrogante du jeune Alexandre le Grand. Sous une abondante chevelure auburn, d'immenses yeux verts mangeaient son visage anguleux. Il avait eu le nez cassé lors d'un combat dont il était sorti vainqueur. Loin de déparer son profil, cela lui conférait une beauté virile et sévère.

Nathan, comme l'appelaient ses amis, était l'un des plus jeunes pairs du royaume. Il avait à peine quatorze ans. Le gouvernement venait de charger son père, le tout-puissant duc de Wakersfield, d'une mission très importante à l'étranger, ce qui l'empêchait d'assister au mariage de son fils. En réalité, le duc ignorait tout de cette cérémonie et le baron redoutait sa réaction lorsqu'il viendrait à l'apprendre. Fort antipathique en temps normal, le duc était démoniaque si on le provoquait. Chef incontesté du clan St James, il valait à lui seul tous les Winchester.

Malgré son inimitié pour le duc, Lawrence estimait Nathan. Il avait rencontré le jeune garçon à plusieurs reprises et il éprouvait du respect pour cet adolescent qui, à l'aube de ses quinze ans, savait déjà mener sa barque. Il le plaignait aussi car jamais il ne l'avait vu sourire.

Les St James appelaient le jeune marquis « petit ». Pour ces guerriers, il n'avait pas encore fait ses preuves. Toutefois, pas un ne doutait de ses chances d'accéder un jour à la redoutable confrérie. Le garçon avait l'étoffe d'un chef, et sa taille en imposait déjà. Ce serait un géant, mais ses oncles espéraient surtout qu'il serait aussi maléfique que le reste de la famille. Il était des leurs et un lourd héritage devait lui échoir un jour.

Tout en traversant le grand hall, le jeune marquis gardait les yeux fixés sur le roi d'Angleterre. Le baron l'observait attentivement. Il savait que ses oncles avaient ordonné à Nathan de ne pas s'agenouiller devant son roi, sauf si ce dernier le lui enjoignait.

Mais Nathan mit un genou en terre et, la tête baissée, il prononça d'une voix ferme son serment d'allégeance. Lorsque le monarque lui posa la traditionnelle question, l'ébauche d'un sourire vint adoucir le visage de l'adolescent.

– Oui, monseigneur, répondit-il courtoisement. Vous êtes le défenseur de la patrie.

L'admiration du baron pour le marquis en fut décuplée. Le roi sourit placidement tandis que les St James échangeaient des regards furibonds. Les Winchester, en revanche, jubilaient. Soudain Nathan se redressa avec souplesse. Il fit volte-face et jeta un regard glacial aux Winchester. Pétrifiés, ils finirent par piquer du nez et, alors seulement, l'adolescent se retourna vers le roi. Un grommellement approbateur s'éleva du côté des St James mais le garçon ne leur accorda pas l'ombre d'un regard. Les jambes écartées et les mains dans le dos, il regardait droit devant lui. Son visage n'exprimait que l'ennui.

Admiratif, Lawrence fit un geste amical en direction du jeune marquis qui répondit par un bref signe de tête. Lawrence réprima un sourire. La fierté de cet enfant lui réchauffait le cœur. Défiant les siens, il ignorait avec superbe les conséquences que son geste allait lui attirer. Une bouffée de joie paternelle envahit le baron.

Il gravit les marches de l'escalier et, en arrivant sur le palier, il entendit pleurnicher la mariée. Une voix d'homme irrité interrompit ses gémissements. Le baron frappa à deux reprises avant que le duc de Winchester, père de la mariée, ne lui ouvre la porte. Il était violet de rage.

– Il est temps ! aboya le duc.

– Le roi a été retardé, répliqua le baron.

Avec un geste sec, Winchester poursuivit :

– Entrez, Lawrence, et aidez-moi à lui faire descendre ce maudit escalier. Elle est têtue comme une mule.

Lawrence ne put s'empêcher de sourire devant sa mine déconfite.

– J'ai entendu dire que les filles étaient précoces dans ce domaine.

– Eh bien moi, je l'ignorais ! grommela Winchester. A la vérité, c'est la première fois que je me retrouve seul avec Sara. Je me demande même si elle sait qui je suis. J'ai tout essayé, elle ne veut rien entendre. Comment peut-on être aussi capricieuse ?

Lawrence, qui n'en croyait pas ses oreilles, ne put s'empêcher de lui demander :

– Mais, Harold... Vous avez deux filles plus âgées, si je ne m'abuse. Alors comment...

– Je ne m'en suis jamais occupé, marmonna le duc.

Scandalisé, Lawrence hocha la tête et suivit le duc dans la chambre. La mariée, assise à la croisée de la fenêtre, regardait le paysage. Elle était exquise. Une forêt de boucles blondes encadrait son petit visage angélique. Une couronne de fleurs des champs ceignait son front et son petit nez était constellé de taches de rousseur. De grosses larmes embrumaient ses immenses yeux noisette et ruisselaient sur ses joues.

Elle portait une longue robe blanche bordée de dentelle. Quand elle se leva, sa ceinture brodée tomba à ses pieds.

Son père laissa échapper un juron qu'elle s'empressa de répéter.

– Sara, il est temps de descendre, ordonna le duc d'un ton rogue.

– Non.

Un hurlement de rage emplit la pièce.

– De retour à la maison, je vous ferai payer cher toute cette comédie, mademoiselle. Mordieu ! je vous jure que vous allez le regretter.

Le sens de cette menace absurde échappa au baron, et à plus forte raison à Sara.

Elle dévisageait son père avec un air de défi. Puis elle bâilla bruyamment et alla s'asseoir.

– Harold, cela ne sert à rien de crier, fit remarquer le baron.

– Alors elle va recevoir une bonne correction, marmonna le duc.

La main levée, il se dirigea vers sa fille d'un pas menaçant.

Lawrence s'interposa.

– Vous n'allez pas la frapper ! s'exclama-t-il indigné.

– Je suis son père, vociféra le duc, et je veux qu'elle m'obéisse.

– Et vous, vous êtes mon hôte, Harold, répliqua le baron en élevant la voix.

Il poursuivit plus posément :

– Laissez-moi tenter ma chance.

Lawrence se tourna vers la mariée. La colère de son père ne semblait pas l'émouvoir et elle laissa échapper un nouveau bâillement sonore.

– Sara, il n'y en a plus pour très longtemps, lui dit gentiment le baron en s'accroupissant devant elle.

Il la releva doucement et renoua sa ceinture en la cajolant. Elle bâilla pour la troisième fois.

En réalité la mariée mourait de sommeil et elle se laissa docilement entraîner vers la porte. Soudain elle lâcha la main du baron, courut vers la fenêtre et s'empara d'une vieille couverture, trois fois grande comme elle, qu'elle avait laissée sur le banc.

Evitant soigneusement son père, elle se dépêcha de rejoindre le baron. Le pouce dans la bouche, elle serrait obstinément le morceau de tissu qui la suivait comme une traîne.

Son père tenta de le lui ôter.

Sara se mit à hurler, son père recommença à jurer et le baron sentit un début de migraine lui cogner les tempes.

— Pour l'amour du ciel, Harold, laissez-lui cette couverture !

— Il n'est pas question que je lui laisse cette horreur ! rugit le duc.

— Attendez au moins que nous soyons dans le hall, suggéra le baron.

Le duc dut s'avouer battu. Jetant à sa fille un regard mauvais, il prit la tête de ce cortège improvisé et commença à descendre l'escalier.

De temps en temps, Sara levait vers le baron un regard confiant et lui souriait. Elle était si touchante que Lawrence se surprit à envier Winchester. En bas des marches, les bonnes résolutions de la mariée s'évanouirent dès que son père voulut à nouveau lui retirer sa couverture.

Nathan fit volte-face en entendant tout ce tapage et, les yeux écarquillés, il se demanda s'il ne rêvait pas. Convaincu que son père réduirait à néant ce mariage dès son retour en Angleterre, il n'avait même pas pris la peine de s'enquérir de sa future femme. Ce qui expliquait sa surprise en voyant celle qu'on lui destinait.

C'était le diable en jupons et il eut toutes les peines du monde à conserver son sérieux. Le duc de Winchester criait plus fort que sa fille, mais elle y mettait plus de conviction. Accrochée à la jambe de son père, Sara lui mordait la cuisse à pleines dents.

Nathan sourit, mais les St James, loin d'imiter sa réserve, explosèrent d'un rire tonitruant. Quant aux Winchester, ils contemplaient la scène, sidérés. Le duc, qui avait enfin réussi à se libérer de l'étreinte de sa fille, se battait à présent pour lui arracher sa couverture de cheval en lambeaux. Mais il était loin d'avoir l'avantage.

Le baron Lawrence perdit patience, et empoigna la mariée. Puis il retira d'un geste sec la couverture des mains du duc et déposa sans cérémonie la mariée et sa couverture dans les bras de Nathan.

Le jeune garçon se demandait s'il allait lâcher ou non cet étrange fardeau, quand Sara vit son père s'approcher en boitillant. Elle noua prestement ses bras autour du cou de Nathan, l'aveuglant au passage avec sa couverture.

Sara épiait son père par-dessus l'épaule de Nathan. Puis, lorsqu'elle se sentit en sécurité, elle se retourna pour observer l'étranger qui la tenait dans ses bras.

Pendant d'interminables minutes, elle dévisagea son futur mari qui, suant à grosses gouttes, tentait d'éviter son regard.

Raide comme la justice, il se demanda ce qu'il ferait si elle le mordait lui aussi. Il opta pour l'héroïsme et décida de la laisser faire. Après tout, ce n'était qu'une enfant.

16

Il sentit Sara lui effleurer la joue. Alors seulement, il la regarda et découvrit les plus beaux yeux du monde.

— Papa va me donner une fessée, souffla-t-elle avec une grimace.

Comme il ne réagissait pas, Sara se lassa de l'observer. Ses paupières s'alourdirent et elle se blottit contre son épaule.

— Empêchez papa de me donner une fessée, chuchota-t-elle.

— Promis, répondit-il.

Brusquement promu au rang de protecteur, Nathan perdit son masque d'impassibilité et se mit à bercer sa future femme. Epuisée par le long voyage et par cette scène, Sara frottait avec insistance la couverture contre son petit nez. Quelques secondes plus tard, elle dormait à poings fermés.

Le jeune homme apprit l'âge de sa femme lorsque les hommes de loi commencèrent à lire les termes du contrat de mariage.

La mariée avait quatre ans.

1

Londres, Angleterre. 1816

Cet enlèvement serait un jeu d'enfant.

L'ironie du destin voulait que ce rapt soit en réalité parfaitement légal. La seule entorse à la loi serait une éventuelle effraction, mais cela ne troublait absolument pas Nathanial Clayton Hawthorn Baker, troisième marquis de St James, qui était bien décidé à parvenir à ses fins. Avec un peu de chance, sa victime dormirait profondément. Sinon un bâillon la réduirait au silence.

Il s'emparerait de sa femme coûte que coûte. Nathan, comme l'appelaient ses rares amis, n'avait aucune raison de se conduire en gentleman. Cette qualité lui était d'ailleurs parfaitement inconnue. De surcroît, le temps pressait et, dans six semaines, le contrat de mariage serait caduc.

Nathan n'avait pas revu sa femme depuis quatorze ans. Mais il ne se berçait pas d'illusions. La perle rare n'existait pas, encore moins chez les Winchester. Leurs femmes ne brillaient ni par leur beauté ni par leur esprit. Elles avaient toutes les épaules en portemanteau, et déplaçaient sans grâce des hanches lourdes et épaisses. On racontait aussi qu'elles mangeaient comme quatre.

Nathan n'était guère enthousiasmé à l'idée de s'encombrer d'une épouse, mais il s'y était résigné. Il espérait secrètement remplir les exigences du contrat sans devoir supporter jour et nuit une présence importune.

Nathan avait toujours pris ses décisions seul. Il ne se confiait qu'à Colin, son meilleur ami. Mais cette fois, le jeu en valait la chandelle. Le contrat stipulait qu'une récompense lui serait versée au bout d'un an de vie commune avec lady Sara et la somme en jeu suffisait à vaincre ses répulsions. Cet argent viendrait renflouer les caisses de la compagnie qu'il avait fondée l'été précédent avec Colin. L'Emerald Shipping Company était leur première entreprise régulière et ils étaient bien décidés à réussir. Les deux hommes étaient las de vivre dangereusement. Ils étaient devenus pirates un peu par hasard et s'étaient fort bien débrouillés dans cette profession à hauts risques. Mais ils avaient vite compris qu'ils pouvaient y laisser des plumes. Nathan écumait les mers sous l'identité du terrible Pagan. Il collectionnait un nombre impressionnant d'ennemis et sa tête était mise à prix. Un jour ou l'autre, il serait capturé et l'on découvrirait sa véritable identité. Colin l'avait pressé de mettre un terme à leurs escapades et Nathan avait fini par céder.

Une semaine plus tard, l'Emerald Shipping Company voyait le jour. Les bureaux de la société se trouvaient en plein cœur des docks, et le mobilier se résumait à deux bureaux, quatre chaises et un vieux classeur. L'ancien propriétaire leur en avait fait cadeau après qu'un incendie les eut à moitié carbonisés. Mais le remplacement du mobilier venait en dernier sur la liste de leurs achats. Il fallait avant tout agrandir leur flotte.

Les deux hommes connaissaient les ficelles du métier. L'un et l'autre venaient de la prestigieuse université d'Oxford, mais ils ne s'étaient pas fréquentés à cette époque. Colin était alors toujours entouré d'amis tandis que Nathan affectionnait la solitude. Un lien s'était créé entre eux le jour où les deux hommes avaient été associés à de périlleuses activités relatives aux secrets de l'Etat. Nathan avait mis plus d'un an à faire confiance à Colin. Ils avaient pris des risques inouïs pour leur patrie et s'étaient sauvé mutuellement la vie. Plus tard, ils apprirent que leurs chefs les avaient trahis. Cette révélation bouleversa Colin mais ne surprit nullement Nathan. Cynique et pessimiste de nature, il était rarement déçu. Il aimait la bagarre et laissait à Colin le soin de recoller les morceaux après son passage.

Le frère aîné de Colin, Caine, était duc de Cainewood. Il avait épousé l'année précédente Jade, la sœur cadette de Nathan, renforçant involontairement les liens qui unissaient les deux amis.

Grâce à leurs familles, les deux anciens corsaires étaient conviés à toutes les réceptions de la haute aristocratie. Dans ce milieu huppé, Colin était comme un poisson dans l'eau et toutes les occasions lui étaient bonnes pour se créer sa clientèle. Nathan fuyait ces mondanités comme la peste. En réalité, sa compagnie n'était guère appréciée mais il se moquait bien de sa réputation auprès de ses pairs. Il préférait cent fois la chaleur joviale d'une taverne à l'atmosphère guindée des salons.

Extérieurement, ils étaient comme le jour et la

nuit. Pour taquiner son associé, Nathan soulignait volontiers que le physique avantageux de Colin était leur meilleur atout. Il était en effet très bel homme avec ses yeux bruns et son profil de médaille. Comme son ami, il portait les cheveux longs en souvenir de leur passé de pirate, alors que la bienséance voulait que l'on portât perruque. Mais cette légère entorse à la mode seyait indéniablement à son beau visage régulier. Il était presque aussi grand que Nathan, mais moins carré. Les dames de la Cour lui trouvaient la séduction d'un lord Brummell et elles en étaient folles. Colin boitait légèrement à la suite d'un accident, ce qui ajoutait à son charme.

Nathan, par contre, était moins servi par son physique. Il ressemblait davantage à un guerrier du Moyen Age qu'à un adonis. Alors que Colin nouait ses cheveux en catogan avec un lien de cuir, Nathan laissait flotter les siens sur ses épaules sans se soucier de son aspect désordonné. Bâti comme un colosse, il n'avait pas un pouce de graisse en trop. Ses superbes yeux verts auraient pu lui valoir des succès, mais son regard menaçant terrorisait les femmes.

On prêtait à Colin toutes les qualités et à Nathan tous les vices, alors qu'en réalité leurs caractères étaient très similaires. Tous deux gardaient leurs émotions profondément enfouies en eux. Nathan érigeait sa bougonnerie en barrière contre les importuns tandis que Colin jouait de sa superficialité pour la même raison.

Les trahisons du passé leur avaient appris à porter un masque : Colin souriait, Nathan fronçait les sourcils. Ils ne croyaient plus ni l'un ni l'autre à l'amour désintéressé et aux contes de fées. Ils laissaient cela aux naïfs.

Nathan fit irruption dans le bureau avec l'air furibond qui lui était familier. Colin était nonchalamment renversé dans un fauteuil, les pieds posés sur le rebord de la fenêtre.

– Colin, pourquoi Jimbo a-t-il préparé deux chevaux ? Tu as une course à faire ?

– Tu sais très bien pourquoi ces chevaux sont là, Nathan. Nous allons nous rendre aux jardins de la duchesse pour jeter un coup d'œil à lady Sara. Il y aura une foule d'invités cet après-midi et personne ne nous verra si nous restons sous les arbres.

Nathan se tourna vers la fenêtre.

– J'ai dit non.

– Jimbo s'occupera du bureau.

– Colin, je la verrai ce soir.

– Nom d'une pipe ! Je te dis qu'il faut que tu la voies d'abord.

– Mais pourquoi ? s'enquit Nathan sincèrement perplexe.

– Pour te préparer.

– Tout est fin prêt, fit Nathan en se retournant. Je sais où est sa chambre et que l'accès est libre. J'ai même vérifié si l'arbre sous sa fenêtre supportait mon poids. Le bateau n'attend que nous pour appareiller.

– Alors, tu as songé à tout ?

– Bien sûr, acquiesça Nathan.

– Et que feras-tu si elle ne passe pas par la fenêtre ? demanda Colin en souriant.

Colin avait tapé dans le mille. Nathan, embarrassé, mit quelques secondes avant de répondre :

– La fenêtre est large.

– Ta femme est peut-être plus large encore.

Nathan ne laissa rien paraître de sa terreur et répliqua d'un air détaché :

– Je la ferai rouler en bas de l'escalier.

Colin éclata de rire.

– Tu n'es pas curieux de voir ce qu'elle est devenue ?

– Non.

– Moi si ! conclut Colin. Et comme je ne vous accompagne pas pour votre voyage de noces, je veux satisfaire ma curiosité avant votre départ.

– Il s'agit d'une traversée, pas d'un voyage de noces ! corrigea Nathan excédé. Pour l'amour du ciel, tais-toi, Colin ! Tu sais bien que c'est une Winchester et que nous partons en mer pour l'arracher à sa famille.

– Bon courage, mon vieux ! soupira Colin dont le sourire s'évanouit. Sapristi ! Tu dois coucher avec elle et lui faire un enfant si tu veux avoir la récompense.

Et sans laisser à Nathan le temps de parler, Colin poursuivit :

– Mais nous trouverons bien une solution. La compagnie se débrouillera, avec ou sans cet argent. D'ailleurs, maintenant que le roi a officiellement passé la suite au prince régent, le contrat a toutes les chances d'être annulé. Les Winchester n'ont cessé d'intriguer pour gagner le prince à leur cause. Il te reste une issue.

– Non, répondit solennellement Nathan. J'ai signé ce contrat et un St James doit être fidèle à son serment.

Colin ricana.

– Tu plaisantes ! Tout le monde sait que les St James ne tiennent jamais leur parole. Ils changent d'avis comme de chemise.

Nathan dut s'incliner devant cette évidence.

– Tu dis vrai, reconnut-il. Ecoute-moi, Colin, tu as refusé l'argent que te proposait ton frère et moi je tiendrai mes promesses. C'est une question d'honneur. Que diable ! Ma décision est prise.

Il s'appuya contre la fenêtre et laissa échapper un long soupir.

– Tu vas continuer à me harceler jusqu'à ce que je cède ?

Colin hocha la tête et ajouta :

– Il te faut compter les Winchester pour savoir combien tu devras en affronter ce soir.

Ce n'était qu'un piètre argument.

– Personne ne me mettra de bâtons dans les roues, déclara Nathan d'une voix glaciale.

Son ami ne put réprimer un sourire.

– Je connais tes talents. Epargne-nous simplement un bain de sang.

– Pourquoi ?

– Cela m'ennuierait de le manquer.

– Viens avec moi.

– Je ne peux pas. J'ai passé un marché. Plains-moi ! J'ai promis à la duchesse d'assister au concert de sa fille et en contrepartie elle a invité lady Sara cet après-midi.

Nathan joua les oiseaux de mauvais augure.

– Je parie que son bandit de père lui aura interdit de sortir.

– Elle sera là, riposta Colin. Le duc de Winchester ne voudra pas offenser la duchesse qui lui a expressément demandé de laisser lady Sara se joindre aux festivités.

– Sous quel prétexte ?

– Je n'en ai pas la moindre idée, répliqua Colin. Le temps presse, Nathan.

Celui-ci marmonna un juron et s'éloigna de la fenêtre.

– Bon, alors allons-y.

Colin bondit vers les chevaux avant que son ami n'ait pu revenir sur sa décision.

Tandis qu'ils chevauchaient à travers les rues encombrées de la ville, il interrogea Nathan :

– Comment allons-nous reconnaître lady Sara ?

– Je suis certain que tu as une solution à me proposer, répondit sèchement ce dernier.

– Exactement ! jubila Colin dont la gaieté horripilait Nathan. Ma sœur Rebecca m'a promis de ne pas la quitter d'une semelle. Moi aussi, j'ai pris mes précautions. Si d'aventure Rebecca devait manquer à son devoir, mes trois sœurs sont chargées de se relayer aux côtés de ta femme. Dis donc, mon vieux, tu pourrais faire preuve d'un minimum d'enthousiasme.

– Nous perdons notre temps.

Colin garda ses commentaires pour lui et ils n'échangèrent plus un mot jusqu'à ce qu'ils aient atteint la colline qui dominait la propriété de la duchesse. Cachés par les arbres, ils voyaient parfaitement les allées et venues des invités dans les jardins.

– Morbleu, Colin ! J'ai l'impression de faire l'école buissonnière.

Colin se mit à rire.

– Attends au moins la duchesse. Il paraît qu'elle a fait venir un orchestre complet !

– Encore dix minutes et je m'en vais !

– D'accord, fit Colin conciliant.

Devant l'air renfrogné de son ami, il ne put s'empêcher d'ajouter :

– Tu sais, Nathan, elle aurait peut-être accepté de venir avec toi si...

– Me suggères-tu de lui écrire une deuxième lettre ? demanda Nathan en haussant les sourcils. Te souviens-tu de ce qui s'est passé la dernière fois que j'ai suivi tes conseils ?

– Oui. Mais peut-être s'agissait-il d'un malentendu. Son père aurait pu...

– Un malentendu ? ricana Nathan. J'ai envoyé cette lettre un mardi en annonçant ma visite pour le lundi suivant. Tu m'avais conseillé de lui laisser le temps de préparer ses bagages.

Le visage de Colin s'éclaira d'un sourire.

– C'est exact. Mais comment aurais-je pu prévoir qu'elle s'enfuirait ? Elle n'a pas perdu de temps.

– C'est vrai, reconnut Nathan amusé.

– Pourquoi ne t'es-tu pas lancé à sa poursuite ?

– Mes hommes l'ont suivie et je connaissais sa cachette. J'ai pensé qu'il valait mieux lui laisser un peu de temps.

– Un sursis, en quelque sorte ?

Cette fois, Nathan rit de bon cœur.

– Voyons, Colin, ce n'est qu'une femme. Mais dans un sens tu as raison, j'ai jugé bon de lui accorder un délai.

– Taratata. Tu savais qu'à partir du moment où tu réclamerais ton dû, elle serait en danger. Tu la protèges, à ta façon.

– Puisque tu me connais si bien, pourquoi me le demandes-tu ?

– Par le Christ, Nathan ! L'année qui s'annonce va être difficile pour vous deux. Vous serez persécutés.

– Bah ! Je veillerai sur elle ! répondit Nathan en haussant les épaules.

— Je te fais confiance.

Mais Nathan hocha la tête.

— Cette idiote a réservé une cabine sur l'un de nos navires pour s'enfuir. Tu peux y voir l'ironie du destin mais moi, cela me tracasse.

— Comment veux-tu qu'elle sache que ce bâtiment t'appartient ? Je te rappelle que la compagnie n'apparaît que sous mon nom. Autrement nous n'aurions pas un seul client. Les St James sont détestés à la Cour et on les tient pour des rustres.

Colin sourit en prononçant ces derniers mots puis il revint à la charge.

— Un détail m'échappe, Nathan. Tes sbires ont suivi lady Sara jusqu'à sa retraite, ils l'ont même protégée, et jamais tu ne t'es préoccupé de savoir à quoi elle ressemblait.

— Pose-leur la question ! riposta son ami.

Colin haussa les épaules et son attention revint se fixer sur la foule en contrebas.

— Je suppose que le jeu en vaut la chandelle. Après tout, elle ne... (Il s'interrompit : sa sœur se dirigeait lentement dans leur direction. Une femme l'accompagnait.) Voilà Becca, dit-il, si cette sotte voulait bien se pousser un peu...

Le reste de sa phrase mourut sur ses lèvres.

— Doux Jésus... Serait-ce lady Sara ?

Nathan, médusé, ne pouvait détacher son regard de la ravissante jeune femme qui souriait timidement à Rebecca. Elle était adorable et Nathan n'en croyait pas ses yeux. C'était impossible. Comment une Winchester pouvait-elle être aussi belle et aussi féminine ? Son tour de taille suffisait à l'exclure de cette maudite famille !

Pourtant il lui trouvait une vague ressemblance avec la gamine insupportable qu'il avait tenue dans ses bras et son intuition lui soufflait qu'il était bien en présence de lady Sara.

Disparues les boucles désordonnées couleur de blé. Les cheveux ondulés qui lui tombaient à hauteur des épaules étaient maintenant d'un beau châtain mordoré. A distance, il lui sembla qu'elle avait un joli teint clair et il se demanda rêveusement si son nez était toujours parsemé de taches de rousseur.

Ni trop petite ni trop grande, elle était faite à ravir avec toutes les rondeurs seyant à son sexe.

— Regarde-moi ces jouvenceaux, lui signala Colin. Les loups rôdent autour de la bergère... Nathan, j'ai l'impression que ta femme les intéresse. Quelle incorrection... Une femme mariée ! Mais comment leur en vouloir ? Parbleu ! Elle est superbe, Nathan.

Ce dernier observait intensément les jeunes audacieux qui tournaient autour de sa femme. Il se sentait une envie irrésistible de corriger ces prétentieux qui osaient la lorgner. Puis il se ressaisit en songeant à l'absurdité de cette réaction.

— Voilà ton charmant beau-père, poursuivit Colin. Mon Dieu ! je ne me souvenais pas de ces vilaines jambes arquées. Vois comme il la surveille ! Il n'est pas près de lâcher la poule aux œufs d'or.

Nathan respira profondément.

— Partons, Colin. Nous avons vu ce que nous voulions.

Il n'y avait aucune trace d'émotion dans sa voix.

— Alors ? s'enquit Colin.

— Alors quoi ?

— Qu'en penses-tu ?

— De quoi parles-tu ?

— De lady Sara, poursuivit Colin sans se démonter. Comment la trouves-tu ?

Nathan sourit tranquillement.

— Elle passera par la fenêtre.

2

Le temps pressait.

Sara était obligée de quitter l'Angleterre et tout le monde allait croire qu'elle s'était encore enfuie. Son orgueil en souffrait mais elle n'avait plus le choix. Elle avait écrit à deux reprises au marquis de St James pour lui demander son aide. Mais son époux devant la loi et devant les hommes ne lui avait pas répondu. Maintenant il était trop tard. La vie de tante Nora était en jeu et elle était la seule à pouvoir – et surtout à vouloir – lui venir en aide.

Libre à la Cour de s'imaginer qu'elle fuyait ce mari imposé par un contrat.

Rien ne s'était passé comme Sara l'avait imaginé. Au printemps dernier, sa mère lui avait demandé d'aller rendre visite à Nora dans son île pour s'assurer de sa santé. Sa sœur ne lui écrivait plus depuis quatre mois, et le souci minait lady Winchester. Ce silence était suspect car tante Nora les avait accoutumées à une correspondance régulière.

Sara et sa mère étaient convenues de garder secrète la raison de ce départ précipité. Officiellement, Sara était allée voir sa sœur aînée Lilian, qui vivait aux Amériques.

Sara avait un instant envisagé de révéler la vérité à son père. Mais bien qu'il fût le plus modéré de la famille, celui-ci restait malgré tout un Winchester et, à l'instar de ses frères, il n'aimait pas Nora. Il évitait toutefois de le crier sur les toits par égard pour sa femme.

Les Winchester avaient renié Nora le jour où celle-ci s'était déshonorée en épousant son palefrenier. Cela s'était passé quatorze ans auparavant mais les Winchester ne le lui avaient jamais pardonné.

Jamais Sara n'aurait dû revenir avec Nora en Angleterre. Hélas ! elle avait cru que le temps avait adouci ses oncles et tout s'était déroulé à l'opposé. Les heureuses retrouvailles des deux sœurs n'avaient pas eu lieu et Nora avait disparu une heure après son arrivée.

Dévorée d'inquiétude, la jeune fille avait décidé de passer à l'action et elle avait les nerfs à fleur de peau. La peur incoercible qui la tenaillait menaçait de tout faire échouer. Elle avait toujours vécu dans un cocon et, aujourd'hui, les rôles étaient renversés. Elle implora l'aide de Dieu, la vie de Nora dépendait du succès de son entreprise.

Les deux semaines qui venaient de s'écouler avaient été un cauchemar. Dès que la porte s'ouvrait, elle s'attendait à voir le cadavre de Nora. Elle ne savait plus à quel saint se vouer quand son fidèle domestique, Nicholas, avait enfin retrouvé la trace de Nora.

L'oncle Henry Winchester la séquestrait dans son grenier en attendant le décret de tutelle de la cour de justice. Ensuite il comptait l'enfermer dans un asile et partager avec ses frères le coquet héritage de la pauvre femme.

– Les affreux bandits! marmonna Sara en bouclant d'une main tremblante la sangle de son sac de voyage.

Chaque fois qu'elle pensait au sort infortuné de sa tante, une vague de colère la submergeait et lui faisait oublier sa terreur.

Elle respira profondément pour se calmer et jeta son sac par la fenêtre.

– Voilà, Nicholas, c'est le dernier. A présent dépêche-toi avant qu'ils ne rentrent tous. Fais vite, pour l'amour de Dieu.

A l'extérieur, le valet ramassa son bagage et se précipita vers une voiture à cheval qui attendait dans la rue. Sara referma la fenêtre, moucha la bougie et grimpa dans son lit. Ses parents et sa sœur Belinda rentrèrent aux alentours de minuit. Dès qu'elle entendit le bruit des pas dans l'entrée, Sara ferma les yeux et simula un profond sommeil. Elle entendit la porte grincer. Son père venait vérifier sa présence. Les secondes qui s'écoulèrent avant qu'il ne refermât la porte lui parurent une éternité.

Sara attendit encore un petit moment que tout le monde fût couché. Puis elle repoussa ses couvertures et ramassa prestement les vêtements qu'elle avait cachés sous son lit. Pour passer inaperçue, elle avait choisi de porter une vieille robe d'un bleu sombre. Son décolleté était un peu audacieux mais il était trop tard pour s'en soucier. D'ailleurs son manteau le cacherait. Trop énervée pour natter correctement ses cheveux, elle les attacha sur sa nuque avec un ruban.

Sara laissa la lettre qu'elle avait écrite à sa mère sur sa coiffeuse et enveloppa dans son manteau une ombrelle, une paire de gants blancs et une petite bourse. Elle lança le tout par-dessus la fenêtre et grimpa sur le rebord.

La branche qu'elle devait attraper se trouvait à moins d'un mètre du rebord, mais il y avait au moins le double sous ses pieds. Sara bredouilla une prière en se tortillant sur la corniche. Il lui fallut un bon moment avant de se décider à sauter. Puis elle se lança dans le vide en étouffant un gémissement de frayeur.

Nathan n'en croyait pas ses yeux. Il s'apprêtait à escalader cet arbre gigantesque quand la fenêtre s'était ouverte et plusieurs objets féminins lui étaient passés sous le nez. Une ombrelle lui avait frôlé l'épaule. Au-dessus de sa tête, la lune éclairait Sara assise à califourchon sur le rebord de la fenêtre. Horrifié, il la vit sauter dans le vide et se précipita sous l'arbre.

Sara se rattrapa à une grosse branche et s'y cramponna avec l'énergie du désespoir. Elle se mordait les lèvres pour ne pas crier. Quand elle eut fini de se balancer, elle essaya de se rapprocher du tronc en se contorsionnant lentement.

– Ô mon Dieu ! Mon Dieu ! répétait-elle comme une litanie en glissant le long de l'écorce.

Au passage sa jupe se prit dans une branche et resta accrochée à l'arbre en découvrant généreusement ses dessous.

Une fois sur la terre ferme, Sara rectifia sa tenue et poussa un long soupir.

– Ouf ! chuchota-t-elle, ça n'était pas si terrible après tout.

Sans cesser de se murmurer des encouragements, elle ramassa ses affaires éparpillées et perdit de précieuses minutes à enfiler ses gants blancs. Puis elle secoua son manteau, et le posa sur ses épaules. Elle attacha soigneusement les cordons de sa petite bourse à son poignet, fourra son ombrelle sous son bras et se dirigea d'un pas décidé vers la sortie.

Tout à coup elle s'arrêta net. Elle avait entendu un bruit derrière elle. Elle fit volte-face. Rien ne bougeait hormis les arbres agités par le vent et les ombres du jardin. Elle se persuada que son imagination lui jouait des tours et s'efforça de réprimer les battements de son cœur.

– Mais où est donc Nicholas ? murmura-t-elle tout haut.

Il était prévu que le domestique l'escorterait jusqu'à l'hôtel particulier de son oncle Henry Winchester.

Dix minutes plus tard, Sara dut se rendre à l'évidence : Nicholas ne viendrait pas. Elle ne pouvait s'attarder davantage. Depuis son retour, toutes les nuits, son père allait régulièrement jeter un coup d'œil dans sa chambre. Il lui ferait payer cher une nouvelle désertion et elle frissonna en imaginant ses représailles.

Elle se trouvait dans la solitude la plus complète. Devant ce constat, son cœur recommença à battre la chamade. Mais elle redressa les épaules et se mit bravement en route.

L'hôtel de son oncle Henry se trouvait à quelques pâtés de maisons et, à cette heure avancée de la nuit, les rues seraient désertes. Elle pressa le pas et essaya de se convaincre qu'elle ne risquait rien. Les marauds eux aussi avaient besoin de se reposer ! En cas d'agression, elle se servirait de son ombrelle. Ce soir ou jamais, elle devait soustraire tante Nora à la surveillance du cruel Henry.

Sara descendit la rue comme l'éclair mais un point de côté l'obligea à ralentir. Elle se détendit un peu quand elle s'aperçut que tout se passait plutôt bien. Grâce au ciel, il n'y avait pas âme qui vive.

Nathan la suivait discrètement. Avant de bondir sur sa femme, et de l'embarquer sur son épaule, il brûlait de satisfaire sa curiosité. Essayait-elle à nouveau de lui échapper ? Et où pouvait-elle bien aller ?

Cette petite avait du cran. C'était stupéfiant de la part d'une Winchester ! Il avait pu juger de son courage lorsqu'elle s'était jetée dans le vide. Il l'avait entendue gémir de frayeur. Quand la jeune fille s'était rattrapée aux branches de l'arbre, il n'avait pu réprimer un sourire en entendant sa petite voix terrorisée murmurer une prière fervente tandis qu'elle essayait d'atteindre le sol. Ensuite il avait eu un superbe aperçu de ses longues jambes galbées lorsqu'elle s'était retrouvée en position délicate. Son rire avait bien failli le trahir.

Dieu merci, elle ne se doutait absolument pas de sa présence. Nathan n'en revenait pas d'une telle naïveté.

Elle ne se retourna pas une seule fois. Il vit sa femme tourner au premier coin de rue, traverser rapidement une allée obscure et ralentir à nouveau.

Deux solides gaillards, arme à la main, sortirent de leur cachette comme des serpents de leur trou. Nathan attira leur attention et, lorsque les deux hommes se retournèrent, il les assomma l'un contre l'autre.

Nathan se débarrassa des importuns sans perdre Sara des yeux. Sa femme avait une façon de balancer les hanches ! Sacré bon sang, qu'elle était attirante ! Il vit de nouvelles ombres se profiler devant lui. Il bondit à nouveau au secours de Sara. Elle franchissait un coin de rue lorsque son poing vint s'abattre sur ce qui ressemblait à une mâchoire.

Il intervint une dernière fois avant de la voir s'arrêter devant l'escalier de l'hôtel particulier de son oncle Henry Winchester. Elle resta un long moment à contempler les fenêtres obscures.

Henry était bien le pire de la famille et Nathan n'arrivait pas à s'expliquer la visite de Sara à cet épouvantable individu en plein milieu de la nuit.

Quand il la vit se faufiler le long du mur, Nathan devina qu'elle n'était pas venue voir son oncle. Il la suivit et se posta devant la porte de service pour décourager d'éventuels visiteurs. Il croisa les bras sur sa poitrine et reprit son souffle. Pendant ce temps, Sara s'était frayé un chemin parmi les arbustes et s'évertuait à passer par une fenêtre.

Piètre cambrioleuse, il lui fallut dix bonnes minutes pour soulever la fenêtre. Cette petite victoire fut suivie d'un cri de détresse : en essayant de se hisser sur le rebord de la fenêtre, elle venait de déchirer l'ourlet de sa jupe. Il la vit se pencher pour examiner les dégâts et la fenêtre retomba pendant qu'elle se lamentait.

Dieu merci, elle n'avait ni fil ni aiguille sur elle, sinon elle aurait été capable de repriser sa robe au beau milieu des buissons. Elle revint à ses projets initiaux et glissa son ombrelle sous le châssis. Puis elle serra les cordons de son sac autour de son poignet et escalada le rebord de la fenêtre. A la troisième tentative et au prix d'efforts surhumains, elle réussit enfin à passer de l'autre côté. En l'entendant pester et souffler, Nathan la trouva nettement moins gracieuse. Il entendit un bruit mat et en déduisit que sa femme avait atterri sur la tête ou sur son postérieur. Une minute plus tard, il escaladait silencieusement la fenêtre.

Ses yeux s'accoutumèrent rapidement à l'obscurité. Sara n'avait pas été aussi prompte et Nathan entendit un grand bruit de verre qui s'écrasait au sol suivi d'une exclamation peu féminine.

Mon Dieu, qu'elle était bruyante ! Nathan arriva dans l'entrée au moment où Sara se précipitait vers l'escalier. Elle se parlait à voix basse. Cette fille était complètement folle !

Nathan aperçut alors un homme grand et maigre qui devait être un domestique. Une chemise de nuit blanche lui battait les genoux. Il tenait d'une main un chandelier sculpté et un gros croûton de pain dans l'autre. Levant son chandelier au-dessus de sa tête, le domestique gravit les marches derrière Sara.

Nathan l'assomma et rattrapa le chandelier au vol. Puis il tira le corps inerte du valet dans une alcôve sombre qui donnait sur le palier. Il resta à côté de l'homme inanimé et, effaré, écouta le vacarme qu'elle faisait à l'étage.

Sara ne ferait jamais un bon voleur. Les portes claquaient derrière son passage et, si elle ne se calmait pas, elle allait réveiller toute la maisonnée. Que diable cherchait-elle ?

Un cri perçant déchira la nuit. Nathan soupira et bondit dans l'escalier au secours de la jeune écervelée. Soudain, il s'arrêta net. Elle n'était pas seule. Nathan se rencogna dans sa cachette et attendit. C'était donc là le but de sa visite ! Sara soutenait une femme aux épaules voûtées et l'aidait à descendre les marches. Il ne distinguait pas le visage de cette dernière, mais à sa démarche hésitante, il devina qu'elle était souffrante.

— Je t'en prie, Nora, ne pleure pas, chuchota Sara. Tout va bien se passer, maintenant. Je vais m'occuper de toi.

Dans l'entrée, Sara enveloppa la femme dans son manteau et l'embrassa sur le front.

— Je savais que tu viendrais me chercher, Sara. Au fond de mon cœur, j'étais certaine que tu trouverais un moyen de m'aider, chevrota Nora.

Elle s'essuya les yeux du revers de la main et Nathan aperçut des marques bleues sur ses poignets. On avait ligoté la pauvre femme.

Sur la pointe des pieds, Sara arrangea le chignon de sa tante.

— Tu avais raison, murmura-t-elle. Je t'aime, tante Nora, et je n'aurais jamais laissé personne te faire de mal. Voilà, poursuivit-elle en affectant la gaieté, tu es toute belle à présent.

Nora serra la main de sa nièce.

— Que deviendrais-je sans toi, mon enfant ?

— Ne dis pas de bêtises, voyons, la gronda gentiment Sara.

Elle sentait que sa tante était au bord de la crise de nerfs et elle-même n'en menait pas large. Elle avait failli fondre en larmes en voyant le visage tuméfié et les bras meurtris de sa tante.

— C'est moi qui t'ai fait revenir en Angleterre, lui rappela-t-elle. Je croyais que tu retrouverais ta sœur chérie, mais je me trompais. Tout est de ma faute et je ne t'abandonnerai plus jamais.

— Tu es si bonne, ma chérie, soupira Nora.

D'une main tremblante, Sara essaya de déverrouiller la porte.

– Comment m'as-tu retrouvée ? demanda Nora dans son dos.

– Je te l'expliquerai plus tard, répondit Sara en ouvrant la porte. Nous aurons tout le temps de bavarder sur le bateau. Je te ramène chez toi, Nora.

– Mais c'est impossible !

Sara fit volte-face.

– Comment, impossible ! Que veux-tu dire par là, Nora ? J'ai tout arrangé. J'ai réservé deux cabines avec l'argent qui me restait. Oh non ! Ne secoue pas la tête. Ça n'est pas le moment de faire des caprices. Tu es en danger ici et nous embarquons cette nuit.

– Henry m'a volé mon alliance, expliqua Nora au bord du désespoir.

Elle secoua la tête et son chignon argenté s'effondra.

– Je ne quitterai pas Londres sans la bague de mon pauvre Johnny. Que Dieu ait son âme ! Je lui avais promis de ne jamais l'enlever.

– Bon, allons la chercher, concéda Sara en voyant que sa tante recommençait à sangloter.

La voix sifflante de Nora l'inquiétait, sa chère tante avait du mal à respirer.

– As-tu une idée de l'endroit où oncle Henry l'a cachée ?

– Hélas ! soupira Nora en s'appuyant sur la rampe de l'escalier pour chasser la douleur qui lui déchirait la poitrine.

Elle reprit avec difficulté :

– Henry n'a pas cherché midi à 14 heures. Cet impie la porte à son petit doigt comme un trophée. Si tu savais où il cuve son vin, nous pourrions y aller pour récupérer ma bague.

Sara hocha la tête. A l'idée de ce qui l'attendait encore, le cœur lui manquait.

– Je sais où il est. Nicholas l'a suivi. Tu pourras marcher jusqu'au coin de la rue ? Je n'ai pas osé laisser la calèche devant la maison.

– Bien sûr ! répondit Nora en se dirigeant péniblement vers la sortie. Seigneur, murmura-t-elle, si ta mère me voyait ! Dans la rue en chemise de nuit, sous un manteau qui ne m'appartient pas !

Sara sourit.

– Nous ne lui dirons rien de cette aventure.

Elle retint un cri en voyant sa tante esquisser une grimace de douleur.

– Tu souffres beaucoup, n'est-ce pas ?

– Pas du tout, répliqua Nora. Je me sens déjà beaucoup mieux. Allons-y, ordonna-t-elle avec brusquerie. Ne nous attardons pas ici, ma chérie.

Elle descendit les marches du perron en s'accrochant à la rampe.

– Il en faut plus pour me décourager et je n'ai pas peur des Winchester.

Sara s'apprêtait à refermer la porte quand elle se ravisa.

– Et puis non ! Je vais la laisser grande ouverte et j'espère bien qu'un voleur viendra se servir chez oncle Henry. Quoique... Il n'y a pas grand monde dans les rues ce soir. Je n'ai pas fait une seule mauvaise rencontre en chemin.

– Doux Jésus, Sara, ne me dis pas que tu es venue à pied ! s'exclama tante Nora effarée.

– Si fait, ma tante, répondit fièrement Sara. Ne me regarde pas avec cet air réprobateur : j'ai fait très attention. Je n'ai même pas eu à me servir de mon ombrelle. Mon Dieu ! Elle est restée coincée sous la fenêtre.

– Laisse-la donc où elle est, ordonna Nora en voyant Sara rebrousser chemin. Ne tentons pas le diable et sauvons-nous. Donne-moi ton bras, ma chérie. Sara, es-tu réellement venue à pied ?

Sara se mit à rire.

– A dire vrai, ma tante, je n'ai pas cessé de courir tant j'avais peur, mais tout s'est bien passé. Si tu veux mon avis, ces rues sont loin d'être aussi dangereuses qu'on le prétend.

Enlacées, les deux femmes descendirent lentement la ruelle sombre et étroite. On entendit fuser le rire juvénile de Sara. La calèche les attendait au coin de la rue. Sara aidait sa tante à monter dans la voiture quand un brigand fondit sur elle comme l'aigle sur sa proie. Nathan émergea de l'ombre et, à la vue de ce géant, l'homme tourna les talons et disparut à nouveau dans l'obscurité.

Au même instant Nora jeta un coup d'œil par-dessus son épaule et Nathan crut que la vieille femme l'avait vu. Mais elle se retourna vers sa nièce sans rien dire.

Sara, elle, n'avait assurément rien vu. Elle discutait avec animation avec le cocher et accepta de guerre lasse le prix exorbitant qu'il lui réclamait. Puis elle grimpa à côté de sa tante. La voiture s'ébranla et Nathan se hissa sur la plate-forme arrière. La voiture oscilla sous son poids et reprit progressivement de la vitesse.

Sara lui facilitait les choses. Nathan l'avait entendue dire à sa tante qu'elles quitteraient Londres par bateau. Il en déduisit qu'ils se dirigeaient vers les docks. Mais juste avant d'atteindre la berge, la voiture s'engagea dans'une ruelle et s'arrêta brusquement devant l'une des tavernes les plus connues de la ville.

Enfer et damnation! A coup sûr elle allait chercher cette maudite alliance! Avec un grognement de mécontentement, il sauta à bas de la voiture et se posta ostensiblement derrière la calèche pour dissuader de sinistres individus qui traînaient devant l'auberge. En prévision du combat, il étreignit le manche du long fouet qui pendait à sa ceinture et regarda d'un air menaçant le petit groupe.

Impressionnés par sa taille et par son air féroce, trois hommes retournèrent précipitamment dans l'auberge. Les quatre coquins qui restaient s'adossèrent au mur et baissèrent les yeux.

Le cocher descendit de son siège pour recevoir de nouvelles instructions et s'engouffra dans l'auberge. Quelques secondes plus tard il était de retour. Il grommelait dans sa barbe et remonta en pestant sur son siège.

Un petit moment s'écoula avant que la porte ne se rouvrît. Un homme peu avenant sortit de l'auberge en traînant sa bedaine. Ses vêtements sales et fripés étaient usés jusqu'à la corde. L'inconnu repoussa de son front une mèche de cheveux graisseux et se dirigea en titubant vers la calèche.

– Mon maître, Henry Winchester, est trop soûl pour sortir, annonça-t-il. Nous venons boire ici pour éviter de nous faire remarquer. J'suis venu à sa place, belle dame. Le cocher prétend qu'il transporte une femme en détresse et j'crois bien que j'suis l'homme qu'il vous faut.

Et le répugnant personnage attendit impatiemment une réponse en se grattant l'entrejambe.

Sara réprima une nausée devant l'odeur pestilen-tielle que dégageait le drôle. Elle pressa sur ses nari-nes son petit mouchoir parfumé et chuchota à sa tante :

– Connais-tu cet homme ?

– Et comment ! répondit celle-ci. Il s'appelle Clif-ford Duggan. Il a aidé ton oncle à m'enlever.

– Vous a-t-il frappée ?

– Oui, ma chérie. Plus d'une fois.

Le Clifford en question, qui n'y voyait goutte, se pencha à l'intérieur de la voiture pour jeter un coup d'œil à sa future victime.

En quelques enjambées, Nathan atteignit la porte de la calèche avec la ferme intention d'étriper l'im-pudent qui osait lever les yeux sur sa femme. Il s'im-mobilisa en voyant un petit poing ganté de blanc jail-lir de la vitre baissée et atterrir avec un son mat sur le nez proéminent du triste sire.

Clifford ne s'attendait pas à cette attaque. Avec un hurlement de douleur, il tituba en arrière et trébu-cha. Il tomba lourdement sur ses genoux et tenta de se relever en éructant d'affreux jurons.

Sara profita de son avantage et ouvrit brusque-ment la porte. Heurté de plein fouet, le sbire fit la culbute et retomba sur son derrière au beau milieu du caniveau.

Les spectateurs adossés contre le mur applaudirent en connaisseurs. Sara descendit de sa voiture en les ignorant superbement. Elle tendit sa petite bourse à sa tante, retira soigneusement ses gants et s'ap-procha de l'homme qui gisait à terre.

Emportée par son indignation, elle n'avait plus peur et dominait sa victime comme un archange ven-geur.

– Si je vous reprends à maltraiter une dame, Clifford Duggan, je vous jure devant Dieu que je vous réserve une mort affreuse, dit-elle d'une voix frémissante de colère.

– J'ai jamais fait de mal à une dame, couina Clifford qui essayait de reprendre son souffle avant de lui sauter à la gorge. Comment savez-vous mon nom ?

Nora se pencha à la fenêtre.

– Vous êtes un fieffé menteur, Clifford, et vous irez expier vos péchés en enfer.

Clifford écarquilla les yeux.

– Vous ! Comment avez-vous réussi à...

Un coup de pied de Sara l'interrompit. Il se retourna vers elle plein d'insolence.

– Je te trouve pleine d'audace, ma jolie, ricana-t-il.

Il jeta un coup d'œil furtif autour de lui. Plus vexé que meurtri par les coups dérisoires de la pauvre Sara, les quolibets qui fusaient dans son dos et qui piquaient son amour-propre.

– Je vais laisser à mon maître le plaisir de t'administrer une bonne correction, ensuite je m'occuperai de toi, menaça-t-il.

– Vous allez au-devant des ennuis, Clifford, répliqua Sara. Quand mon mari aura vent de votre conduite inqualifiable, je vous promets des représailles. Tout le monde craint le marquis de St James, même les infâmes pourceaux de votre espèce, Clifford. Je vais lui raconter ce qui s'est passé et il vous corrigera, croyez-moi ! Le marquis fait tout ce que je veux.

Elle claqua des doigts pour donner plus de poids à ses paroles.

– Ah ! Je vois que cela vous donne matière à réfléchir, ajouta-t-elle en voyant Clifford se décomposer.

Brusquement terrifié, il reculait en se tortillant sur son postérieur.

Ravie de son petit effet, Sara ignorait qu'en réalité Clifford avait aperçu le géant qui se tenait en retrait, et la jeune fille s'imagina qu'il avait une peur bleue des St James.

— Vous n'avez pas honte de vous attaquer à une pauvre femme ! poursuivit-elle. Mon mari hait les lâches et il vous écrasera comme une mouche. C'est un St James.

— Sara, ma chérie, appela Nora. Veux-tu que je t'accompagne à l'intérieur ?

— Non merci, ma tante, répondit Sara sans quitter Clifford des yeux. Vous êtes à peine vêtue et je ne serai pas longue.

— Alors dépêche-toi, ma chérie. Tu vas prendre froid.

Le regard de Nora tomba soudain sur Nathan. Elle écarquilla les yeux et le marquis lui adressa un bref signe de tête. Nora comprit très vite que ce géant tenait les autres truands en respect. Sa taille suffisait à les impressionner et elle comprit tout de suite qu'il était là pour protéger sa nièce. Elle faillit prévenir Sara mais elle jugea que celle-ci avait suffisamment de soucis en tête et qu'elle lui signalerait plus tard la présence de cet ange gardien.

Nathan observait attentivement Sara. Décidément sa femme était pleine d'imprévu et il avait du mal à s'accoutumer à cette idée. Il connaissait les Winchester de réputation. C'étaient des lâches qui faisaient toujours leur sale boulot par-derrière. Or, Sara agissait exactement à l'inverse des siens et elle avait prouvé son courage en défendant la vieille dame. Elle avait l'air tellement en colère qu'il s'attendait presque à la voir décharger un pistolet sur sa victime.

Sara jeta un dernier regard glacial au valet affalé sur le sol et poussa la porte de la taverne.

En quelques enjambées, Nathan rejoignit Clifford. Il l'empoigna par la peau du cou et l'envoya s'écraser contre le mur.

Les rares spectateurs disparurent comme par enchantement.

Clifford heurta le mur avec un bruit mat et s'effondra sur le sol en gémissant. Nora jugea bon d'intervenir :

– Je crois que vous feriez mieux d'aller voir à l'intérieur, mon brave. Ma Sara a sûrement encore besoin de vous.

Furieux de se voir donner des ordres, Nathan allait vertement riposter quand son attention fut brusquement détournée par les sifflements et les rires gras qui fusaient de la taverne. Il déroula son fouet en grommelant dans sa barbe, et se dirigea vers la porte.

Parmi la foule des clients, Sara avait repéré son oncle, vautré sur une bière au beau milieu de cet établissement peu recommandable. Elle se fraya un chemin jusqu'à sa table. Elle pensait le raisonner et lui faire honte pour récupérer la bague de tante Nora. Mais lorsqu'elle aperçut l'anneau argenté au doigt de son oncle, toutes ses bonnes résolutions s'évanouirent. Incapable de se contenir, elle saisit le grand pichet de bière brune posé sur la table et le renversa sur le crâne chauve de son oncle.

Abruti par l'alcool, Henry Winchester poussa un rugissement. Puis il lâcha un ignoble rot et se leva en titubant. Sans lui laisser le temps de reprendre ses esprits, Sara escamota prestement l'alliance.

Son regard pâteux vint finalement se poser sur Sara qui avait glissé la bague à son doigt et attendait sa réaction.

— Nom de Dieu !... Sara ? Mais qu'est-ce que tu fais ici ? Quelque chose ne va pas ? bredouilla l'oncle Henry qui fulminait de rage.

Ces quelques mots lui ôtèrent le peu de forces qui lui restaient et il retomba lourdement sur sa chaise en la regardant d'un œil torve et injecté de sang. C'est alors qu'il remarqua le pichet vide sur la table.

— Aubergiste ! Où est passée ma bière ? rugit-il.

Ecœurée, Sara doutait que son oncle fût en état de l'écouter. Elle tenait néanmoins à lui faire savoir ce qu'elle pensait de sa conduite scandaleuse.

— Quelque chose ne va pas ? répéta-t-elle sarcastique. Vous êtes un être abject, oncle Henry. Si mon père savait ce que vous avez fait à Nora, je suis sûre qu'il vous enverrait aux galères avec vos frères.

— Quoi, qu'est-ce que ?... demanda Henry qui éprouvait des difficultés à se concentrer. Nora ? Tu m'insultes à cause de cette moins que rien ?

Sara s'apprêtait à le châtier pour sa grossièreté quand il lâcha inopinément :

— Ton père était dans le coup depuis le début. Nora est trop vieille pour se prendre en charge et nous voulons son bien. N'insiste pas, ma petite, je ne te dirai pas où elle est.

— C'est faux ! s'exclama Sara indignée. Dites plutôt que vous convoitez son héritage ! Tout Londres sait que vous avez des dettes de jeu, mon oncle. Vous avez trouvé là un bon moyen de les payer. Avouez que vous alliez enfermer Nora dans un asile !

Le regard d'Henry passait du pichet de bière au visage courroucé de sa nièce. Il finit par comprendre

47

qu'elle le lui avait renversé sur la tête. Il toucha son col poisseux et pâlit de rage.

– Nous allons mettre au vert cette garce de Nora et ce n'est pas toi qui nous en empêcheras ! suffoqua-t-il hors de lui. Maintenant, rentre chez toi sinon je te flanque une fessée.

Un ricanement s'éleva derrière Sara. Elle se retourna et jeta un regard glacial à l'impudent qui osait se moquer d'elle.

– Monsieur, buvez votre rafraîchissement et veuillez rester en dehors de cette affaire.

L'homme piqua du nez dans son verre et elle fit volte-face.

– Vous mentez, oncle Henry, accusa-t-elle. Mon père ne se serait jamais prêté à de telles atrocités. En ce qui me concerne, touchez à un seul cheveu de ma tête et je vous promets que vous subirez les foudres de mon époux. Je lui raconterai tout !

Elle souligna ces derniers mots d'un geste énergique de la tête, convaincue que cette menace en l'air aurait sur cet ivrogne le même effet que sur Clifford.

Hélas ! L'oncle Henry lâcha un rire goguenard.

– Ma pauvre fille, tu es aussi folle que ta tante ! Tu t'imagines qu'un St James viendrait à ton secours ? S'il me prenait l'envie de te corriger, Sara, personne ne lèverait le petit doigt ! Ton mari encore moins que les autres.

Mais Sara ne se démonta pas. Avant de quitter cette auberge malfamée, elle voulait arracher à son oncle la promesse qu'il laisserait Nora tranquille. Elle craignait que lui ou ses frères n'envoient quelqu'un à leur poursuite. L'héritage de Nora était suffisamment alléchant pour les dédommager du voyage.

Dans son indignation, elle n'avait pas remarqué les

individus qui s'étaient peu à peu rapprochés. Nathan, lui, les avait vus. Le chef présumé de cette petite bande se frottait déjà les mains.

Sara comprit soudain qu'elle n'avait aucune chance de convaincre son oncle.

— Oncle Henry, j'allais m'imaginer qu'il te restait une parcelle de grandeur d'âme. Quelle naïveté de ma part ! Tu n'es qu'un porc incapable de tenir sa parole et je suis en train de perdre mon temps.

Il bondit mais Sara esquiva aisément la gifle qu'il lui destinait. Elle se cogna à quelqu'un en reculant et se retrouva nez à nez avec plusieurs gaillards à la mine patibulaire. Tous avaient sérieusement besoin de prendre un bain.

Captivés par la beauté de la jeune fille, ils ne prêtèrent pas attention à Nathan qui, adossé à une porte, guettait le premier geste de provocation.

Tout se déroula à une vitesse hallucinante. L'un de ces coquins attrapa Sara par le bras et Nathan laissa échapper un rugissement de colère. Ce hurlement de bête fauve pétrifia les buveurs. Tous s'immobilisèrent, sauf Sara qui sursauta et se retourna.

Elle voulut crier mais aucun son ne réussit à franchir ses lèvres. Le souffle coupé, elle sentit ses jambes se dérober à la vue du géant qui se tenait devant la porte. Sara vacilla et dut se retenir à une table. Le cœur battant, elle crut que sa dernière heure était venue.

Par tous les saints du paradis, qui était-ce ? Au bord de la panique, elle ne pouvait détacher son regard de ce colosse. Comment pouvait-on être à la fois si grand, si terrifiant et si... Seigneur ! Il la regardait et lui faisait signe de s'approcher.

Elle secoua obstinément la tête.

La pièce se mit à tourner autour d'elle et elle essaya désespérément de capter chez le géant une petite lueur d'humanité pour chasser la terreur qui s'emparait d'elle. Dans un brouillard, elle sentit qu'on lui prenait le bras.

Hypnotisée par le regard de l'étranger, elle chassa l'importun d'une tape.

Le géant ne sentait pas mauvais, lui. C'était déjà ça. Des reflets fauves brillaient dans ses cheveux et son visage était hâlé par le soleil. Elle était sidérée par sa musculature, ses bras avaient l'air coulés dans du bronze et les muscles de ses cuisses saillaient presque avec indécence sous sa culotte ajustée. Il était propre. Or, on lui avait toujours dit que les brigands portaient des vêtements sales et fripés. Ce n'était donc sûrement pas un méchant homme. Rassérénée, elle décida au terme de son inspection que ce devait être un guerrier ou peut-être même un Viking, à cause de ses longs cheveux. Elle avait sous les yeux un authentique barbare qui avait voyagé hors du temps.

Le guerrier aux yeux verts lui fit à nouveau signe de s'avancer. Indécise, elle se retourna mais il n'y avait personne derrière elle.

Il s'adressait bien à elle. Elle sentit son estomac se nouer et cligna des yeux pour se débarrasser de cette vision d'apocalypse. En vain, il était toujours là.

– Approchez, ordonna-t-il d'une voix caverneuse.

Elle avança lentement vers lui en priant le ciel de l'épargner.

Soudain l'enfer se déchaîna autour d'elle. Le fouet siffla et un hurlement de douleur vrilla ses tympans. Elle ne regarda pas une seule fois en arrière et se dirigea comme une somnambule vers le géant qui procédait méthodiquement à la mise à sac de l'auberge.

D'un simple revers de poignet, il tenait tout le monde en respect.

Mais plus elle s'approchait de lui, plus l'inconnu se rembrunissait.

Le guerrier n'avait pas l'air de très bonne humeur. Il valait mieux temporiser. Dès qu'elle aurait repris ses esprits, elle bondirait vers la sortie et s'enfuirait avec Nora.

Son plan aurait été parfait si le Viking ne lui avait pas barré le chemin.

Elle s'était à nouveau immobilisée quand une main lui agrippa l'épaule. Elle entendit le claquement sec du fouet.

Cette fois, Sara vola vers l'inconnu, déterminée à le rejoindre avant que tout courage ne l'ait abandonnée.

Elle s'arrêta chancelante devant lui et se décrocha le cou pour tenter de croiser son regard. Au bout d'un instant, il condescendit à baisser sur elle ses yeux verts qui la transpercèrent de part en part. Prise d'une impulsion, elle lui pinça le bras pour s'assurer qu'elle ne rêvait pas. Il était bien réel. Sa peau, dure comme de l'acier trempé, était chaude et vivante. Sans ces magnifiques yeux verts qui l'hypnotisaient, elle eût pris ses jambes à son cou.

Paradoxalement, plus elle le regardait, moins elle avait peur.

– Je savais que vous n'étiez pas un brigand, Viking, sourit-elle rassérénée.

Il haussa un sourcil étonné mais soudain Sara vit tout tourner autour d'elle. Elle avait l'impression de flotter dans un tunnel obscur au bout duquel un Viking hâlé se détachait à la lumière du soleil.

Nathan la rattrapa au moment où elle touchait le sol et installa le corps inerte de sa femme en travers de ses épaules. Il jeta un regard autour de lui : la taverne était jonchée de corps inanimés. Ah ! Une dernière tâche l'attendait. Il avait une envie irrésistible de régler son sort à cette fripouille de Winchester qui hoquetait de terreur, caché sous une table.

Nathan envoya valser la table d'un coup de pied.

– Sais-tu qui je suis, Winchester ?

Henry, replié sur lui-même, secoua ses bajoues.

– Regarde-moi, espèce de porc ! rugit Nathan.

Henry leva les yeux.

– Je suis le marquis de St James. Si tu t'approches de ma femme ou de cette vieille femme, je te tue. Compris ?

– Vous êtes... le marquis ?

Henry sentit un goût amer lui venir à la bouche et tout à coup il se mit à vomir. Nathan le repoussa brutalement d'un coup de botte et sortit de la taverne.

L'aubergiste sortit de la cachette où il se terrait et regarda autour de lui, consterné. C'était fini pour ce soir et ses clients vautrés par terre n'étaient plus en état de boire. Par contre, il allait les faire hurler de rire quand il leur décrirait ce dandy de Winchester pleurant à quatre pattes comme un bébé. Un bruit affreux tira l'aubergiste de ses pensées. Le tout-puissant Winchester vomissait tripes et boyaux sur son plancher.

Le cri du gargotier ulcéré vint couvrir le gémissement d'angoisse poussé par tante Nora en voyant le corps de sa nièce sur l'épaule de l'étranger. Elle porta la main à sa poitrine.

– Sara est blessée ? s'écria-t-elle en imaginant déjà le pire.

Nathan secoua la tête. Il ouvrit la porte de la calèche et sourit à la vieille dame.

– Elle s'est évanouie.

Dans son soulagement, Nora ne fit pas attention à l'air amusé de Nathan qui installa sa femme sur la banquette. Nora vérifia que sa nièce respirait encore et se retourna vers leur sauveur. Nathan enroulait son fouet et l'accrochait à sa ceinture. Puis, à la grande surprise de Nora, il monta dans leur voiture. Elle se poussa pour lui faire de la place mais, sans lui accorder un regard, il s'installa en face d'elle et prit Sara dans ses bras. Nora fut frappée par la délicatesse de ses gestes. Il cala avec douceur le visage de la jeune fille au creux de son épaule et sa main s'attarda sur la joue. Sara soupira de bien-être.

La voiture se mit en route et Nora, éperdue, tâcha d'engager la conversation :

– Jeune homme, je m'appelle Nora Bettleman. La chère enfant que vous venez de sauver est ma nièce. Son nom est Sara Winchester.

– Non, fit-il d'un ton rogue. Elle s'appelle lady St James.

Sur cette déclaration solennelle, il tourna son regard vers la fenêtre. Nora détailla son profil volontaire.

– Pourquoi nous aidez-vous ? interrogea-t-elle avant d'ajouter avec conviction : Ce ne sont pas les Winchester qui vous envoient. Seriez-vous au service des St James ?

Il resta muet. Nora se tourna en soupirant vers sa nièce. Dès que Sara reviendrait à elle, elle lui demanderait des explications sur cette étrange aventure.

– Monsieur, l'enfant que vous bercez dans vos bras représente tout pour moi. Je ne supporterai pas qu'on lui fasse du mal.

– Ce n'est plus une enfant, objecta-t-il.

– C'est exact, sourit Nora. Mais Sara est un être si pur et si confiant. Elle ressemble à sa mère, vous savez.

– Vous n'êtes pas une Winchester, n'est-ce pas ?

Ravie de le voir enfin engager la conversation, Nora répondit gaiement :

– Oh non ! Je suis la sœur de lady Winchester. J'étais une Turner avant d'épouser mon Johnny.

Elle jeta à nouveau un coup d'œil à Sara.

– C'est la première fois qu'elle s'évanouit. Mais ces deux dernières semaines ont dû être terribles. Voyez ces cernes ! Elle se faisait du souci pour moi, ajouta-t-elle en respirant avec difficulté. Mais qu'a-t-elle donc vu de si terrible...

Elle s'interrompit en le voyant afficher un large sourire. Cet homme était tout de même étrange : un rien l'amusait.

– Elle m'a vu, expliqua-t-il enfin.

Sara bougea un peu. Encore étourdie, elle se sentait néanmoins merveilleusement bien. Elle frotta son nez contre cette source de chaleur inconnue, respira une odeur virile et suave et soupira de contentement.

– Je crois qu'elle revient à elle, chuchota Nora. Merci, Seigneur.

Le regard de Sara se posa lentement sur sa tante.

– Que s'est-il passé ? demanda-t-elle en s'étirant.

– Tu as perdu connaissance, ma chérie.

– Mais... bredouilla Sara interloquée, je ne me suis pas évanouie. J'ai...

Elle s'interrompit net en s'apercevant qu'elle était assise sur les genoux de quelqu'un. Et ces genoux appartenaient à... au géant ! Elle se décomposa et en un éclair tout lui revint à l'esprit.

Nora lui tapota la main.

– Tout va bien, Sara. Ce charmant gentleman t'a sauvé la vie.

– L'homme au fouet ? chuchota Sara en priant le ciel de la détromper.

– Oui, ma chérie, répondit Nora. C'est bien lui. Remercie-le chaleureusement et, pour l'amour du ciel, ne t'évanouis plus. Je n'ai pas emporté mes sels.

– Je te le promets, ma tante, se résigna Sara, qui décida de ne plus lever les yeux.

Elle tenta de se dégager mais il resserra son étreinte.

Elle se pencha en avant et souffla :

– Qui est-ce ?

Sa tante haussa les épaules.

– Il ne s'est pas encore présenté, expliqua-t-elle. Ma chérie... peut-être que... si vous lui faisiez part de votre gratitude... Hem... nous pourrions connaître son nom.

Sara prit son courage à deux mains et se tourna lentement vers l'inconnu en évitant de le regarder en face.

– Monsieur, je vous remercie d'être venu à mon secours dans cette auberge. Je vous en serai éternellement reconnaissante.

Il lui souleva le menton et plongea son regard dans le sien.

– Vous me devez bien plus que cela, Sara.

– Vous connaissez mon nom ? fit-elle les yeux agrandis de crainte.

– C'est moi qui le lui ai dit, s'interposa Nora.

– Je n'ai plus un sou vaillant, s'excusa Sara. J'ai tout dépensé pour réserver nos places sur le bateau. Nous conduisez-vous au port ?

Nathan hocha la tête.

– Puis-je vous offrir ma chaîne en or en dédommagement, monsieur ?

– Non, répondit-il sèchement.

Sara lui lança un regard indigné. Quel manque de galanterie !

– Je n'ai rien d'autre à vous offrir, déclara-t-elle.

La calèche s'immobilisa. Nathan repoussa Sara sans ménagement et ouvrit la porte. Tandis que la jeune fille défroissait sa robe, il sauta à terre et aida Nora à descendre.

Puis il prit Sara par la taille. Celle-ci n'eut que le temps d'attraper son petit sac et ses gants avant de se retrouver soulevée dans les airs comme un vulgaire sac de blé. Il poussa l'audace jusqu'à lui passer le bras autour des épaules. Sara se rebiffa.

– Je suis mariée, monsieur. Veuillez retirer votre bras. Votre attitude est indécente, protesta-t-elle en se dégageant.

Il fit la sourde oreille et, sans lui accorder un regard, il siffla. Jusqu'alors les quais étaient déserts sous le clair de lune. Une seconde plus tard, le fidèle équipage de Nathan les encerclait. Les hommes buvaient Sara des yeux comme s'ils n'avaient jamais vu une jolie dame de leur vie. Nathan observa la réaction de sa femme : Sara ne prêtait aucune attention aux matelots subjugués. Elle le foudroyait du regard et il ne put retenir un petit sourire amusé. Il resserra un peu son étreinte pour lui faire perdre son air de défi et se tourna vers la vieille femme.

— Avez-vous des bagages ?

— Sara ? demanda Nora en se retournant vers sa nièce qui essayait vainement de se dégager.

— Je vous ai dit que j'étais mariée ! grinça-t-elle entre ses dents. Lâchez-moi !

Il ne bougea pas et, vaincue, elle répondit :

— Oui, Nora, j'ai emporté des bagages. J'ai emprunté des vêtements de ma mère pour vous. Nicholas a tout déposé aux entrepôts Marshall. Allons de ce pas les récupérer.

Elle essaya de faire un pas en avant mais le géant la plaqua à nouveau contre lui.

Nathan aperçut Jimbo et lui fit signe de s'approcher. Sara vit s'arrêter devant elle un grand gaillard à la peau foncée. Elle le dévisagea longuement avant de conclure qu'il ne manquait pas de séduction, en dépit des anneaux dorés qui brillaient à ses oreilles.

Sa curiosité n'était pas passée inaperçue car le matelot se tourna brusquement vers elle. Il croisa les bras sur sa poitrine herculéenne et fronça les sourcils d'un air féroce. Elle soutint son regard sans sourciller.

Soudain une lueur brilla dans ses yeux noirs et il la gratifia d'un large sourire.

— Jimbo, envoie deux hommes chercher les bagages, ordonna Nathan. A l'aube, nous embarquerons sur le *Seahawk*.

Sara se hâta d'intervenir :

— Monsieur, nous sommes parfaitement en sécurité à présent. Vos compagnons sont tout à fait... hem... charmants, mais nous avons suffisamment abusé de votre temps.

Nathan continua à l'ignorer et fit un signe à un petit homme râblé, plus âgé que les autres. Nathan désigna Nora du menton.

– Matthew, occupe-toi de la vieille femme.

Sara vit Nora suffoquer et crut que sa tante redoutait une nouvelle séparation. Mais, sans lui laisser le temps de s'adresser à leur encombrant protecteur, Nora releva les épaules et vint posément se planter devant le géant.

– Monsieur, je ne suis pas une vieille femme ! Vous m'insultez en parlant de la sorte. J'ai cinquante et un ans, jeune homme, et je suis encore alerte !

Nathan souleva un sourcil et réprima un sourire. La vieille dame était si frêle qu'un souffle d'air aurait suffi à la renverser.

– Vous devriez présenter des excuses à ma tante, intervint Sara. Nora, il n'avait sûrement pas l'intention de vous blesser. Ce monsieur manque d'éducation, voilà tout.

Nathan hocha la tête devant cette conversation qu'il jugeait parfaitement ridicule.

– Va, Matthew, ordonna-t-il sèchement.

– Où m'emmenez-vous ? s'exclama Nora.

Pour toute réponse, Matthew souleva Nora dans ses bras.

– Posez-moi, coquin !

– Tout beau, ma jolie, répondit calmement Matthew. Vous fâchez donc pas ! Vous pesez pas plus lourd qu'une plume.

Nora, indignée par cette familiarité, allait vertement riposter quand le matelot s'exclama :

– Nom d'une pipe, regardez-moi ces bleus ! Qui a osé faire ça ? Ce brigand ne perd rien pour attendre.

Donnez-moi son nom et je m'en vais lui trancher la gorge !

Touchée par cette sollicitude, Nora sourit. Ce marin solide et trapu devait avoir son âge et, pour la première fois depuis longtemps, elle se sentit rougir.

— Merci, monsieur, bredouilla-t-elle en tapotant son chignon. C'est très aimable à vous.

Sara n'en revenait pas : sa tante battait des cils et se laissait conter fleurette comme une jeune fille à son premier bal ! Elle les regarda s'éloigner et s'aperçut en se retournant qu'elle était seule avec son sauveur.

— Ma tante est-elle en bonne compagnie avec cet homme ?

Un grommellement irrité lui répondit.

— Oui ou non ? insista-t-elle en lui enfonçant son coude dans les côtes.

— Oui, soupira-t-il excédé.

— Lâchez-moi, s'il vous plaît.

Il obéit et la reposa à terre si brusquement que Sara faillit perdre l'équilibre. Voyant que son amabilité était payante, elle poursuivit sur le même ton :

— Et moi ? Suis-je en bonne compagnie ?

Il prit tout son temps pour lui répondre. Sara vint se planter devant lui. Elle lui arrivait à peine aux épaules.

— Je vous en prie, répondez-moi, implora-t-elle.

Nullement impressionné par son numéro de charme, Nathan sentit qu'il s'énervait.

— Oui, Sara. Vous serez toujours en sécurité avec moi.

— Mais je n'ai aucune envie de rester avec vous ! s'exclama-t-elle. (Elle se mordit les lèvres.) Hem... Je voulais dire... Je me sens en sécurité avec vous, bien

sûr... Tout le monde a besoin de se sentir protégé...
Même les vilaines gens...

Elle arrêta de bafouiller en le voyant sourire.

— Je n'ai plus besoin de votre protection, reprit-
elle. Vous n'avez pas l'intention de nous embarquer
avec vous, n'est-ce pas ? Mais pourquoi me dévisa-
gez-vous ainsi ?

— Nous embarquerons ensemble, répondit-il laco-
nique.

— Pourquoi ?

— Parce que j'en ai décidé ainsi.

Il valait mieux remettre les explications à plus
tard. Il la vit s'empourprer à nouveau. Etait-ce la
peur ou la colère ? Il constata avec plaisir que les taches de rousseur parsemaient toujours le joli petit
nez de sa femme. Il se souvint du petit diablotin qu'il
avait tenu dans ses bras. Non, ce n'était plus une enfant. Mais la ravissante jeune fille qui s'offrait à ses
yeux avait apparemment conservé son mauvais caractère.

Elle lui donna un petit coup sur la poitrine pour le
tirer de sa rêverie.

— Je suis désolée, monsieur, mais nous ne pouvons
pas voyager de concert, déclara-t-elle. Trouvez un autre bateau car vous n'imaginez pas le danger que
vous encourez en naviguant à mes côtés.

— Ah ? Et pourquoi ? demanda-t-il surpris.

— Parce que cela déplairait fort à mon mari. (Elle
hocha la tête en voyant son air incrédule.) Avez-vous
entendu parler du marquis de St James ? Oh ! Tout le
monde le connaît. Eh bien, c'est mon époux, Viking,
et il risque d'être fou furieux s'il découvre que je
voyage avec... hem... un protecteur. Vous voyez bien

que cela n'est pas souhaitable. Pourquoi souriez-vous ?

– Pourquoi m'appelez-vous Viking ?

Elle haussa les épaules.

– Parce que vous leur ressemblez.

– Et vous, vous n'êtes qu'une péronnelle !

– Mais qui êtes-vous ? s'exclama-t-elle exaspérée. Qu'attendez-vous de moi ?

– Je vous ai sauvé la vie, Sara.

– Seigneur ! Vous n'allez pas recommencer ! s'écria-t-elle en tapant du pied.

Il s'amusait franchement à présent et, quand elle s'en aperçut, Sara se calma instantanément. Il était inutile de vouloir faire entendre raison à cet abruti. La meilleure solution consistait à lui échapper le plus rapidement possible.

– C'est bon, reconnut-elle. J'ai une dette envers vous. Alors dites-moi exactement combien je vous dois et je ferai tout mon possible pour vous payer.

Il se pencha pour la retenir en prévision d'une inévitable pâmoison.

– Sara, je m'appelle Nathan...

– Et alors ? fit-elle étonnée.

Elle était lente à faire le rapprochement ! Il acheva en soupirant :

– Et alors, lady St James, vous me devez une nuit de noces.

3

Au lieu de s'évanouir, elle se mit à hurler d'une voix stridente et Nathan ne fit rien pour l'en empêcher. Mais lorsque ses tympans furent près d'exploser, il la traîna de force jusqu'aux bureaux de l'Emerald Shipping Company et remit la jeune fille hystérique entre les mains de sa tante. Pour une fois, il fit preuve de tact et attendit d'être ressorti pour donner libre cours à son hilarité.

La réaction de la jeune fille avait enchanté Nathan. Sara était incapable de dissimuler. Nathan, qui avait expérimenté très tôt la ruse et la tromperie, se réjouissait de la spontanéité de sa jeune femme. Elle faisait un peu trop de bruit mais sa candeur était délicieuse.

Nathan régla divers détails concernant le voyage et embarqua le dernier. Jimbo et Matthew l'attendaient sur le pont, l'air renfrogné. Nathan fit mine d'ignorer leur mauvaise humeur. Il avait chargé ses deux hommes de confiance d'installer Sara et Nora dans leurs cabines respectives.

— A-t-elle fini par se taire ? demanda-t-il.

— J'ai menacé de la bâillonner, répondit Jimbo en fronçant les sourcils.

Le solide gaillard ajouta après une pause :

– Alors elle m'a frappé.

– J'en conclus qu'elle s'est remise de sa frayeur, observa sèchement Nathan.

– Si tu veux mon avis, elle n'a jamais eu peur, intervint Matthew en souriant. Tu as vu son regard dans le bureau ? M'est avis qu'elle bouillait de rage, oui !

Jimbo approuva.

– Après ton départ, elle a continué à crier qu'il s'agissait d'une plaisanterie de très mauvais goût. Sa tante, qu'est pourtant bien douce, a même pas réussi à la calmer. Ta belle lady était persuadée de faire un cauchemar. Même qu'elle a demandé qu'on la pince pour s'réveiller.

– Pour sûr, renchérit Matthew en riant. Le Félix l'a prise au mot. Il a beau être costaud, ce gars-là, il est pas finaud pour autant.

– Félix l'a touchée ? interrogea Nathan mi-figue, mi-raisin.

– Dame ! s'empressa de répondre Jimbo. Il a juste voulu la pincer. Pour lui faire plaisir... Tu le connais ! Y a pas plus complaisant que ce garçon. Mais ta femme s'est transformée en tigresse dès qu'il a fait mine de s'approcher. La prochaine fois, Félix s'y reprendra à deux fois avant de lui obéir.

Contrarié, Nathan allait poursuivre son chemin quand Matthew suggéra :

– Lady Sara se calmerait peut-être si on l'installait avec sa tante.

– Il n'en est pas question, trancha Nathan, qui regretta sa brusquerie en voyant les deux hommes sourire.

– Elle restera dans ma cabine, acheva-t-il sur un ton plus doux.

Matthew se frotta pensivement la barbe.

– Le problème, mon garçon, dit-il lentement, c'est qu'elle sait pas que c'est la tienne.

Nathan s'en moquait éperdument. Par contre il avait froncé les sourcils en entendant le matelot l'appeler « mon garçon ». Il détestait ce qualificatif familier qu'utilisaient Matthew et Jimbo lorsqu'ils étaient en tête à tête. Ils le jugeaient encore trop novice et se refusaient à l'appeler « cap'tain ». Nathan avait hérité de ces deux gaillards en prenant possession du navire et les deux hommes s'étaient rapidement révélés indispensables. Pirates aguerris, ils connaissaient toutes les ficelles du métier et les lui avaient enseignées. Ils se considéraient un peu comme ses anges gardiens et ne se privaient pas de le lui dire. Mais ils lui avaient sauvé la vie à maintes reprises et leur fidélité valaient bien cette petite humiliation.

Nathan finit par grommeler :

– Elle le saura bien assez tôt.

– La tante est en mauvais état, poursuivit Matthew. J'parie qu'elle a des côtes cassées. Dès qu'elle dormira, j'irai lui bander la poitrine.

– C'est signé Winchester ? demanda Jimbo.

Nathan hocha la tête.

– Quel est le salaud qui a fait ça ? s'écria Matthew.

– Il semblerait que ce soit Henry, expliqua brièvement Nathan. Mais j'imagine que ses frères étaient au courant.

– On ramène Nora chez elle ? s'enquit Matthew.

– Nous ferons route vers son île. Que diable en ferions-nous ? Reste à savoir si elle supportera la traversée.

– Tout se passera bien, prédit Matthew. Elle est solide malgré les apparences, et si je la bichonne bien, elle tiendra le coup.

Il lança un coup de coude à Jimbo et ajouta narquois :

– Me v'là avec une mauviette de plus sur les bras.

Nathan fit mine de ne pas entendre et s'éloigna.

– C'est de toi qu'il parle, mon garçon ! jeta Jimbo gouailleur.

Nathan fit un geste obscène et disparut sous les rires goguenards des deux matelots.

Au cours des heures qui suivirent, une activité fébrile régna à bord du *Seahawk*. Quand les marchandises furent amarrées, on hissa le foc et on leva l'ancre. Les huit canons avaient été graissés et astiqués avant l'appareillage.

Nathan dirigea ses quarante-deux matelots jusqu'à ce que son estomac lui ordonnât de s'arrêter. Il descendit alors dans le cockpit et confia la relève à Jimbo.

Nathan avait toujours le mal de mer au début des traversées et il s'était résigné à payer ce tribut. Seuls Jimbo et Matthew étaient au courant de cette petite faiblesse.

Il savait par expérience que dans une heure ou deux il serait inutilisable et il descendit retrouver sa femme. Si seulement elle pouvait dormir ! Cela lui permettrait de retarder un peu l'inévitable confrontation. Elle devait être épuisée. Cela faisait vingt-quatre heures qu'elle était debout et sa dernière crise d'hystérie avait dû l'achever. Mais si elle était réveillée, ils parleraient une bonne fois pour toutes. Plus tôt elle connaîtrait les règles du jeu, plus vite elle comprendrait la nécessité de cohabiter.

Elle allait probablement lui faire une nouvelle scène. Il se prépara à affronter ses cris et ses larmes et ouvrit la porte. Sara ne dormait pas. Elle bondit de son lit et vint se planter devant Nathan les mains sur les hanches.

Ni sa peur ni sa fureur ne s'étaient apaisées. Une chaleur lourde et moite régnait dans la cabine. Nathan s'avança et sentit le regard de Sara se poser sur lui tandis qu'il ouvrait une trappe aménagée dans le plafond.

Une bouffée d'air marin s'engouffra dans la cabine brusquement inondée de lumière. Nathan sentit son estomac se contracter et revint s'adosser contre la porte. Si sa femme avait des velléités de fuir, il ne se sentait pas en état de la poursuivre et préférait condamner la seule issue.

Sara le dévisagea en frémissant de rage contenue. Elle ne voulait pas trahir son émotion devant ce barbare et se donner en spectacle.

Nathan croisa les bras avec résignation.

Son air maussade ne présageait rien de bon. Sara sentit son terrible regard la transpercer mais s'efforça de le soutenir. S'il s'imaginait lui faire peur !

Nathan était convaincu que sa femme faisait des efforts surhumains pour dissimuler la terreur qu'il lui inspirait. Elle n'y réussissait guère. Ses yeux s'embrumèrent et elle se mit à trembler.

Me voilà bon pour une scène, songea-t-il en essayant de dominer ses haut-le-cœur pour se concentrer sur leur tête-à-tête.

Sara était ravissante. Les rayons du soleil allumaient des reflets dorés dans ses cheveux châtains. Il était bel et bien tombé sur la perle rare !

Elle portait encore cette affreuse robe bleue qu'il

trouvait outrageusement décolletée. Il se promit de lui en faire la remarque lorsqu'elle aurait moins peur. Mais il changea d'avis en la voyant froncer les sourcils : il était temps de lui faire comprendre qui était le maître ici.

Il se tenait dans la pénombre mais elle y voyait suffisamment pour distinguer la longue cicatrice qui courait sur son bras droit. Sara contempla longuement la vilaine marque blanche qui ressortait sur sa peau hâlée et se demanda où il avait reçu cette terrible blessure. Un petit soupir ému lui échappa.

Il avait gardé ces indécentes culottes couleur fauve et sa chemise blanche déboutonnée était retroussée jusqu'aux coudes. Cette tenue décontractée l'agaça presque autant que sa mine revêche. Il avait sérieusement besoin des conseils vestimentaires d'une femme.

— Vous êtes habillée comme une servante d'auberge !

Sara mit une bonne minute à comprendre que cette insulte s'adressait à elle et resta bouche bée.

Nathan dissimula un sourire. Sara, loin de fondre en larmes, semblait prête à lui sauter dessus toutes griffes dehors. Ce début était prometteur.

— Vous n'avez pas peur de perdre votre robe avec ce décolleté, ma femme ?

Sara, écarlate, s'empressa de couvrir sa gorge.

— Il me fallait une robe sombre pour cacher...

Elle s'interrompit en comprenant qu'elle était en train de se justifier.

— Voyons, Sara ! Elle ne cache rien du tout. Dorénavant, je ne veux plus que vous portiez de robes aussi indécentes. Je veux être le seul à voir votre corps. Vous m'avez bien compris ?

Oh, mais quel mufle ! Cette façon de renverser les rôles ! Les choses n'allaient pas se passer comme ça.

– Vous êtes un barbare, explosa-t-elle. Vos cheveux sont trop longs et vous vous habillez comme... comme un rustre ! On se doit d'être impeccable à bord d'un si fier vaisseau et vous avez l'air de sortir des foins.

Elle ajouta avec véhémence :

– Si vous saviez comme vous êtes laid quand vous faites la tête !

Lassé de ces niaiseries, Nathan décida de mettre les points sur les i.

– Finissons-en, Sara.

– Que voulez-vous dire ?

Elle essayait désespérément de se dominer mais une boule lui serrait la gorge et son cœur cognait dans sa poitrine. Elle sentit les larmes lui monter aux yeux. Il lui devait tant d'explications. Pourrait-elle un jour lui pardonner tout le mal qu'il lui avait fait ?

– Cessez de pleurer et de gémir, expliqua Nathan en haussant les épaules. Je sais que vous avez peur de moi. Vos yeux sont pleins de larmes. Je sais aussi que vous voulez rentrer chez vous, Sara. Alors, pour vous épargner une nouvelle humiliation, je vous préviens tout de suite que je vous garde avec moi, que vous le vouliez ou non. Je suis votre mari, Sara, et il va falloir vous faire à cette idée.

– Cela vous dérange si je pleure ? demanda-t-elle d'une voix oppressée.

– Absolument pas, mentit Nathan qui avait, bien entendu, horreur des larmes.

Mais il savait que c'était l'arme suprême des femmes. Pour un oui ou pour un non, elles éclataient en sanglots.

Sara tâcha de reprendre son sang-froid. Cet affreux personnage s'imaginait donc qu'elle allait se jeter à ses pieds ? Il était affreusement intimidant et la pitié devait lui être inconnue. Sans baisser les yeux, elle réunit tout son courage et s'apprêta à lui poser les questions dont elle attendait la réponse depuis si longtemps. Il mentirait à coup sûr, mais elle voulait voir comment il allait se défendre.

Nathan la croyait toujours au bord des larmes et pria le ciel pour qu'elle ne s'évanouisse pas. Il n'avait jamais fait preuve de patience avec les femmes.

Soudain elle lui fit pitié et il en fut le premier étonné. Ce mariage devait lui faire horreur. Après tout, il était un St James, et elle faisait partie du clan Winchester. On lui avait certainement inculqué la haine de son mari. La pauvre Sara n'était qu'une victime, une marionnette manipulée par un roi dément.

Mais il ne pouvait rien pour elle. Sa signature figurait au contrat et il était décidé à l'honorer.

– Je ne renoncerai pas à ce mariage. Jamais, vous m'entendez ?

Après cette déclaration abrupte, il attendit patiemment l'inévitable crise d'hystérie.

– Pourquoi avez-vous mis tant de temps ?

Elle avait parlé si doucement qu'il se demanda s'il avait bien entendu.

– Pardon ?

– Pourquoi avez-vous mis tant de temps ? répéta-t-elle plus fort.

– Mais... pour faire quoi ? fit-il éberlué.

– Pour venir me chercher, expliqua-t-elle d'une voix tremblante.

Elle reprit en se tordant nerveusement les mains :

– Pourquoi avoir attendu autant pour venir me chercher ?

Il resta muet de saisissement. C'en était trop pour l'orgueil de la jeune fille qui s'écria d'une voix aiguë :

– Il vous en a fallu du temps !

Les yeux de Nathan s'arrondirent de surprise et il secoua lentement la tête.

– Comment non ? s'écria Sara hors d'elle. Vous vous intéressiez donc si peu à moi !

Nathan tombait des nues.

– Vous voudriez me faire croire que c'est cela qui vous contrarie ?

Sara s'empara du vase de nuit et le lui jeta à la figure. Heureusement il était vide.

– Contrariée, moi ! rugit-elle. Qu'est-ce qui vous fait penser cela, Nathan ?

Il évita le pot de chambre et les deux bougies qui suivirent et reprit sa position nonchalante.

– Oh, je ne sais pas, fit-il négligemment. Vous avez l'air émue.

– J'ai l'air...

Elle étouffait de rage.

– Emue, acheva Nathan avec un grand sourire.

– Avez-vous un pistolet ?

– Oui.

– Puis-je vous l'emprunter ?

– Pour quoi faire, Sara ? demanda-t-il en conservant à grand-peine son sérieux.

– Pour vous tuer, Nathan.

Il lui éclata de rire au nez. Oh ! Elle le détestait ! Sa colère s'était envolée et elle en aurait pleuré d'impuissance. Sa famille avait raison : il la méprisait.

Elle revint s'asseoir sur le lit, croisa les mains sur ses genoux et baissa les yeux.

— Laissez-moi seule, s'il vous plaît. Si vous souhaitez me présenter vos excuses, vous le ferez demain. Je suis trop lasse à présent.

Il n'en croyait pas ses oreilles ! Cette pécore osait lui donner des ordres.

— Non, Sara. C'est moi qui ordonne, et vous qui obéissez.

Il avait volontairement employé un ton dur et cassant et elle recommença à se tordre les mains. Ses méthodes d'intimidation lui firent un peu honte mais il refusa de s'attendrir. L'enjeu était trop important. Malgré toute la pitié qu'elle pourrait lui inspirer, il ne céderait jamais.

Sara était en train de s'imaginer qu'elle lui tordait le cou entre ses jolis doigts. Rassérénée par le supplice qu'elle lui infligeait mentalement, un grommellement de Nathan la rappela à la réalité.

— Vous m'avez entendu, femme ?

Oh ! Elle détestait ce qualificatif.

— Parfaitement, répondit-elle. Mais je ne partage pas votre façon de voir les choses.

Elle avait à nouveau les yeux pleins de larmes et Nathan se sentit subitement l'âme du méchant ogre.

— Vous essayez de me provoquer ?

— Pas du tout. Je voyais notre union sous un autre angle. Je vous promets que c'est la vérité ! se hâta-t-elle d'ajouter en le voyant froncer les sourcils.

— Ah ? Et puis-je connaître le fruit de vos réflexions ?

— Eh bien, mon rôle est de vous faire part de mes désirs...

– Et le mien ? la pressa-t-il en la voyant s'interrompre.

– Et le vôtre est de les satisfaire.

Elle comprit à sa mine furibonde qu'il ne partageait pas sa conception du mariage et elle monta sur ses grands chevaux.

– Vous avez promis de me chérir, Nathan.

– C'est faux, je ne vous ai rien promis du tout !

Le menteur ! Elle bondit sur ses pieds et riposta du tac au tac :

– Si fait, Nathan ! Vous l'avez promis ! J'ai lu le contrat de A jusqu'à Z. En échange des terres et du trésor, vous êtes censé me protéger. Vous vous êtes engagé à être un époux aimant, un bon père et surtout, Viking, vous avez promis de m'aimer et de me chérir !

Médusé, il se sentait gagné par l'hilarité. Cette conversation était grotesque !

– Vous souhaitez vraiment que je vous aime et que je vous chérisse ?

– Mais bien sûr, répondit-elle en croisant les bras. Vous en avez fait le serment, Nathan, et Dieu m'est témoin que vous le tiendrez.

Les joues empourprées, elle alla se rasseoir sur le lit en prenant garde à ne pas froisser sa jupe.

– Et qu'avez-vous promis en échange, femme ?

– Rien du tout, répondit-elle. Je vous rappelle que je n'avais que quatre ans à l'époque, Nathan, et je n'ai pas signé le contrat.

– N'est-il pas de votre devoir d'honorer la signature de votre père, et de tenir ses promesses ?

Elle soupira profondément et murmura :

– Bien sûr, puisqu'il a agi en mon nom.

– Quelles sont ces promesses ? reprit-il.

Au bout d'un long moment, elle marmonna l'air maussade :

– Je dois moi aussi vous aimer et vous chérir.

– Et encore ?

– Quoi donc ? fit-elle en simulant l'ignorance.

– Moi aussi j'ai lu le contrat de A jusqu'à Z, s'emporta-t-il, ne me poussez pas à bout !

– Oh ! C'est bon, riposta Sara. Je dois aussi vous obéir. Là ! Vous êtes content maintenant ?

– Oui. Et nous voici revenus à notre point de départ. Je donne les ordres et vous obéissez.

– J'obéirai à vos ordres si je les juge raisonnables.

– Sacrebleu ! rugit-il. Je me fiche de ce que vous pensez et vous ferez ce que je vous dirai.

Sans se démonter, Sara lui fit remarquer d'une voix douce :

– On ne jure pas en présence d'une dame, Nathan. Cela est fort commun et je vous rappelle que vous êtes marquis.

Il lui jeta un regard si féroce qu'elle ne put se retenir de lui demander :

– Vous me haïssez, n'est-ce pas ?

– Non.

Il mentait, bien sûr, et sa présence suffisait à l'indisposer, à en juger par son teint verdâtre.

– Oh si, vous me détestez, rétorqua-t-elle. Je ne suis pas idiote. Je suis une Winchester et vous vouez une haine tenace à toute ma famille.

– Je ne vous hais point.

– Arrêtez donc de crier. Il est décidément impossible de discuter avec vous. Je suis épuisée, Nathan. J'aimerais me reposer maintenant.

Il abandonna la partie et ouvrit la porte.

– Sara ?

– Oui ?

– Vous avez peur de moi ? demanda-t-il comme s'il était frappé d'une illumination.

– Pas du tout, nia-t-elle.

Il se retourna pour masquer son sourire.

– Nathan ?

– Quoi ?

– J'ai eu un peu peur de vous la première fois que je vous ai vu, admit-elle. Vous êtes satisfait ?

Il referma la porte sans répondre.

Elle éclata en sanglots. Quelle sotte ! Dire que pendant toutes ces années elle avait rêvé du beau prince charmant. Elle se l'imaginait doux, bon et éperdument amoureux.

Ses rêves magnifiques s'écroulaient et son prince charmant s'avérait être un rustre, aussi aimable qu'une porte de prison. Sara s'apitoya sur son sort jusqu'à ce que le sommeil l'emporte.

Nathan vint jeter un coup d'œil une heure plus tard. Sara, tout habillée, dormait à poings fermés sur la couverture multicolore.

Il la contempla avec satisfaction. Aussi étrange que cela paraisse, il était heureux de la voir dans son lit. L'anneau de Nora brillait à son doigt. Agacé, il enleva la bague et la glissa dans sa poche.

Il se mit à la déshabiller. Il défit dans son dos une longue rangée de minuscules agrafes et fit glisser sa robe. Puis il lui ôta maladroitement ses bas et ses chaussures et il eut toutes les peines du monde à lui retirer ses jupons. Il se débattit un bon moment avec les lacets et les coupa finalement avec son couteau. Tant et si bien que la jeune femme se retrouva en chemise. La vaporeuse tunique de soie blanche, largement échancrée, soulignait la féminité de son joli corps. Poussé par une force irrésistible, il lui caressa le dos.

Sara soupira sans se réveiller et se retourna dans son lit. Nathan avait perdu toute notion du temps. Immobile, il la contemplait avec avidité. Sacredieu ! Elle avait l'air si vulnérable et si confiante dans son sommeil. Ses longs cils, noirs et épais, faisaient ressortir la pâleur de son teint. Elle avait un corps magnifique et il reçut une décharge électrique en apercevant ses petits seins ronds et fermes sous la chemise diaphane. Quand il se rendit compte du désir qu'elle éveillait en lui, il fit demi-tour.

Qu'allait-il faire d'elle ? Et comment réussirait-il à garder ses distances avec une femme aussi séduisante ?

Un haut-le-cœur coupa court à ses préoccupations. Quand la nausée fut passée, il prit une couverture et recouvrit Sara. Sa main effleura le visage de la jeune fille et il sourit en la voyant se frotter instinctivement contre lui comme un jeune chaton.

Elle se retourna et il sentit sa bouche contre sa peau. Il retira sa main avec brusquerie et quitta la pièce. Puis il alla jeter un coup d'œil chez Nora. Elle dormait paisiblement. Son visage était pâle et elle respirait avec difficulté mais elle n'avait pas l'air de souffrir. Nathan se souvint de la bague qu'il avait dans sa poche. Il s'approcha du lit et glissa l'anneau à son doigt.

Nora ouvrit les yeux et lui sourit.

— Merci, mon cher garçon. Je dormirai mieux maintenant que j'ai retrouvé l'alliance de mon Johnny.

Nathan s'inclina légèrement et s'éloigna en direction de la porte.

– Vous devez me juger bien sotte et sentimentale, n'est-ce pas ? lança-t-elle.

Il esquissa un sourire furtif.

– Oui, répondit-il sans se retourner.

Sa franchise brutale la fit rire.

– Avez-vous déjà parlé à Sara ?

– Oui.

– Comment va-t-elle ? s'enquit Nora qui aurait donné cher pour voir le visage de Nathan.

– Elle dort, répondit-il en ouvrant la porte.

– Attendez ! s'exclama Nora. Ne partez pas tout de suite.

Il y avait de l'angoisse dans sa voix et il se retourna.

– Je suis très inquiète, chuchota Nora.

Nathan referma la porte et revint au chevet de la vieille dame.

– N'ayez plus peur, la rassura-t-il d'une voix douce. Vous êtes en sécurité à présent, Nora.

Elle secoua la tête.

– Vous vous méprenez, expliqua-t-elle. Je n'ai pas peur pour moi, cher garçon ; mais pour vous et pour Sara. Avez-vous idée du guêpier dans lequel vous vous êtes fourrés ? Vous ignorez de quoi ces hommes sont capables et vous n'imaginez pas jusqu'où les conduirait la cupidité. Ils vont se lancer à votre poursuite.

Nathan haussa les épaules.

– Je les attends de pied ferme. Les Winchester ne me font pas peur.

– Mais...

– Nora, vous ne me connaissez pas non plus, riposta-t-il. Celui qui me fera trembler n'est pas encore né. Alors faites-moi confiance.

– Ils se serviront de Sara, murmura Nora. Ils n'hésiteront pas à lui faire du mal.

– Je sais protéger ce qui m'appartient, rétorqua Nathan avec arrogance.

Rassurée par cette affirmation hautaine, elle hocha la tête.

– Et Sara ?

– Tout ira bien, trancha-t-il. Elle ne fait plus partie des Winchester. Désormais, c'est une St James. Et vous m'insultez en vous préoccupant de sa sécurité. Je sais prendre soin de mes biens.

– De vos biens, répéta-t-elle incrédule. Je n'ai jamais entendu un homme parler de son épouse en ces termes.

– Nora, vous avez quitté l'Angleterre depuis de longues années, mais rien n'a changé. Une femme fait toujours partie des biens de son mari.

– Ma Sara a le cœur tendre, répondit Nora en changeant de sujet. Ces dernières années n'ont pas été faciles pour elle. A cause de son mariage, elle a été mise à l'écart des siens et elle est en quelque sorte la brebis galeuse de la famille. Sara n'a jamais pu goûter aux divertissements et aux sorties dont les jeunes filles de son âge sont tellement friandes. On ne s'occupait que de sa sœur Belinda.

Nora s'interrompit pour reprendre son souffle.

– En dépit de cela, Sara adore sa sœur et ses parents. Méfiez-vous de la sœur ; elle est aussi rusée et mauvaise que son oncle Henry. Ces canailles sont de la même trempe.

– Je crois que vos craintes sont exagérées, Nora.

– Je voudrais juste que vous compreniez... chuchota-t-elle d'une voix redevenue sifflante.

Elle était visiblement épuisée.

– Ma Sara est une idéaliste, poursuivit-elle. Regardez ses croquis et vous comprendrez. La plupart du temps, elle vit sur son petit nuage. Elle voit le bien partout et se refuse à croire que son père ne vaut pas mieux que ses frères. Mais tout est de la faute de sa mère. Elle a toujours caché la vérité à sa fille et s'est ingéniée à trouver des excuses aux forfaits des Winchester.

Nathan ne fit aucun commentaire.

– Mon cher garçon..., reprit Nora qui s'interrompit en le voyant soudain se rembrunir.

– Faisons un pacte, madame, fit Nathan. Je ne vous traite plus de vieille femme et, en échange, vous cessez de m'appeler cher garçon. Etes-vous d'accord ?

Nora sourit et regarda du coin de l'œil le gigantesque gaillard dont la simple présence suffisait à rétrécir la pièce.

– C'est effectivement déplacé, reconnut-elle avec un petit rire. M'autorisez-vous à vous appeler Nathan ?

– Oui, répondit-il. En ce qui concerne Sara, vos craintes ne sont pas fondées et je ne laisserai personne lui faire de mal. Elle est ma femme et je la traiterai toujours avec bonté. Le jour viendra où elle se rendra compte de sa chance.

Il arpentait la petite cabine de long en large, les mains dans le dos.

– Je vous ai vu la protéger contre ces brutes, l'autre soir, déclara Nora. Je sais que vous saurez prendre soin d'elle. Mais j'espère que vous tiendrez compte de son extrême jeunesse et de sa candeur, Nathan. Vous savez, Sara est très timide en réalité. Elle dissimule ses sentiments au plus profond d'elle-même et il est très difficile de savoir ce qu'elle pense.

Nathan haussa un sourcil.

— Etes-vous sûr que nous parlons de la même femme, madame ?

Le sourire de Nora était éloquent. Elle s'interrompit pour rectifier son chignon et confessa :

— Il se trouve que j'ai entendu par hasard une partie de votre conversation avec ma nièce. Je n'ai pas l'habitude d'écouter aux portes, se hâta-t-elle d'ajouter, mais vous parliez très fort tous les deux. D'ailleurs c'est surtout Sara que j'ai entendue. Oh ! ce n'étaient que des bribes, précisa-t-elle. Mais dites-moi, Nathan, le ferez-vous ?

— Quoi donc ?

— Allez-vous l'aimer et la chérir ?

— Ah ! vous voulez parler de cette tirade !

Il ne put réprimer un sourire en songeant à l'interrogatoire serré auquel elle l'avait soumis.

— A mon avis, tout l'équipage a dû l'entendre. Il faudra d'ailleurs que je lui touche un mot sur la modération qui sied aux jeunes filles. C'est la première fois que je l'entends élever la voix, mais je ne puis l'en blâmer. C'est vrai que vous avez pris votre temps et elle a eu tout loisir de ruminer votre... indifférence. Elle n'est pas emportée de nature.

Nathan hocha la tête. Nora l'interpella au moment où il sortait de la cabine.

— Vous n'avez pas répondu à ma question. Allez-vous l'aimer et la chérir ?

— Ai-je bien le choix, madame ?

Et il referma la porte.

Quelques minutes plus tard, Sara fut réveillée par un bruit affreux. Quelqu'un hoquetait dans la coursive. Elle sentit son propre estomac se révulser et pensa immédiatement à Nora. Le roulis avait dû la rendre malade.

Sara repoussa la couverture et bondit vers la porte. Encore embrumée de sommeil, elle se rendit compte qu'elle était presque nue lorsqu'elle se prit les pieds dans son jupon qui traînait par terre.

Une femme de chambre avait dû la dévêtir. Sara aperçut sa malle contre un mur et rougit à l'idée qu'on était venu la déposer dans sa cabine pendant son sommeil.

Elle entendit un bruit à l'extérieur et ouvrit la porte.

Nathan qui passait dans la coursive à cet instant lui referma la porte sur le nez sans lui accorder un regard.

Sara ne s'offensa pas de sa grossièreté et cessa de se faire du souci pour sa tante. Elle avait compris au teint blafard de Nathan que son féroce Viking, l'invincible marquis de St James, avait le mal de mer.

La fatigue l'empêcha de savourer le comique de la situation et elle regagna son lit. Elle dormit jusqu'au souper et dîna légèrement en compagnie de Nora. Puis elle retourna puiser ses forces dans le sommeil.

Au cours de la nuit, l'air se rafraîchit et Sara se réveilla transie. Elle essaya de s'enrouler dans la couverture, qui lui résista. Sara finit par ouvrir les yeux et découvrit que la couverture était entortillée autour d'une immense paire de jambes nues.

Nathan dormait à ses côtés !

Le cœur lui manqua et elle ouvrait la bouche pour hurler quand une grande main l'en empêcha.

– Pas un cri, ordonna-t-il.

Elle le repoussa.

– Sortez immédiatement de mon lit, bredouilla-t-elle furieuse.

Il poussa un long soupir.

– Sara, vous êtes dans *mon* lit. Alors s'il faut que l'un de nous deux s'en aille, ce sera vous.

Il avait l'air de fort mauvaise humeur. Sara, rassurée, comprit qu'il tombait de sommeil. Sa vertu ne craignait rien pour le moment.

– Dans ce cas, décréta la jeune fille, je vais aller dormir avec Nora.

– Non, répliqua-t-il. Vous resterez dans cette cabine, femme. Vous pouvez dormir par terre si vous le désirez.

– Cessez de m'appeler ainsi ! se rebiffa-t-elle. Dites « Sara » ou « mon épouse », mais pas « femme » !

– Vous n'êtes pas encore mon épouse.

– Mais nous sommes mariés...

– Notre mariage n'est pas encore consommé.

Un silence pesant s'instaura.

– Vous avez raison. Je vous autorise à m'appeler « femme ».

– Je n'ai pas besoin de votre permission, grommela-t-il.

Il la vit frissonner et voulut la prendre dans ses bras mais elle le repoussa.

– Qu'ai-je donc fait au ciel ! gémit-elle. Et moi qui vous croyais bon, doux et compréhensif.

– Qu'est-ce qui vous fait croire le contraire ? rétorqua-t-il.

– Vous êtes tout nu ! lâcha-t-elle avec indignation.

– Et du coup je suis...

Cet homme était à frapper ! Elle détourna pudiquement les yeux mais devina qu'il souriait.

– Vous essayez par tous les moyens de m'embarrasser, protesta-t-elle.

C'en était assez.

– Vous vous trompez, dit-il sèchement. Je dors toujours nu, femme, voilà tout ! Vous y viendrez aussi...

– Mon Dieu ! gémit-elle d'un ton plaintif.

Pour couper court à cette scandaleuse conversation, elle réussit, au terme d'une laborieuse gymnastique, à sortir du lit. Elle tâtonna pour trouver sa robe de chambre et finit par y renoncer. Nathan avait fait tomber l'une des couvertures et elle se dépêcha de s'en envelopper.

Pendant un moment qui lui parut interminable, elle contempla d'un air féroce le dos de son mari. A sa respiration régulière, elle devina qu'il dormait profondément.

Elle fut rapidement glacée jusqu'aux os. Sa mince chemise de nuit ne la protégeait guère contre le froid mordant qui régnait dans la cabine.

Comme elle était misérable ! Elle s'assit à même le plancher, entortilla ses pieds nus dans la couverture et s'allongea sur le côté.

Le sol avait l'air recouvert d'une couche de glace.

– Tous les couples que je connais ont chacun leur chambre, marmonna-t-elle. Je n'ai jamais été aussi maltraitée de ma vie. Si c'est ainsi que vous comptez me chérir, Nathan, vous commencez bien mal.

Il n'avait pas perdu une seule miette de ses paroles et sa voix s'éleva dans l'obscurité :

– Vous apprenez vite, femme.

Elle tomba des nues.

– Quoi donc ? demanda-t-elle.

– A tenir votre place, répondit-il nonchalamment. Il a fallu beaucoup plus de temps à mon chien.

Un hurlement de rage remplit la cabine.

– Votre chien !

Elle bondit sur ses pieds et le secoua énergiquement.

– Poussez-vous, mon mari !

– Passez par-dessus, Sara, ordonna-t-il. Je dors toujours de ce côté.

– Pourquoi ?

– Par mesure de sécurité, répliqua-t-il. Si l'ennemi nous attaque, il lui faudra passer par moi avant de vous atteindre. Et maintenant, vous allez dormir, oui ou non ?

– Venez-vous d'instituer cette règle ou valait-elle déjà dans le passé ?

Il ne lui répondit pas. Elle lui enfonça son coude dans les côtes.

– D'autres femmes ont-elles dormi dans ce lit avant moi, Nathan ?

– Non.

Sans qu'elle sache pourquoi, cette réponse revêche lui fit immensément plaisir et sa colère s'évanouit en voyant que son mari avait réellement l'intention de la protéger. C'était toujours un ogre, mais qui s'efforcerait de la défendre contre les dangers. Elle remonta dans le lit et se pelotonna contre le mur.

Bientôt le lit se mit à vibrer au rythme de ses frissons. Pour Nathan, c'en était trop. Il l'attira sans ménagement dans ses bras et Sara se retrouva littéralement enveloppée de sa chaleur. Et de sa nudité. Il enroula ses jambes autour des siennes et elle sentit immédiatement le bas de son corps se réchauffer. Ses bras et son torse puissant s'occupèrent du reste.

Il lui était impossible de protester avec la main de Nathan plaquée sur sa bouche. Elle se serra plus étroitement contre lui, blottit sa tête dans le creux de son cou et ferma les yeux.

Quand Nathan retira sa main, elle murmura :

— Si l'un de nous deux doit dormir par terre, ce sera vous.

Un grommellement irrité lui répondit. Sara sourit tout bas. Elle se sentait beaucoup mieux. Elle bâilla, se colla davantage contre son mari pour que les frissons disparaissent totalement... et avant de tomber dans un profond sommeil, elle eut le temps de songer qu'elle était merveilleusement bien... et un peu plus chérie qu'auparavant.

L'avenir commençait à lui sourire.

4

Le lendemain matin, Sara se réveilla fraîche et dispose. Elle avait retrouvé ses forces et se sentait prête à affronter le monde entier et plus spécialement son Viking de mari.

Pendant la nuit, elle avait échafaudé un plan merveilleux. Elle allait en faire part à son mari et il se rendrait à l'évidence. Oh ! Nul doute qu'il pesterait et grommellerait, mais quand il saurait combien il lui tenait à cœur, il céderait.

Elle s'attaquerait d'abord au problème le plus délicat. Voici ce qu'elle avait décidé : avant que l'on célébrât dans les règles un nouveau mariage, il devrait lui faire sa cour en bonne et due forme. Même s'il lui fallait supporter sa grossièreté et son arrogance pendant qu'elle lui exposerait sa requête. A force de douceur, elle parviendrait à l'en convaincre.

Elle redoutait néanmoins cette entrevue. Nathan n'était pas commode et elle se sentait perpétuellement importune. Soudain elle craignit le pire. Que ferait-elle s'il refusait de l'épouser ?

— Je suis folle, murmura-t-elle à voix haute, bien sûr qu'il voudra.

Son optimisme ne dura point. Elle avait toujours considéré Nathan comme son mari et jamais elle n'avait envisagé de lier son sort à un autre homme. Elle avait grandi avec cette idée et, confiante de nature, elle n'avait jamais remis en question son destin.

Mais Nathan ? Il n'était pas homme à accepter les faits sans livrer de combats.

Elle choisit sa tenue avec soin car elle voulait être à son avantage pour affronter Nathan. Il lui fallut une bonne heure pour déballer ses affaires. Elle arrêta d'abord son choix sur une robe vert bouteille mais la jupe était toute froissée et elle finit par se décider pour une jolie robe rose. Le décolleté était moins audacieux que celui de la veille, songea-t-elle en se souvenant de la muflerie de Nathan. Peut-être cela le mettrait-il de bonne humeur.

Leur cabine était très confortable et beaucoup plus spacieuse que celle de Nora.

Par contre le mobilier était succinct. Elle aperçut dans un coin une grille métallique d'une forme étrange. Elle en déduisit qu'il s'agissait de l'âtre. Derrière un grand paravent blanc, elle découvrit un broc et une cuvette en porcelaine ainsi que des patères. Outre le lit et sa propre malle, il n'y avait qu'une table, deux chaises et un grand bureau en acajou poussé contre le mur.

Cette cabine est plutôt dépouillée, songea-t-elle rêveusement, mais elle s'en accommoderait pour la durée de la traversée. Si le temps restait au beau, ils atteindraient l'île de Nora d'ici un mois.

Sara décrocha des patères les vêtements de Nathan et suspendit ses robes à la place. Elle retira également les papiers et les cartes éparpillés sur le bureau et les remplaça par son carnet de croquis et ses fusains.

Puis elle enfila sa robe rose et ses souliers assortis, brossa sa chevelure et l'attacha avec un ruban de la même couleur. Elle extirpa enfin de sa malle sa petite ombrelle couleur dragée et partit à la recherche de Nora. Si celle-ci s'était suffisamment reposée, elles iraient se promener toutes les deux sur le pont. Avant d'affronter son mari, la jeune femme désirait tester sur Nora le petit discours qu'elle avait préparé.

Mais sa tante dormait encore à poings fermés et Sara ne se sentit pas le cœur de la réveiller.

En quittant la cabine de Nora, elle constata que la coursive sombre et étroite débouchait sur une grande pièce rectangulaire. L'escalier laissait passer les rayons du soleil qui se réfléchissaient sur le parquet. Cet espace était entièrement nu à l'exception d'une multitude de crochets en fer fixés au plafond. Elle se creusa la tête pour deviner à quoi servait cette pièce et se désola de voir tout ce bel espace perdu. A cet instant l'un des membres de l'équipage descendit pesamment l'escalier.

Elle vit apparaître la tête d'un matelot qui s'immobilisa à sa vue. C'était l'un des hommes de la veille mais elle feignit de ne pas le reconnaître. Etant donné ce qui s'était passé, elle préférait oublier cet incident.

— Bonjour, monsieur, fit-elle avec une petite révérence. Je suis lady Sara Winchester.

A son grand étonnement, il secoua la tête.

— Non, vous êtes lady St James.

Démontée par son audace, elle oublia de se fâcher.

— C'est exact, reconnut-elle. Je suis lady St James à présent, merci de me l'avoir rappelé.

Le grand gaillard haussa les épaules. L'anneau d'or qu'il portait à son oreille la fascinait. Il avait l'air sur ses gardes et elle se dit que le matelot ne devait pas avoir l'habitude de fréquenter les jeunes filles de bonne famille.

— Je suis ravie de faire votre connaissance, monsieur, dit-elle gentiment.

Puis elle attendit qu'il se présentât à son tour. Il la dévisagea longuement et ouvrit enfin la bouche.

— Nous nous sommes vus l'autre soir, lady St James, dit-il. Vous m'avez même frappé.

Elle s'en souvenait parfaitement et se rembrunit.

— Vous avez raison, monsieur. Et puisque vous faites allusion à ma conduite honteuse, je vous prie de me pardonner. Il faut dire à ma décharge que j'étais un peu dépassée par les événements. Comment vous appelez-vous ?

— Jimbo.

Elle dissimula son étonnement devant un nom si étrange et s'empara de sa main. Il sursauta en sentant sa peau si douce contre sa paume calleuse.

— Me pardonnerez-vous de vous avoir frappé, monsieur ?

La surprise coupait la parole à Jimbo. L'humble jeune fille qui se tenait devant lui n'avait rien à voir avec la furie de l'autre nuit. Elle était diablement jolie par-dessus le marché. Il n'avait jamais vu d'aussi beaux yeux.

Le regard intrigué de Sara le tira de ses pensées.

— Qu'est-ce que cela peut vous faire, après tout ? grogna-t-il.

Sara lui pressa affectueusement la main.

— Voyons ! monsieur Jimbo, cela me ferait beaucoup de peine. C'était très impoli de ma part.

Il leva les yeux au ciel.

– C'est bon, je vous pardonne. D'ailleurs vous ne m'avez pas fait mal, grommela-t-il agacé de se sentir troublé comme un moussaillon.

Le sourire qui illumina le visage de Sara chassa sa mauvaise humeur.

– Merci, monsieur, vous avez bon cœur.

Jimbo renversa la tête en arrière et éclata d'un rire sonore. Quand cet accès d'hilarité fut passé, il lui dit :

– N'oubliez pas de mentionner au capitaine... l'étendue de ma bonté. Il sera content.

– Je n'y manquerai pas, promit Sara enchantée de cette suggestion.

Le matelot avait l'air si guilleret à présent qu'elle se décida à lui poser quelques questions.

– Monsieur, s'il vous plaît, je cherche la femme de chambre. Mon lit n'est pas encore fait et j'ai plusieurs robes à lui confier.

– Il n'y a pas de femme de chambre à bord, répondit-il. A vrai dire, vous êtes, avec votre tante, les seules passagères de ce navire.

– Mais alors qui...

Elle s'interrompit net. (Dans ce cas, qui donc lui avait retiré ses vêtements la nuit dernière ? Nathan !) Jimbo la vit s'empourprer et se demanda à quoi elle songeait.

– Monsieur, j'ai une dernière question...

– Quoi encore ? rétorqua-t-il.

– Où sommes-nous ? Comment s'appelle cet endroit ? s'enquit-elle. Au début, je croyais qu'il s'agissait de la coursive. Mais à la lumière du jour, je m'aperçois que c'est très grand. Nous pourrions en faire un magnifique salon. Je n'avais pas vu ce panneau amovible lorsque je suis arrivée, et je...

Elle s'arrêta de parler en voyant Jimbo attacher ledit panneau avec des sangles contre la paroi.

– C'est la cambuse, lui expliqua brièvement Jimbo. C'est le nom que l'on donne à cet endroit sur les frégates.

Une fois le panneau retiré, Sara aperçut des marches qui descendaient.

– Où mène cet escalier ?

– Aux soutes. On y stocke l'eau et le vin. Plus bas, il y a une seconde cale où nous entreposons les munitions.

– Pourquoi des munitions ? s'étonna Sara.

Jimbo sourit.

– Vous n'avez pas vu les canons en montant à bord, madame ?

– J'avais la tête à autre chose, monsieur, et je n'ai pas fait attention à ce détail.

Jimbo s'amusa de voir la façon dont elle présentait les choses. Elle n'avait rien vu car la colère l'aveuglait !

– Nous avons huit canons, annonça-t-il fièrement. Les autres navires en ont plus, mais comme on fait mouche à chaque coup, ça nous suffit. Ce bâtiment est la réplique d'une frégate que le cap'tain aimait beaucoup. Les soutes à munitions s'trouvent sous la ligne de flottaison. C'est moins dangereux en cas d'abordage.

– Mais nous ne sommes pas en guerre, monsieur Jimbo. Pourquoi ces canons ? Le capitaine n'en a pas besoin.

Jimbo haussa les épaules et les yeux de Sara s'agrandirent tout à coup.

– Pagan !... Je comprends tout à présent. Votre capitaine a raison de se méfier des bandits qui écument les mers. Ces canons sont destinés à nous défendre contre les pirates, n'est-ce pas ?

Jimbo réussit à grand-peine à masquer un sourire.

– Vous avez entendu parler de Pagan ?

– Tout le monde connaît cette canaille, rétorqua Sara agacée.

– Cette canaille ? Vous ne l'aimez donc pas ?

Ce matelot posait des questions bizarres et la lueur qui brillait dans ses yeux n'était pas moins étrange. Elle lui parlait d'un épouvantable pirate et il avait l'air de s'amuser comme un petit fou !

– Voyons ! C'est un criminel, monsieur, et sa tête est mise à prix. Vous êtes bien naïf de croire à la prétendue générosité de Pagan. Ce sont des racontars.

Un coup de sifflet strident interrompit sa tirade.

– Qu'est-ce donc que ce bruit ? demanda-t-elle. Je l'ai déjà entendu ce matin.

– C'est le bosco qu'appelle la bordée de quart, expliqua le marin. Vous l'entendrez siffler toutes les quatre heures, jour et nuit. C'est le signal de la relève.

– Monsieur Jimbo ?

– Lady Sara, dites simplement Jimbo, grogna-t-il.

– Alors cessez de m'appeler lady Sara, riposta la jeune fille. Nous sommes amis à présent, et vous pouvez m'appeler Sara.

Elle lui attrapa le bras.

– J'ai encore une question à vous poser.

– Oui ?

– La nuit dernière... ou était-ce la nuit précédente ? J'ai eu l'impression que vous étiez au service de mon mari. Est-ce exact ?

– Oui.

– Savez-vous où se trouve Nathan ? J'aimerais lui parler.

– Il caponne l'ancre[1].

Elle resta interloquée mais fut prompte à se ressaisir. Sara secoua la tête avec sévérité. Voyant l'expression chagrine qui se peignait sur son visage, il répéta :

– Je vous dis qu'il caponne l'ancre.

– Ecoutez, Jimbo, même si mon mari était réellement un capon[2]... commença-t-elle en ramassant son ombrelle et en marchant nerveusement autour du colosse... vous faites preuve d'irrévérence en faisant cette réflexion devant moi. Je suis la femme de Nathan et dorénavant je ne tolérerai pas de tels propos. Veillez à ne pas recommencer !

Matthew, qui descendait les escaliers à cet instant, entendit son ami marmonner quelques mots où il était vaguement question de respect. Lady Sara sourit et s'éloigna.

– De quoi parliez-vous ? J'ai cru entendre...

Jimbo lui coupa sèchement la parole.

– Crois-moi si tu le veux, mais j'viens de promettre de jamais dire à personne que Nathan caponnait l'ancre.

Matthew hocha pensivement la tête.

– Jimbo, tu la trouves pas bizarre ? Comment ces pervers de Winchester ont pu donner le jour à une fille aussi naïve ?

– Sara n'a rien à voir avec notre Jade, fit remar-

1. Terme de marine : élever l'ancre depuis le niveau de l'eau jusqu'au bassoir. *(N.d.T.)*
2. Poltron, lâche.

quer Jimbo. J'ai jamais vu pleurer la sœur de Nathan.

— C'est vrai, renchérit Matthew. Tandis que lady Sara ! L'autre nuit... j'avais jamais vu ça.

— Une vraie tigresse, ajouta Jimbo. Tu as entendu ses hurlements ? Jade criait jamais, elle.

— Jamais, approuva Matthew avec conviction.

Soudain Jimbo ébaucha un sourire.

— C'est le jour et la nuit, ces deux-là. Pourtant elles ont une chose en commun.

— Quoi donc ?

— Elles sont sacrément belles toutes les deux !

Son compère hocha du chef.

Un cri perçant coupa court à leurs comparaisons. C'était encore Sara.

— Beau brin de fille, pas vrai ? dit Matthew d'une voix traînante.

— M'ouais, mais plutôt bruyante, grommela Jimbo. Qu'est-ce que c'est encore que ce cirque ?

Et les deux hommes hilares se précipitèrent sur le pont.

Sara avait repéré Nathan derrière une roue ornée de barreaux. Il lui tournait le dos et, au moment où elle allait l'appeler, il avait retiré sa chemise.

Un cri d'indignation lui avait échappé en voyant les cicatrices qui zébraient son dos.

— Qui vous a fait ça ?

Mû par un réflexe, Nathan bondit sur son fouet et se retourna vivement pour défendre sa femme contre l'ennemi qui la menaçait. Elle était seule.

— Que se passe-t-il ? fulmina-t-il en essayant de calmer les battements de son cœur. J'ai cru que quelqu'un vous...

Il reprit sa respiration et acheva plus posément :

– Vous êtes souffrante, madame ?

Elle fit non de la tête.

– Alors, ne criez plus ainsi, ordonna-t-il d'une voix plus douce. Si vous désirez attirer mon attention, vous n'avez qu'à m'appeler.

Sara se dirigea vers Nathan et fit tomber son ombrelle dans son émoi. Elle s'arrêta à côté de lui, les yeux baignés de larmes.

– Que se passe-t-il encore ? demanda-t-il excédé. Quelqu'un vous a fait peur ?

– Votre dos, Nathan, murmura-t-elle. Il est couvert de cicatrices.

Personne ne s'était jamais avisé de faire allusion à ces marques hideuses et tout son entourage feignait de les ignorer.

– Merci de me prévenir, bougonna Nathan. Je ne m'en serais jamais aperçu tout seul...

Allons bon ! La voilà qui se mettait à sangloter. Sapristi, elle n'avait donc aucun sens de l'humour.

– Ecoutez-moi, Sara, grommela-t-il, exaspéré. Si cette vision vous déplaît, vous n'avez qu'à quitter le pont.

– Comment pouvez-vous me prêter des sentiments aussi vils ?

Nathan confia le gouvernail à Jimbo et prit sa femme à l'écart en faisant un effort pour ne pas la secouer comme un prunier.

– Alors, pourquoi avez-vous crié ? demanda-t-il d'une voix coupante.

Sara devina qu'elle avait piqué sa susceptibilité.

– Ces marques sur votre dos m'ont retournée, Nathan. S'agit-il d'un accident ?

– Non.

– Voulez-vous dire qu'on vous a blessé volontairement ! s'exclama-t-elle horrifiée. Quel est le monstre qui a osé ? Mon Dieu, comme vous avez dû souffrir !

– Sara, pour l'amour du ciel, calmez-vous. C'est de l'histoire ancienne.

– Est-ce Pagan ?

Il parut tellement éberlué qu'elle crut être tombée juste.

– C'est Pagan qui vous a fait cela, n'est-ce pas ?

Jimbo toussota et Nathan le foudroya du regard.

– Pourquoi diable serait-ce l'œuvre de Pagan ?

– Oh ! Il en serait bien capable.

– Qu'en savez-vous ?

– Sa cruauté n'a pas de limites, fit-elle en haussant les épaules.

– Pourtant ce n'est pas lui.

– En êtes-vous bien sûr, Nathan ? Personne ne sait à quoi ressemble ce bandit. Vous ne l'avez peut-être pas reconnu.

– Je connais celui qui m'a blessé, lâcha-t-il irrité.

– Dites-moi son nom pour que je puisse le haïr.

Profondément touché par cette preuve de fidélité, il sentit sa colère s'évanouir.

– Non.

– Alors, promettez-moi que ce n'est pas Pagan et arrêtez de crier...

Cette fille allait le rendre fou !

– Je vous le promets, répéta-t-il.

Vaincu, il lui tourna le dos et reprit le gouvernail. Sara attendit que Jimbo se fût éloigné et se rapprocha de son mari. Tout à coup, il se raidit en sentant ses doigts effleurer son épaule. Sa petite main, légère comme une plume, glissa dans son dos et cette caresse furtive éveilla en lui un émoi inexplicable.

– Si j'avais su... chuchota-t-elle. Je ne vous aurais

pas frappé cette nuit. Mais je n'y voyais rien dans le noir, et... j'ignorais que vous étiez blessé.

– Tudieu ! Je n'ai plus mal, femme. Cela s'est passé il y a des années.

Désarçonnée par sa brusquerie, elle laissa retomber sa main et vint se planter devant lui. Elle leva son visage vers le sien. C'était bien sous ces traits rudes et comme ciselés dans le roc qu'elle s'imaginait les Vikings. Les muscles durs et harmonieux de son mari étaient ceux d'un guerrier. Une toison brune et bouclée recouvrait sa poitrine jusqu'à la ceinture. Elle n'osa pas regarder plus bas et se rendit brusquement compte qu'il la dévisageait.

– Nathan ? demanda-t-elle rouge comme une cerise.

– Quoi ? fit-il d'un ton rogue.

Sara se contraignit à rester aimable.

– Pardonnez-moi de vous avoir blessé.

Comme Nathan jugeait inutile de répondre, elle poursuivit :

– Le capitaine vous laisse diriger le bateau à sa place ?

Le sourire de Nathan lui mit du baume dans le cœur.

– Sara, le *Seahawk* n'est pas un bateau. Ne dites plus jamais cela, femme. Employez le terme de navire ou encore de vaisseau. Nous autres, capitaines, ne tolérons pas ce blasphème à notre bord.

– Oh, Nathan, je n'avais pas compris ! s'exclamat-elle. Mais alors nous sommes riches ?

– Non.

– Mais pourquoi ?

Diable ! elle avait l'air déçue. Il se hâta de lui expliquer qu'il avait fondé une compagnie avec son ami

Colin mais qu'il avait choisi de ne pas apparaître officiellement. Il termina son bref exposé en lui faisant valoir qu'ils escomptaient récolter de substantiels bénéfices de cette association d'ici un an.

– Comment pouvez-vous être si sûr de vous ?

– A cause du contrat.

– Voulez-vous parler d'un contrat maritime ?

– Non.

– Expliquez-vous, Nathan, soupira-t-elle.

Mais il s'en tint là. Elle lui donna un coup de coude, agacée de constater qu'il fallait toujours lui arracher les mots de la bouche.

– J'aimerais pouvoir vous aider.

Il éclata de rire et Sara se réjouit de voir que sa proposition lui plaisait.

Pleine d'enthousiasme, elle enchaîna :

– Je pourrais peut-être me rendre utile pour les écritures. Je suis très douée en calcul. Vous ne voulez pas ?

Il lâcha le gouvernail et se tourna vers elle. Comme elle était jolie aujourd'hui ! songea-t-il en la voyant chasser les mèches folles que le vent plaquait sur son visage. Elle était adorable ainsi vêtue de rose, avec ses joues légèrement empourprées. Son regard s'attarda sur sa petite bouche aux lèvres vermeilles.

Succombant au désir qui l'envahissait, il l'empoigna par les épaules et l'attira contre sa poitrine. Il frémit au contact soyeux des boucles qui frisaient sur sa nuque et la força à rejeter la tête en arrière. Puis il contempla avidement le petit visage offert et voulut l'embrasser avant d'affronter l'inévitable crise de nerfs qui allait suivre ses paroles.

– Nous avons chacun un rôle bien particulier à

jouer, dit-il en rapprochant sa bouche de la sienne. Mon devoir est de vous faire un enfant, Sara, et le vôtre est de me donner un fils.

Et d'un baiser, il étouffa prestement son cri outragé.

Au début, la surprise lui coupa le souffle. La bouche de Nathan, impérieuse et brûlante, s'attardait sans lui laisser de répit. Etourdie de chaleur et enivrée par son odeur masculine, elle savourait le goût de sa bouche et répondit à son baiser au-delà de ses espérances. Quand il accentua sa caresse et qu'il darda sa langue entre ses lèvres, elle sentit ses genoux se dérober. Elle noua les bras autour de son cou et s'y accrocha désespérément tout en essayant de se dégager de son étreinte.

Elle ignorait qu'en réalité elle lui rendait ses baisers. En la sentant s'abandonner, Nathan l'embrassa avec plus de douceur, s'extasiant de la tenir si fragile entre ses bras. Il sentait la chaleur de son corps et il la serra plus étroitement contre lui. Il fit glisser ses mains le long de ses reins et il la souleva lentement du sol pour plaquer ses hanches contre les siennes et assouvir le désir qui le tenaillait.

Sa bouche explorait inlassablement la sienne. Nathan brûlait de la posséder et se sentit proche de perdre tout contrôle de lui-même.

C'est alors qu'il entendit les sifflements et les éclats de rire autour de lui. L'équipage n'avait pas perdu une miette du spectacle. Nathan essaya de repousser Sara.

Mais elle refusa de le lâcher et s'agrippa farouchement à ses cheveux. Il céda à sa supplication muette avec un grognement sourd et l'embrassa à pleine bouche. Puis, au prix d'un effort surhumain, il s'arrêta.

Ils se séparèrent à bout de souffle.

Sara, encore étourdie par cette étreinte, perdit l'équilibre et se retint au bastingage.

Contenant d'une main les battements de son cœur affolé, elle murmura d'une voix haletante :

– Mon Dieu !

Dès que leur capitaine eut lâché sa jeune épouse, les hommes retournèrent vaquer à leurs occupations. Nathan les foudroya du regard et se retourna vers Sara. La stupéfaction enfantine qu'il lut sur son visage lui donna envie de recommencer.

Mais rompant le charme, il décréta qu'il s'était suffisamment occupé de sa femme pour la matinée et reporta son attention sur la route du navire. Il remarqua en fronçant les sourcils que ses mains tremblaient et que ce baiser lui faisait plus d'effet qu'il ne l'aurait cru.

Sara mit plus longtemps à s'en remettre. Elle frémissait de la tête aux pieds et se demandait comment un simple baiser avait pu la bouleverser à ce point.

Elle vit réapparaître sur le visage de Nathan cette expression maussade qu'elle détestait et fut persuadée que cela ne lui avait fait ni chaud ni froid.

Au bord des larmes, elle se souvint alors de ses grossiers commentaires sur la tâche qui lui était dévolue.

– Je ne suis pas une jument poulinière, siffla-t-elle. Ne vous avisez plus de me toucher.

Nathan lui lança un regard nonchalant par-dessus son épaule.

– La façon dont vous m'avez embrassé...

– Je déteste vos baisers !

— Menteuse.

C'était une insulte, mais dite sur un ton affectueux qui la rasséréna.

Elle devenait complètement folle. Elle était si anxieuse de plaire à ce Viking qu'elle en venait à tolérer ses insultes ! Sara rougit comme une pivoine et fixa le bout de ses souliers.

— Dorénavant, je vous interdis de m'embrasser, annonça-t-elle en maudissant intérieurement sa petite voix tremblante.

— Ah ? fit-il visiblement amusé.

— Parfaitement. Je veux au préalable que vous me fassiez votre cour, Nathan. Nous demanderons ensuite à un prêtre de célébrer notre mariage comme il se doit, et après seulement, je vous laisserai m'embrasser.

Tout en débitant ce petit discours solennel, elle avait évité son regard avec soin. Lorsqu'elle eut terminé, elle lui jeta un coup d'œil pour en mesurer l'effet. Le visage de Nathan était impassible. Elle fronça les sourcils et poursuivit :

— Je suis convaincue que notre mariage actuel pourrait être annulé, sauf si nous prononçons nos vœux devant un homme de Dieu.

Il réagit enfin et elle frémit en voyant l'orage qui menaçait de s'abattre sur elle.

Mais la beauté de ses yeux verts lui coupa le souffle. Une pensée lui traversa subitement l'esprit. Son Viking était un très bel homme.

La voix de Nathan la tira de sa rêverie.

— Vous avez trouvé un moyen de rompre le contrat ?

— Non.

– Tant mieux ! répliqua-t-il. Je vous ai déjà dit que je n'avais pas l'intention de revenir dessus.

Son ton arrogant lui déplut.

– Vous ne m'apprenez rien de nouveau.

– Pardon ?

– Vous avez bien entendu.

– Comment le saviez-vous ?

Elle fit mine de garder le silence mais Nathan la reprit dans ses bras et l'empoigna par les cheveux.

– Lâchez-moi, Nathan, vous me faites mal.

Tout en maintenant son étreinte, il se mit à lui caresser doucement la nuque. Apaisée, Sara étouffa à temps un petit soupir révélateur.

– Sara, j'ai absolument besoin de cet argent et des terres qui l'accompagnent. Voilà pourquoi je veux respecter le contrat ! Vous le saviez donc ?

– Non.

Pourquoi diable s'évertuait-il à lui soutirer des explications ? Mais la réticence de Sara avait piqué sa curiosité. La logique de cette femme lui échappait et il était bien décidé à percer son mystère.

– Qu'est-ce qui vous fait croire que je désirais vous épouser ?

– Mais, Nathan, je suis une épouse rêvée pour vous ! s'emporta Sara en essayant d'adopter le ton hautain de Nathan. Je vous l'assure ! ajouta-t-elle avec véhémence.

– Tiens donc !

Une lueur narquoise brilla dans les yeux de son mari et toute la morgue de Sara s'évanouit.

– Parfaitement !

Il la vit rougir et s'étonna de ce curieux mélange d'arrogance et de timidité qui la caractérisait. Cette femme était incompréhensible.

– Daignerez-vous m'expliquer ce que vous avez de si exceptionnel ?

– Volontiers, répliqua-t-elle. D'abord je suis plutôt jolie. Enfin... pas trop laide.

Elle se hâta de préciser en voyant ses yeux s'arrondir :

– Je ne suis pas d'une beauté à couper le souffle, Nathan, mais ce n'est pas cela qui compte.

– Vous n'êtes pas... d'une beauté à couper le souffle ? demanda-t-il stupéfait.

– Bien sûr que non, s'énerva Sara. Comme vous êtes cruel de me taquiner ainsi ! Je ne suis pas trop vilaine, Nathan. Les cheveux châtains et les yeux bruns ne signifient pas nécessairement un... manque d'attraits.

Il lui sourit avec tendresse.

– Sara, avez-vous remarqué que les hommes s'arrêtaient sur votre passage ?

– Me trouvez-vous donc laide à ce point ? murmura-t-elle atterrée. Très bien, monsieur.

– Comment très bien ? fit-il en la voyant à court d'arguments.

– Vous n'êtes pas très beau non plus, mon mari.

Il hocha la tête et se réjouit de sa modestie.

– Vous avez entièrement raison, approuva-t-il. Vous n'êtes pas une beauté, mais comme vous le dites si bien, ce n'est pas cela qui compte.

– Si vous croyez m'humilier avec vos réflexions blessantes, vous vous trompez, riposta la jeune femme empourprée.

Elle poursuivit d'une voix tremblante :

– J'ai dit et je répète que je suis la femme rêvée pour vous. Je vous défends de sourire ! On m'a enseigné les devoirs d'une bonne épouse, tout comme vous avez été élevé pour subvenir aux besoins de votre future famille. Les choses sont ainsi faites, acheva-t-elle en haussant ostensiblement les épaules.

Comme elle était touchante et vulnérable malgré les énormités qu'elle énonçait !

— Sara, que vous a-t-on appris ?

— Je sais tenir une maison, quel que soit le nombre de domestiques, commença-t-elle. Je couds sans me piquer les doigts et je peux prévoir un souper de deux cents couverts (là elle exagérait), bref je suis capable de remplir tous les devoirs qui incombent à mon rang de marquise.

Elle était elle-même impressionnée de ses capacités dont elle avait inventé la moitié, mais comment Nathan aurait-il pu vérifier les inexactitudes qui émaillaient la liste de ses vertus ? D'ailleurs, était-ce si difficile de recevoir deux cents invités ? Elle se sentait prête à relever tous les défis.

— Alors, qu'en dites-vous ?

— Je peux engager quelqu'un pour tenir ma maison, répliqua-t-il. Et je n'ai pas besoin d'une femme pour être bien chez moi.

Il faillit lui éclater de rire au nez tant sa déception était comique.

Elle ne s'avoua pas battue.

— C'est exact, mais je peux soutenir une discussion intelligente avec vos invités sur n'importe quel sujet. Je suis instruite, figurez-vous !

Elle s'interrompit devant son large sourire. Décidément, il était digne des St James ! Aussi méprisable et buté que le reste de la famille.

— Votre domestique ne sera certainement pas aussi cultivé que moi, marmonna-t-elle.

– Et c'est tout ? questionna-t-il. On ne vous a rien enseigné d'autre ?

Il avait réduit sa fierté en lambeaux. Existait-il encore un moyen d'impressionner cet homme ?

– Quoi par exemple ?

– Comment donner du plaisir à un homme.

Elle rougit violemment.

– Non bien sûr, balbutia-t-elle. C'est vous qui êtes censé m'apprendre comment... (Elle regarda fixement ses souliers.) Comment osez-vous prétendre qu'on m'a enseigné à...

Elle n'acheva pas sa phrase et il se demanda si elle allait éclater en sanglots ou lui bondir dessus toutes griffes dehors.

– Il me semble qu'un professeur aurait pu s'en charger, ironisa-t-il.

C'était un régal de la taquiner tant ses réactions étaient naïves et spontanées. Il voyait bien qu'elle était toute retournée mais il s'amusait trop pour en rester là.

– Je vous défends d'avoir une maîtresse ! s'exclama-t-elle.

Il fit exprès de hausser les épaules et elle bondit.

– Je vous l'interdis, vous m'entendez ? Même si elle est ravissante, intelligente ou tout ce que vous voulez... En outre, il n'est plus question que nous dormions dans le même lit, Nathan. Je m'y refuse tant que nous ne serons pas remariés devant un prêtre. Alors ? fit-elle en s'impatientant de son long silence.

Il haussa à nouveau les épaules.

Comment avait-elle pu le trouver séduisant ? Elle avait envie de le rouer de coups.

– Je suis sérieuse, insista-t-elle. Et si vous haussez encore une fois les épaules, je hurle.

Il jugea inutile de lui faire remarquer qu'elle criait déjà et se contenta de lui dire d'une voix douce :

– Vous êtes sérieuse, pas moi.

Elle inspira profondément et fit une ultime tentative.

– Nathan, je vous en supplie, essayez de me comprendre. Il n'est pas convenable que nous dormions ensemble, chuchota-t-elle, gênée. Allez-vous m'épouser, oui ou non ?

– C'est déjà fait.

Dieu, que cet homme était exaspérant ! Ses joues la brûlaient et elle fixait obstinément la poitrine de Nathan pour éviter de croiser son regard.

– Ecoutez, poursuivit-elle avec l'énergie du désespoir. C'est pourtant facile à comprendre. Même pour un St James. Faites-moi la cour, Nathan, et marions-nous ensuite devant un prêtre. Vous m'avez entendue ?

– Je suis sûr qu'il vous a parfaitement entendue, milady, lança une voix dans son dos.

Sara s'arracha des bras de Nathan et se retrouva nez à nez avec une dizaine de matelots hilares. Ils avaient interrompu leur travail pour faire leurs commentaires.

– M'ouais. J'parie qu'il en a pas perdu une miette, renchérit un autre. Vous laisserez pas le cap'tain vous toucher tant qu'vous serez pas mariés. Pas vrai, Haedley ?

Un matelot chauve et bossu hocha la tête.

– Pour sûr ! C'est c'que j'ai compris.

Sara, mortifiée, se rendit compte qu'elle avait dû

crier comme une véritable mégère. Elle jeta à Nathan un regard glacial.

– Vous rendez-vous compte de la situation dans laquelle vous m'avez mise ?

– Vous vous y êtes mise toute seule, ma chère. Regagnez votre cabine, lui ordonna-t-il, et ôtez-moi cette robe.

– Pourquoi, vous ne l'aimez pas ? s'écria-t-elle en oubliant instantanément le reste.

– Retirez tous vos vêtements, Sara. Je vous rejoins dans cinq minutes.

Le cœur lui manqua quand elle comprit le sens de ses paroles. Hors d'elle, Sara tourna les talons et s'éloigna sans mot dire.

Elle passa devant Jimbo et lui souffla avant de s'engouffrer dans les escaliers :

– Vous aviez raison, monsieur Jimbo. Nathan est un capon !

Lorsqu'elle fut hors de leur vue, elle ramassa ses jupes et se mit à courir comme si elle avait le diable à ses trousses. Elle passa sans s'arrêter devant sa cabine et se rua chez sa tante.

Avec une célérité étonnante pour un homme de son âge et de sa corpulence, Matthew la rejoignit au moment où elle atteignait la porte.

– Lady Sara, j'espère que vous n'avez pas l'intention de déranger cette bonne Nora ?

Elle ne l'avait pas entendu approcher et sursauta.

– Vous m'avez fait peur, lui reprocha-t-elle. Comment vous appelez-vous, monsieur ?

– Matthew.

– Enchantée de faire votre connaissance, répondit-elle poliment. Je viens prendre des nouvelles de ma tante.

– Je suis en train de la soigner, s'interposa Matthew. Elle n'est pas en état de recevoir de visite aujourd'hui. Elle est au fond de son lit.

La honte envahit Sara. Elle avait l'intention d'épancher son amertume sur l'épaule de sa tante et d'obtenir son concours pour venir à bout de Nathan. Mais à présent, ses propres soucis lui semblaient dérisoires.

– Nora est vraiment malade ? demanda-t-elle d'une voix anxieuse. J'ai vu les marques sur ses bras mais j'ai cru...

– Elle guérira, prédit Matthew touché par sa sollicitude. Mais elle a besoin de repos et il faut pas qu'elle bouge à cause de ses côtes cassées...

– Mon Dieu ! Mais je l'ignorais.

– Voyons ! Pleurez donc pas, milady, supplia Matthew.

Les yeux de lady Sara s'embrumaient à vue d'œil. Affolé à l'idée de voir la femme de son capitaine lui tomber dans les bras, il s'empressa de la rassurer :

– C'est pas bien grave. J'lui ai bandé les côtes et il faut simplement qu'elle reste immobile. Mais j'veux pas d'raffut autour d'elle.

Il insista sur ces derniers mots et Sara comprit qu'il avait deviné l'objet de sa visite. Contrite, elle baissa la tête.

– J'allais l'importuner avec un problème qui me tracasse. Mais je ne la dérangerai pas. Je ne veux pas l'inquiéter. Quand elle se réveillera, auriez-vous la gentillesse de lui dire que j'aimerais la voir ?

Matthew hocha la tête et Sara lui prit la main. Il se laissa faire, pris au dépourvu.

– Je vous remercie de prendre soin de Nora. Elle

est si bonne et elle a tellement souffert, monsieur Matthew. Et tout est de ma faute.

Bonté divine, allait-elle encore pleurer ?

– Enfin ! Vous n'avez pas blessé vot' tante, intervint Matthew. C'est pas vous qui lui avez cassé les côtes. Paraîtrait que vot' père et ses frères sont à l'origine de ce mauvais coup.

– Oncle Henry a commis ce forfait, répliqua-t-elle. Mais cela ne change rien à ma responsabilité dans cette affaire. C'est moi qui ai insisté pour que Nora revienne en Angleterre avec moi...

Elle pressa à nouveau la main de Matthew et s'étonna de le voir sourire lorsqu'elle le salua en lui faisant part de sa joie de le compter parmi son personnel.

Matthew s'épongea le front et la regarda s'éloigner en direction de sa cabine. Il grommela quelques mots dans sa barbe et se moqua de lui-même. Lui ! Se mettre dans de tels états à cause des larmes d'une femme ! Il poursuivit son chemin en souriant.

Nora occupa les pensées de Sara jusqu'à la porte de sa cabine. Dès qu'elle aperçut le grand lit, le problème de Nathan resurgit.

Il n'y avait pas une minute à perdre. Elle poussa le verrou et traîna sa lourde malle contre la porte, le dos courbé sous l'effort.

Elle se précipita vers la table pour consolider sa barricade. Malgré ses efforts titanesques, le meuble ne bougea pas d'un pouce et elle découvrit que les pieds avaient été cloués au plancher.

Quelle drôle d'idée ! songea-t-elle.

Elle constata que le bureau avait subi le même traitement. Dieu merci, les chaises avaient été épargnées et, malgré leur poids, Sara les déplaça l'une après l'autre pour venir les empiler sur sa malle.

Elle recula pour juger de l'effet en frottant son dos douloureux. Ce rempart improvisé n'était qu'une mesure dilatoire mais elle était satisfaite d'elle-même. Sa réaction était puérile certes, mais que dire de celle de Nathan ! Peut-être son Viking reviendrait-il à la raison à la tombée de la nuit. Mais elle ne sortirait pas de cette cabine tant que cette tête de mule n'accéderait pas à sa requête. Quitte à mourir de faim.

— Je préférais l'ancienne disposition.

Sara sursauta et fit volte-face. Négligemment adossé au bureau, Nathan lui souriait.

Il pointa le doigt vers la trappe dans le plafond et lui expliqua d'une voix douce :

— Je passe toujours par là, c'est plus rapide.

Elle recula, abasourdie, ne sachant plus à quel saint se vouer.

Nathan voulut lui laisser le temps de reprendre ses esprits.

— L'arrangement de cette pièce ne vous convenait pas ? s'enquit-il avec sollicitude.

Dominant sa panique, elle finit par répondre du bout des lèvres :

— Non, elle est beaucoup mieux ainsi.

— Je crois malheureusement que votre malle et ces chaises bloquent la porte. Nous aurons du mal à nous asseoir... là-haut.

Piquée, Sara feignit de le prendre au sérieux.

— Je crois que vous avez raison, annonça-t-elle. Merci de me l'avoir signalé. A propos, pourquoi la table est-elle clouée au plancher ?

— Vous avez aussi essayé de la déplacer ?

Elle ignora la raillerie sous-jacente.

— Elle aurait fait mieux devant la malle. Le bureau aussi, ajouta-t-elle. Mais je n'ai pas réussi à les bouger.

Elle esquissa un mouvement de recul en le voyant s'avancer.

— Cela sert à retenir les meubles lorsque la mer est agitée, expliqua-t-il.

Pétrifiée, elle le vit s'approcher, souple comme un félin, avec une longue chevelure qui lui balayait les épaules. Elle voulait fuir mais, au plus profond d'elle-même, quelque chose la retenait. Etait-ce l'émoi délicieux qu'avait fait naître son baiser ?... Pourtant elle était fermement décidée à ne pas lui accorder davantage.

Elle comprit à l'expression de Nathan qu'il n'en resterait pas là et essaya de l'en dissuader en le foudroyant du regard.

Il se contenta de sourire.

Elle amorça un mouvement de retraite et se retrouva bloquée contre le lit. Nathan s'arrêta et poussa un long soupir.

Il ne lui laissa pas le temps de savourer ce moment de répit. Ses grandes mains s'abattirent sur ses épaules et il l'attira contre lui.

Il lui souleva le menton et la força à le regarder. Puis il lui dit d'une voix très douce :

— Sara, je sais que c'est difficile pour vous. Si nous avions plus de temps, nous aurions pu attendre de mieux nous connaître. Mais je ne vous mentirai point : je n'ai pas la patience de vous faire la cour, ces fadaises m'exaspèrent. N'ayez pas peur.

Il s'interrompit, haussa les épaules et sourit tout à coup.

– Cela devrait m'être égal, mais je ne veux pas que vous me craigniez.

– Mais alors...

– Il est trop tard, trancha-t-il. Si vous ne vous étiez pas enfuie il y a huit mois, vous porteriez mon fils, à l'heure qu'il est.

Elle écarquilla les yeux de stupeur. Nathan crut que c'était à cause du bébé. Elle était si naïve qu'elle devait tout ignorer des relations sexuelles. Cette constatation le réjouit.

– Mais je ne me suis jamais enfuie ! s'exclama-t-elle enfin. De quoi parlez-vous ?

– Comment osez-vous mentir aussi effrontément ? gronda-t-il. Je ne tolérerai pas que vous manquiez de franchise avec moi, Sara.

– Mais c'est la vérité, s'indigna-t-elle. Je n'ai jamais cherché à vous échapper, Viking.

Touché par ses accents de sincérité, il la crut.

– Sara, j'avais annoncé ma visite à vos parents dans un courrier. J'avais envoyé mon message un vendredi et vous étiez censée vous préparer pour le lundi suivant. J'avais même précisé l'heure. Or le dimanche, vous vous êtes embarquée pour retrouver Nora dans son île. J'en ai tiré les conclusions qui s'imposaient.

– Je n'en ai rien su, répondit-elle. Nathan, mes parents n'ont pas dû recevoir votre lettre car ils ne m'en ont pas touché un mot. Tout allait mal à cette époque. Ma mère se faisait un souci d'encre pour Nora. Ma tante avait l'habitude de lui écrire tous les mois et cela faisait un temps fou qu'elle n'avait plus aucune nouvelle. Quand mère m'a demandé d'aller voir sur place ce qui se passait, j'ai tout de suite accepté.

111

– Quand votre mère vous a-t-elle confié ces craintes ?

– Quelques jours avant mon départ, reconnut-elle. Mais elle ne m'aurait rien dit si je ne l'avais surprise en larmes. Elle craignait que je ne prenne cela trop à cœur. Je l'ai pressée de m'avouer la raison de ses soucis... Oui, ajouta-t-elle, maintenant que j'y songe, c'est moi qui lui ai proposé de partir.

Une pensée la traversa tout à coup.

– Mais comment le saviez-vous ? Mes parents ont raconté que j'étais allée voir ma sœur aux Amériques.

Passant sous silence le fait qu'elle avait été suivie par ses hommes et qu'elle avait embarqué sur l'un de ses navires, il haussa les épaules avec dédain.

– Pourquoi ce mensonge ?

– A cause de Nora, répondit Sara. Elle était en disgrâce. Elle a quitté l'Angleterre il y a quatorze ans après avoir épousé son palefrenier. Je pensais que cette affaire était enterrée, mais apparemment personne n'a oublié ce scandale.

– Vous avez donc appris deux jours seulement avant votre départ que Nora n'écrivait plus ?

– Mère ne voulait pas m'inquiéter, riposta la jeune fille. Comment osez-vous soupçonner ma mère d'une telle vilenie ! Mon père ou ma sœur auraient pu intercepter cette lettre pour vous faire attendre, Nathan, mais jamais ma mère !

Touché par cet ardent plaidoyer, Nathan renonça à la pousser dans ses retranchements. Par contre la conviction qu'avait Sara de l'innocence de son père l'irrita au plus haut point. Tout à coup une pensée le traversa et son visage s'illumina : elle n'avait pas cherché à lui échapper.

De son côté, Sara, à court d'arguments, sentit un voile se déchirer dans son esprit : il ne l'avait pas oubliée.

Un sourire radieux se dessina sur ses lèvres et elle lui sauta au cou. Subjugué, il se laissa faire en grommelant, plus déconcerté que jamais par ses sautes d'humeur. Mais cette subite démonstration de tendresse ne lui déplut pas. Au contraire.

Sara poussa un petit soupir et s'écarta de son mari.

— Peut-on savoir ce qui vous arrive ?

— Vous ne m'aviez pas oubliée, murmura-t-elle en arrangeant le désordre de sa coiffure.

D'un geste infiniment séduisant, elle rejeta une mèche de cheveux dans son dos et ajouta :

— Oh ! J'étais certaine qu'il s'agissait d'un malentendu car...

— Car vous saviez que je voulais vous épouser ? compléta Nathan.

Elle acquiesça et il se mit à rire.

Elle lui jeta un regard mi-figue, mi-raisin et poursuivit :

— Nathan, au moment où je cherchais Nora partout, je vous ai écrit plusieurs fois pour vous demander votre aide et vous ne m'avez jamais répondu. Je me suis demandé si...

— Sara, je n'ai pas d'adresse.

— Vous avez un hôtel particulier en ville, riposta la jeune femme. Je l'ai vu un jour où je me promenais... Ne me dites pas le contraire !

— Mon hôtel a été entièrement détruit par un incendie l'an dernier.

— Personne ne me l'a dit !

Il fit un geste fataliste.

– J'aurais fait porter mon message à votre château. Allons bon, murmura-t-elle, qu'y a-t-il encore ?

– Un mois plus tard, mon château brûlait, expliqua-t-il.

– Vous n'avez vraiment pas eu de chance, Nathan, le plaignit-elle, sincèrement atterrée.

Nathan se garda de lui avouer que ces incendies avaient été allumés par ses ennemis qui cherchaient des lettres compromettantes.

– Vous me demandiez mon aide pour retrouver Nora ?

– Vers qui d'autre aurais-je pu me tourner ? A mon avis, votre oncle Dunford St James a voulu me jouer un mauvais tour et il a intercepté la lettre que vous avez écrite à mes parents.

– Et moi je suis convaincu que le démon qui vous tient lieu de père est à l'origine de cette machination ! répliqua-t-il exaspéré.

– Cessez de calomnier mon père ! Je vous dis que c'est Dunford.

– Ah ? Et c'est Dunford qui a battu votre tante ?

Il regretta sa question en voyant les yeux de Sara se remplir de larmes.

– Non, murmura-t-elle en baissant son regard. C'est l'œuvre de mon oncle Henry que vous avez vu dans la taverne l'autre nuit. Maintenant vous savez la vérité, termina-t-elle plaintivement.

Nathan lui souleva gentiment le menton et caressa sa peau satinée.

– Quelle vérité ?

Elle le regarda longuement avant de répondre :

– J'ai de lourds antécédents.

Elle attendit un démenti mais il renchérit :

– Ça, vous pouvez le dire !

Il était vraiment sans pitié.

Elle se dégagea et soupira.

— Il vaudrait mieux que nous n'ayons pas d'enfants.

— Pourquoi ?

— Et s'ils devenaient comme oncle Henry ? Ou pire... ils pourraient tenir des St James. Reconnaissez que ce sont les hommes les plus laids et les plus méchants qui soient. Ce sont des brigands, ajouta-t-elle avec véhémence. Tous autant qu'ils sont.

— En dépit de leur conduite un peu... rustre, ils sont directs, eux ! On ne peut pas les taxer d'hypocrisie.

— C'est le moins que l'on puisse dire !

— Quel est ce sous-entendu ?

Consciente de son irritation croissante, elle poursuivit :

— Votre oncle Dunford est si direct qu'il a tué son propre frère !

— Vous êtes au courant ? fit-il en réprimant un sourire devant l'air réprobateur de Sara.

— Tout le monde le sait. Cela s'est passé en plein jour, sur les marches de l'hôtel de ville et devant une foule de témoins.

— Dunford avait d'excellentes raisons pour agir ainsi.

— Alors dites-moi ce qui peut justifier un fratricide ? s'enquit-elle avec incrédulité.

Il hocha la tête.

— Son frère l'avait réveillé...

Il sourit tout à coup et, désarmée, elle lui rendit son sourire. Dès qu'il se déridait, elle devenait sensible à son charme.

— Dunford n'a pas tué son frère, lui expliqua Nathan. Ce dernier a simplement eu du mal à s'asseoir pendant quelques semaines. Quand vous ferez la connaissance de mon oncle...

– C'est déjà fait, répliqua-t-elle. (Elle se sentait oppressée tout à coup par la façon qu'il avait de la dévisager.) J'ai également rencontré sa femme.

Elle souriait toujours et une lueur malicieuse dansait dans ses yeux. Le moment était venu de détourner la conversation... L'air absent, il lui caressait doucement les épaules.

Il avait l'air si absorbé par ses pensées que Sara décida de profiter de sa distraction. Elle lui prit la main et la posa sur ses reins douloureux.

– Frottez-moi le dos, Nathan. Ces déménagements m'ont rompue.

Il obéit sans discuter et suivit ses directives. Devant sa maladresse, elle finit par lui prendre les mains et les poser sur le creux de ses reins. Ensuite elle s'appuya sur lui et ferma les yeux en soupirant d'aise.

– Cela va-t-il mieux ? fit-il au bout de quelques minutes.

– Oui, ronronna-t-elle sans bouger.

– Où avez-vous rencontré Dunford ? demanda-t-il sans cesser de lui masser le dos.

Il avait posé son menton sur sa tête et respirait son parfum frais avec délices.

– A une réception où votre oncle et votre tante étaient également invités. Je les ai trouvés terrifiants (je n'oublierai jamais ma terreur au moment des présentations).

Nathan gloussa :

– Dunford a l'air d'un barbare, reconnut-il en l'attirant doucement contre lui. Mon oncle est fort comme un taureau et je dois reconnaître qu'il est impressionnant.

– Sa femme aussi, intervint Sara en souriant. J'ai failli les confondre.

Il lui pinça les fesses pour la punir de son insolence.

– Dunford porte une moustache, la gronda-t-il.

– Elle aussi.

Il la pinça à nouveau.

– Chez les St James, les femmes sont loin d'être aussi grosses que chez les Winchester ! riposta-t-il.

– Elles ne sont pas grosses, plaida Sara, elles sont simplement... enveloppées.

Elle lança tout à trac :

– Nathan, je vous préviens que je garderai mes vêtements.

Il fut instantanément tout ouïe.

– Ah ?

Elle lui jeta un bref coup d'œil. Il affichait un sourire placide et elle reprit courage.

– Parfaitement, si nous devons faire cette... chose, je resterai habillée. Nathan, c'est à prendre ou à laisser.

Elle se mordillait la lèvre inférieure en attendant sa réaction. Nathan crut qu'elle avait à nouveau peur et s'impatienta.

– Sara, pour l'amour du ciel, je ne vais pas vous faire de mal.

– Si, murmura-t-elle.

– Qu'en savez-vous ?

– Mère m'a dit que cela faisait toujours mal, bafouilla-t-elle écarlate.

– Pas toujours, coupa-t-il. C'est peut-être... un peu désagréable la première fois.

117

– Vous voyez ! triompha-t-elle.

– Faites comme si...

– Je sais d'avance que ça ne me plaira pas... Combien de temps cela dure-t-il ? Quelques minutes, une heure ? Je veux au moins savoir ce qui m'attend.

Il avait cessé de lui masser le dos et son étreinte n'avait plus rien de tendre. Ses doigts s'enfoncèrent durement dans sa chair. Voyant que sa question le déconcertait, elle décida de battre le fer pendant qu'il était encore chaud.

– J'ai une faveur à vous demander. Laissez-moi jusqu'à ce soir. Puisque vous vous refusez à changer d'avis, accordez-moi au moins quelques heures pour affronter mon destin.

Affronter son destin ! Il eut envie de la battre. Elle jouait les martyrs à présent ! Néanmoins il céda à sa requête.

– C'est bon, fit-il. Mais n'attendez rien d'autre de moi, Sara.

Elle se dressa sur la pointe des pieds pour l'embrasser. Il sentit ses lèvres effleurer fugitivement les siennes, puis elle s'écarta, très satisfaite.

– Bonté divine, Sara ! A quoi jouez-vous ?

– Je vous donne un baiser.

– Non, grogna-t-il, voilà ce que j'appelle un baiser.

Il l'attira contre lui, souleva son visage entre ses paumes et plaqua sauvagement sa bouche sur la sienne. Elle se sentit fondre dans ses bras et s'abandonna en songeant qu'elle lui devait bien cela.

Ce fut là sa dernière pensée cohérente avant de basculer sous l'intensité du feu dévorant que Nathan alluma en elle. Sa bouche avait entièrement pris possession de la sienne et elle sentait ses genoux se dérober sous l'âpreté de son désir. Elle s'accrocha désespérément à son mari et gémit de plaisir quand il darda sa langue entre ses lèvres.

Il la souleva et la plaqua contre son corps. Instinctivement elle se cambra pour l'accueillir entre ses cuisses. Un puissant souffle d'érotisme les souda l'un à l'autre.

Plus tard, Nathan relâcha un peu son étreinte en constatant qu'elle ne résistait pas. Au contraire. Elle se cramponnait à ses cheveux pour se rapprocher de lui.

Il se redressa brusquement et retint Sara qui vacillait, jusqu'à ce qu'elle reprenne ses esprits. Cet émoi révélateur le remplit de fierté.

Sacrebleu ! Comme il la désirait ! Il repoussa Sara contre le lit et tourna les talons. Il poussa les meubles qui obstruaient la sortie et, lorsqu'il ouvrit la porte, Sara revint à elle.

— A l'avenir, Nathan, dit-elle d'une voix chavirée, évitez d'entrer dans notre chambre par la cheminée. Je vous promets de ne plus verrouiller la porte, ajouta-t-elle en le voyant arrondir les yeux de surprise.

Sidéré par tant d'ignorance, il s'apprêtait à lui expliquer qu'il s'agissait d'une trappe et non d'une cheminée quand elle reprit :

— Vous n'avez pas répondu à ma question. Combien de temps cela va-t-il durer ?

Il remit ses explications à plus tard et marmonna :

— Comment diable voulez-vous que je le sache ?

— C'est la première fois que vous faites... cette chose ?

Nathan, excédé, ferma les yeux. Cette conversation n'avait ni queue ni tête.

— Oui ou non ?

– Non, fit-il exaspéré. Mais je n'ai jamais fait attention au temps que cela durait.

Il allait claquer la porte derrière lui quand il se retourna avec un large sourire.

– Sara ?

– Oui ?

– Je ne crois pas que cela vous déplaira.

Et sur cette promesse, il referma la porte.

5

Sara ne revit pas Nathan de la journée. Elle remit de l'ordre dans la cabine et tria ses affaires. Elle fit le lit, épousseta les meubles et alla jusqu'à balayer le parquet. Puis elle s'aperçut qu'elle avait oublié son ombrelle sur le pont et partit la chercher. Elle revint bredouille.

A la tombée de la nuit, elle se creusait toujours la tête pour tenter d'obtenir un nouveau sursis et ses nerfs étaient à fleur de peau. Sa lâcheté lui faisait honte. Elle avait beau se répéter que c'était inévitable, elle n'en était pas plus rassurée pour autant.

Elle faillit crier en entendant frapper à sa porte. Puis elle se reprit : Nathan, lui, aurait fait irruption dans sa cabine. Matthew était dans la coursive.

— Votre tante Nora vous attend, annonça-t-il. Pendant ce temps, Frost va vous monter un bain. Ordre du cap'tain. Vous bénéficiez d'un traitement de faveur ! Profitez-en car l'eau douce est une denrée rare à bord.

— Comme c'est gentil de la part de Nathan ! s'exclama Sara. Remerciez-le de ma part.

— Entendu, milady, répondit Matthew embarrassé.

Il escorta Sara jusqu'à la cabine de sa tante. Il se sentait gauche et emprunté devant l'amabilité de la jeune aristocrate. Il n'était pas habitué à être traité ainsi d'égal à égal, sauf par Nathan. C'était bien la première fois qu'une dame lui faisait la révérence... Elle avait un sourire ensorcelant. Sapristi ! songeat-il en voûtant les épaules, il allait succomber au charme de cette jolie fille comme ce balourd de Jimbo.

Devant la porte de Nora, Matthew sortit de son hébétude et marmonna dans sa barbe :

— La fatiguez pas, compris ?

Sara promit et attendit qu'il lui ouvrît la porte. Puis elle le remercia et pénétra dans la cabine.

— Matthew a l'air tout retourné, remarqua Nora assise dans son lit.

— Ah bon ? Je n'ai rien remarqué, s'étonna Sara, radieuse, qui courut embrasser sa tante.

Nora était confortablement adossée contre des oreillers.

— Par contre, il se fait du souci pour toi, ma tante, fit-elle en tirant une chaise auprès du lit.

Elle s'assit en prenant garde à ne pas froisser sa robe.

— Tu as là un chevalier servant.

— Tu ne trouves pas qu'il est bel homme, Sara ? Si tu savais comme il est bon. Il me rappelle beaucoup mon défunt mari, même s'il ne lui ressemble pas du tout physiquement.

Sara retint un sourire.

— Oh ! Oh ! Nora, tu as un petit béguin pour Matthew ?

— Ne dis pas de sottises, mon enfant. Je suis trop vieille pour ça.

– Comment te sens-tu aujourd'hui ?

– Beaucoup mieux, ma chérie. Et toi ?

– Ça peut aller, merci.

Nora hocha la tête.

– Sara, je ne te crois pas, la gronda-t-elle gentiment. Comme te voilà crispée. C'est Nathan qui te met dans des états pareils ?

Sara acquiesça lentement.

– Je me faisais aussi du souci pour vous, avoua-t-elle.

– Ne change pas de sujet, ordonna Nora. Que se passe-t-il ?

– Je préfère ne pas en parler.

– Ça m'est égal, répliqua la vieille dame. Je veux savoir si tu t'entends bien avec ton mari.

Sara haussa les épaules avec dédain.

– Aussi bien que possible, compte tenu de son caractère détestable.

Nora sourit.

– Il t'a embrassée ?

– Nora !

– Oui ou non ?

Sara baissa la tête et répondit à contrecœur :

– Oui, il m'a embrassée.

– Parfait. A présent, écoute-moi, Sara. Je sais que Nathan est différent de ce que tu imaginais, mais sous ses apparences un peu rustres, je suis convaincue que c'est un homme de cœur.

Sara s'efforça de donner un tour badin à la conversation.

– Et comment sais-tu ce que j'imaginais ?

– Même dans tes rêves les plus insensés, il est impossible que tu aies songé à lui. J'avoue qu'il est impressionnant au premier abord.

– Tu trouves ? murmura faiblement Sara.

– La meilleure preuve, c'est que tu t'es évanouie la première fois que tu l'as vu ! répliqua Nora péremptoire.

– J'étais épuisée. Oh, Nora ! Il veut me... Il veut dormir avec moi, lâcha-t-elle tout à coup.

Cette révélation ne troubla aucunement Nora. Sara en fut profondément soulagée car elle avait désespérément besoin des conseils de sa tante.

– C'est un désir tout à fait normal de sa part. Et tu as peur, n'est-ce pas ?

– Un peu, avoua la jeune fille. Je sais quel est mon devoir mais nous nous connaissons si peu ! Je veux d'abord qu'il me courtise.

– Et tu redoutes votre nuit de noces ?

– C'est si étrange, ma tante. Nathan a l'air féroce quand il me foudroie du regard, c'est-à-dire la plupart du temps. Mais au fond de moi-même, je sais qu'il est bon. Il m'a même dit qu'il ne voulait pas que je le craigne.

– Voilà qui est parfait !

– Oui, mais il refuse d'attendre, expliqua Sara éperdue.

Nora ébaucha un sourire.

– Ça ne m'étonne pas de lui. Sara, tu es sa femme et, crois-moi, vu le regard qu'il t'a lancé cette fameuse nuit, tu lui plais.

Sara se sentit rougir.

– Et si je le déçois ?

– Cela me surprendrait.

– Je dois donner le jour à un enfant pour qu'il reçoive l'autre moitié du trésor promis par le roi. Mais j'ai tardé à le rejoindre et il est persuadé que j'ai cherché à lui échapper.

Sara lui raconta tout ce qu'elle savait et, quand elle eut terminé, Nora fronçait les sourcils.

— Tu reproches sa conduite à Nathan ?

— Au contraire ! Je me désole de constater qu'une fois de plus tes parents t'ont trompée.

— Nora, comment peux-tu...

Mais Nora l'interrompit.

— Jamais je n'ai cessé d'écrire à ta mère. Je te l'ai dit et répété. Une ou deux lettres auraient pu s'égarer, mais pas les six ! Sara, ils ont menti pour t'éloigner.

— Jamais mère ne s'y serait prêtée.

— Hélas ! Ton père l'a toujours terrorisée. Ne prétends pas le contraire et sois réaliste, mon enfant. Winston lui aura ordonné de te mentir, elle a obéi. Mais nous avons suffisamment parlé de tes parents. J'ai une question à te poser.

— Qu'est-ce donc ?

— Comment trouves-tu Nathan ?

— On ne m'a pas demandé mon avis.

— Te plaît-il, oui ou non ?

— Je n'ai jamais envisagé d'épouser quelqu'un d'autre, hésita Sara. Oh ! Nora, je sais seulement qu'il me déplairait de le voir avec une autre femme. J'en ai pris conscience lorsqu'il a prononcé le mot de maîtresse devant moi, cela m'a mise hors de moi. Nora, je me sens toute bouleversée !

— C'est normal, ma chérie, l'amour vous bouleverse toujours.

— Ce n'est pas de l'amour, riposta Sara. On me rabâche depuis des années que Nathan est mon mari.

Nora soupira de mépris.

— Ils ont voulu t'inculquer la haine de ton mari. Ils pensaient t'avoir gagnée à leur cause, comme ta sœur

Belinda, mais ils ont échoué et tu ne détestes pas Nathan.

— Comment peut-on détester quelqu'un ?

— Pendant toutes ces années, tu l'as défendu dans ton cœur, Sara, tout comme tu as toujours pris la défense de ta mère. Tu les as laissés raconter leurs mensonges sans jamais y croire.

— Ils sont persuadés que je le hais, confessa la jeune fille. Pour qu'ils me laissent tranquille, j'ai fait semblant de croire à leurs calomnies. Oncle Henry était le pire de tous. Maintenant il sait tout. Dans la taverne, j'ai perdu mon sang-froid en voyant ton alliance à son doigt boudiné. Je me suis vantée d'avoir toujours été en excellents termes avec Nathan et je l'ai menacé de ses représailles.

— Tu n'étais pas loin de la vérité, répliqua Nora songeuse. Sara, je suis certaine que Nathan nous vengera. Sais-tu pourquoi ?

— Parce qu'il se rendra compte que tu es une femme exquise et adorable.

Nora leva les yeux au ciel.

— Mais non, ma chérie. Pour l'instant, cela m'étonnerait. Il veillera sur moi parce qu'il sait que tu me chéris. Nathan fait partie de ces hommes qui protègent leur entourage.

— Mais...

— Je te dis qu'il t'aime déjà, Sara.

— Tu te fais des idées !

L'arrivée de Matthew interrompit brusquement leur conversation. Il adressa un clin d'œil malicieux à Nora et déclara :

— Il faut vous reposer maintenant.

Sara souhaita une bonne nuit à sa tante et regagna sa cabine. Un tub d'eau fumante l'attendait et elle se baigna longuement. Puis elle enfila sa chemise de nuit blanche et un déshabillé assorti. Elle se brossait les cheveux sur le lit quand Nathan entra dans la pièce suivi de deux jeunes garçons.

Les matelots la saluèrent et emportèrent le tub. Gênée, Sara dissimula son décolleté et reprit son occupation après leur départ.

Sans mot dire, Nathan verrouilla la porte.

Il suffisait de le regarder pour comprendre ce qu'il voulait. Sara se mit à trembler.

Il avait également pris un bain. Ses cheveux mouillés étaient rejetés en arrière et soulignaient son profil implacable. Il était toujours torse nu. Sara continuait à se brosser machinalement les cheveux et se creusait désespérément la cervelle pour trouver un moyen de chasser la tension insupportable qui grandissait en elle.

Sans la quitter des yeux, Nathan s'installa sur une chaise et commença lentement à retirer ses bottes. Puis il se releva et se mit à déboutonner son pantalon.

Elle ferma pudiquement les yeux.

Il acheva de se déshabiller en souriant.

— Sara ?

Elle garda les paupières obstinément closes.

— Qu'y a-t-il ?

— Ôtez vos vêtements, ordonna-t-il en s'efforçant d'adoucir sa voix.

Elle avait peur, il suffisait de la voir se brosser énergiquement les cheveux pour comprendre qu'elle allait finir par s'assommer.

Las ! Elle s'administra un violent coup de brosse sur la tempe avant de déclarer d'une voix blanche :

— Je vous ai déjà dit, Nathan, que je désirais garder mes vêtements !

Elle voulait faire preuve de fermeté et s'entendit murmurer d'une petite voix tremblante :

– D'accord ?

Il acquiesça en soupirant. Rassérénée par cette première victoire, elle arrêta de se brosser les cheveux. Puis elle traversa lentement la cabine, les yeux fixés au plancher, en traçant un arc de cercle pour l'éviter.

Elle posa sa brosse, respira un grand coup et se retourna.

Elle allait feindre l'indifférence. Après tout, elle était sa femme, alors pourquoi se conduirait-elle comme une gamine ignorante et prude ?

Hélas ! Elle était bel et bien ignorante et c'était la première fois qu'elle allait voir un homme nu. Elle se répéta avec nervosité : « Je ne suis plus une enfant, je suis une femme ! » et leva résolument les yeux. Toutes ses précautions s'envolèrent en fumée. Elle vit Nathan de dos en train de refermer la trappe. Cette vision suffit pourtant à lui couper le souffle. Il avait un corps d'athlète. Ses muscles souples et puissants étaient uniformément hâlés par le soleil et elle se demanda avec étonnement comment il pouvait être aussi intégralement bronzé.

Il lui faudrait attendre quinze ou vingt ans de mariage avant de pouvoir aborder ce sujet. Qui sait ? Plus tard, elle évoquerait peut-être en riant cette nuit épouvantable.

Mais pour l'instant elle n'avait aucune envie de rire. Nathan alluma une bougie et la lueur vacillante de la flamme miroita sur sa peau sombre. Dieu merci, il ne s'était pas encore retourné et elle se demanda s'il ne lui laissait pas le temps de s'habituer à sa taille.

C'était peine perdue, hélas !

Sara soupira devant la puérilité de ses réactions. Elle détourna la tête pour cacher son embarras et s'efforça de prendre un ton nonchalant :

— Allons-nous au lit tout de suite ?

Las ! En entendant sa petite voix étranglée, il comprit qu'il lui faudrait apaiser sa peur avant de l'entraîner dans sa couche.

Il essaya de la prendre dans ses bras mais elle se dégagea et courut se réfugier près du lit. Il la saisit alors par les épaules et la fit lentement pivoter.

Il remarqua avec amusement que sa femme ne faisait plus aucune difficulté pour le regarder dans les yeux. Son joli visage était levé vers le sien et Sara n'aurait pas baissé les yeux pour tout l'or du monde.

— Ma nudité vous dérange ? demanda-t-il en prenant le taureau par les cornes.

— Non, pourquoi ?

Ses mains vinrent encercler avec douceur son cou gracile et il sentit battre ses veines sous ses doigts.

— Vous aimez que je vous embrasse, n'est-ce pas, Sara ?

— Oui, reconnut-elle.

Nathan bomba le torse.

— Mais je ne crois pas que le reste me plaira, prévint-elle tout de go.

Sans s'offenser de cette franchise, il déposa un baiser léger sur son front. Sa bouche frôla ses narines palpitantes et vint effleurer ses lèvres.

— Et moi, je crois que je vais adorer cela, chuchota-t-il d'une voix rauque.

Elle ne trouva aucune réponse à lui opposer et serra obstinément les lèvres tandis qu'il s'attardait sur sa bouche. Il avait l'impression d'embrasser une statue de marbre. Sans s'émouvoir, il resserra lentement les mains autour de son cou. Elle entrouvrit les lèvres pour lui ordonner de la lâcher et il en profita pour prendre avidement possession de sa bouche. Alors elle oublia tout.

Elle répondit timidement à son baiser et commença à perdre sa réserve. La statue s'animait. Nathan relâcha son étau dès qu'il la sentit s'abandonner et se mit à lui caresser la nuque. Son stratagème réussit et, comme ensorcelée, elle se blottit contre lui et noua les bras autour de son cou.

Le gémissement de plaisir de Sara vint se mêler à son grognement de désir. Sans lui laisser le temps de reprendre ses esprits, il l'embrassa à nouveau. Ce fut un long baiser, brûlant et inquisiteur. Insatiable, il buvait à la coupe de ses lèvres. Sa langue experte explorait sa bouche et incendiait les sens de la jeune femme.

Leur baiser fut interminable. Son innocence était telle qu'il n'eut aucun mal à vaincre sa timidité et sa résistance. Il essayait de maîtriser ses pulsions mais, lorsqu'elle glissa ses doigts dans ses cheveux humides, cette caresse sensuelle et fugace exacerba son désir.

Il la tenait à sa merci. Sara laissa échapper une plainte quand il se dégagea de son étreinte. Il explorait voluptueusement sa bouche mais cela ne lui suffisait plus. Elle désirait ardemment la chaleur de son corps, elle aurait voulu se noyer dans ses bras et voilà qu'il lui échappait. Il l'attira contre lui en lui emprisonnant les bras. Elle se laissa faire, grisée par les sensations inconnues et merveilleuses qui se bousculaient en elle.

– Allez-y, chuchota-t-il en interrompant leur baiser. Reprenez-moi dans vos bras.

Il lui sourit avec tendresse. Comme elle était pure ! Elle ne savait pas feindre et la passion se lisait sur son petit visage éperdu. Il se sentait profondément ému par cette confiance qu'il n'avait jamais vue chez une autre femme. Soudain, et à sa propre surprise, il désira ardemment lui plaire. Dans ses bras, il se sentait prêt à conquérir le monde.

Il allait commencer par elle.

– N'ayez pas peur, murmura-t-il d'une voix rauque.

Il lui caressa la joue et sourit quand elle vint se frotter instinctivement contre sa main.

– Je m'y efforce, répondit-elle tout bas, et votre délicatesse me rassure.

– Ma délicatesse ?

Il vit briller dans ses yeux une lueur amusée.

– Vous avez accepté que je garde mes vêtements.

C'était donc ça ! Elle découvrirait bien assez tôt qu'il venait de lui retirer sa chemise de nuit.

– Je ne brille pas par la patience, Sara, surtout si vous êtes l'objet de mon désir.

Il l'enlaça et leurs corps nus se touchèrent. Les yeux de Sara s'agrandirent de stupeur. Mais il s'empara de sa bouche avant qu'elle n'ait eu le temps de reprendre ses esprits.

Son Viking embrassait divinement bien et d'attaquée, elle devint l'agresseur. Elle lui arracha un gémissement et voyant que son audace lui plaisait, elle s'enhardit.

Un baiser fougueux raviva leur passion et, secouée de frissons voluptueux, elle commença à gémir d'une voix rauque. Elle était prête.

Elle s'agrippa à ses épaules et le bout de ses seins

lui effleura la poitrine. Electrisé par ce contact, il la pressa de toutes ses forces contre son sexe dressé et étouffa d'un baiser enfiévré son cri de stupeur.

L'esprit engourdi, Sara sentait jaillir sous les baisers de Nathan des sensations étranges mais merveilleuses qui anéantissaient toute sa volonté. Sa timidité s'était évanouie : il avait profité de son abandon pour lui ôter ses vêtements et pourtant elle l'acceptait comme quelque chose de parfaitement normal. Mais elle aurait préféré s'habituer progressivement à son corps et à ses caresses fougueuses.

Tout à coup, elle se retrouva sur le lit. Nathan repoussa les couvertures et cessa de l'embrasser le temps de la déposer avec douceur au creux du lit. Elle n'eut pas le temps de cacher sa nudité, qu'il s'allongeait déjà sur elle, l'enveloppant de sa chaleur.

Tout allait trop vite et Sara se sentit prise au piège. Elle lutta un instant contre la panique et la crainte de le décevoir.

Mais le poids de son corps la dégrisa brutalement et elle ne songea plus qu'à lui échapper.

A la dernière minute, le goût de ses baisers la retint et l'emporta sur son effroi.

Elle étouffa un cri.

Il essaya de lui écarter les jambes avec ses genoux mais elle résista farouchement. Elle lui martelait les épaules de ses poings serrés. Il s'arrêta instantanément et déposa des baisers légers dans son cou. Elle s'apaisa et frissonna en sentant son souffle chaud contre son oreille. D'une voix enrouée, il lui chuchota qu'elle lui plaisait et qu'il la désirait de toutes ses forces. Il alla jusqu'à lui avouer qu'il la trouvait ravissante. Puis, convaincu que ses cajoleries la lui livraient corps et âme, il se tut.

132

Il se trompait. Dès qu'il lui effleura les cuisses, elle se raidit. Il serra les dents de frustration.

Il se sentait devenir fou au contact de sa peau satinée et de fines gouttelettes de sueur perlèrent à son front. Elle se tendait comme un arc dès qu'il lui frôlait les seins. Il allait exploser s'il n'assouvissait pas bientôt ce désir qui lui tenaillait le bas-ventre.

Sacré bon sang, que craignait-elle ? Il brûlait de la posséder et elle allait l'en supplier à genoux.

Pendant ce temps, Sara lui pinçait le bras pour lui faire lâcher prise.

Nathan roula sur le flanc et tenta de reprendre son sang-froid, sinon il allait la violer sur place.

Son cœur cognait dans sa poitrine et il se contraignit à respirer calmement pour chasser les élancements qui le pliaient en deux.

Bon Dieu ! qu'il était difficile de se concilier les faveurs d'une vierge ! Privé d'expérience en la matière, il se sentait complètement désemparé.

Qui sait, plus tard peut-être, il rirait de bon cœur en évoquant les exquis tourments de cette nuit de noces. Mais pour l'instant, il était partagé entre l'envie de secouer Sara et celle de la cajoler.

Sara tremblait de la tête aux pieds. Mais dès qu'il la libéra de son étreinte, sa soif de baisers la reprit.

Elle s'inquiéta en voyant le visage crispé de Nathan.

– Nathan ?

Les yeux clos et les mâchoires serrées, il ne répondit pas.

– Vous êtes fâché ?

– Non.

– Ne faites pas la tête, murmura-t-elle en lui effleurant timidement la poitrine.

Il bondit comme si elle l'avait ébouillanté.

– Vous ne voulez plus de moi ? fit-elle déçue.

Il faillit lui attraper la main et lui montrer à quel point il la désirait, mais il se retint pour ne pas l'effaroucher.

– Sara, attendez un peu, dit-il d'une voix hachée. J'ai peur...

Il allait lui expliquer qu'il avait peur de lui faire mal, mais se retint à temps.

– N'ayez pas peur, chuchota-t-elle.

C'était un comble ! Il ouvrit les yeux et la contempla, incrédule. Elle ne croyait tout de même pas... et pourtant, devant son regard tendre, il dut se rendre à l'évidence.

– Pour l'amour du ciel, Sara, de quoi aurais-je peur ?

Elle lui caressa la poitrine et sa main glissa vers le plat du ventre.

– Arrêtez ! ordonna-t-il en la repoussant.

– Vous n'avez jamais connu que des femmes pleines d'expérience, n'est-ce pas, Nathan ?

Un grognement lui répondit.

Elle sourit malicieusement.

– Nathan, vous aimez m'embrasser, n'est-ce pas ?

Il lui avait posé la même question dix minutes plus tôt pour l'apprivoiser. Cela devenait grotesque ! Cette femme lui parlait comme s'il était encore puceau.

Soudain il eut une illumination : sa femme n'avait plus peur de lui.

– Répondez-moi, insista Sara.

– Oui, Sara. J'aime vous embrasser.

– Alors recommencez, s'il vous plaît.

– Sara, j'ai aussi envie de vous caresser.

A coup sûr, elle allait se transformer à nouveau en

statue ! Au prix d'un effort surhumain, il se contint et sentit les pulsions du désir lui obscurcir la raison.

Il ferma les yeux en maugréant d'impuissance et les rouvrit, stupéfait, quand Sara s'empara de sa main et la posa sur son petit sein rond.

Immobiles, ils se regardèrent, les yeux dans les yeux, pendant une interminable minute.

Sara finit par s'impatienter. Il lui caressait doucement les seins et elle se frotta contre lui, quêtant avidement un baiser.

– Je déteste me sentir prisonnière, murmura-t-elle entre deux baisers langoureux. Mais à présent, je me sens bien. Soyez persévérant, Nathan. Tout est si nouveau pour moi. Il faut me croire.

Il prit tendrement son visage entre ses mains et chuchota :

– Je crois que je saurai faire preuve de persévérance. (Et il ajouta sur un ton un peu moqueur :) Il faut me croire.

Elle laissa échapper un petit soupir et l'embrassa. Dès qu'il sentit sa langue taquiner la sienne, Nathan perdit tout contrôle de lui-même et but avidement à la coupe de ses lèvres.

Eperdue de désir, Sara bascula en arrière et tenta de l'attirer vers elle. Nathan résista et posa sa bouche sur la douce vallée entre ses seins. Il taquina ses mamelons roses jusqu'à ce qu'il les sente se durcir sous ses lèvres.

Gémissant de plaisir sous cette exquise torture, elle s'agrippa à ses cheveux en cambrant les reins.

Ses baisers, de plus en plus audacieux, lui arrachèrent une plainte :

– Oh oui, Nathan.

Sans cesser de l'embrasser, il glissa une main entre ses cuisses. Elle gémit à nouveau.

Il se haussa sur un coude pour la contempler. Elle se déroba et cacha son visage contre son épaule. D'un geste impérieux, il l'attira à lui.

– J'aime ton corps, murmura-t-il. Tu aimes que je te caresse ?

Il connaissait déjà la réponse. Maintenant elle était prête à le recevoir. Ses doigts frôlèrent le triangle qui bouclait au creux de ses cuisses. Peu à peu sa caresse se fit plus insistante.

Son corps arc-bouté se détendit progressivement et elle s'accrocha à lui en lui griffant le dos. Il sentit ses ongles s'enfoncer dans sa chair.

– Nathan, soupira-t-elle d'une voix oppressée. Non ! J'ai mal. Oh, oui ! Continuez !

Elle balbutiait des paroles contradictoires et cambrait les reins à la rencontre de sa main. Mais Nathan, affolé de désir, n'écoutait plus ce qu'elle disait. Il la fit taire d'un baiser et s'allongea sur elle. D'une main, il lui immobilisa la tête et l'embrassa. Il sentit leurs sexes se toucher et perdit la tête. Leur étreinte se transforma en un véritable combat. Il devint brutal, elle lui enfonça ses ongles dans la chair et résista en gémissant. Sa passion en fut décuplée.

Il souleva la tête et la regarda droit dans les yeux :

– Mets tes jambes autour de moi, ordonna-t-il durement.

Elle obéit et il étouffa un cri rauque.

– Sara, regarde-moi.

Elle ouvrit les yeux.

– Tu es mienne. Maintenant et à jamais.

La passion embrumait le regard de la jeune fille. Elle noua les bras autour de son cou.

136

– Je n'ai jamais cessé d'être tienne, Nathan. Jamais.

Il la fit taire d'un baiser et la pénétra d'un seul coup.

– Chut, bébé, chut ! murmura-t-il quand elle cria.

Une merveilleuse chaleur l'enveloppait, l'anéantissait.

– Mon Dieu que c'est bon ! grogna-t-il.

– Non, se récria Sara. J'ai mal !

Elle essaya de se dégager pour chasser la douleur mais il lui bloquait les hanches.

– Cela va passer, la rassura-t-il d'une voix haletante.

Sa tête reposait dans le creux de son épaule et il en profita pour la dévorer de petits baisers tendres. Ses caresses lui firent un peu oublier le reste.

– Cesse de me repousser, Sara, ordonna-t-il durement. Je ne peux plus m'arrêter maintenant.

Il lui mordilla l'oreille, elle arrêta de se débattre et soupira avec volupté.

– Bientôt tu n'auras plus mal, murmura-t-il, je te le promets.

Son ton tendre et prévenant fit davantage que la promesse en elle-même. La douleur lancinante entre ses jambes était toujours là mais elle décroissait. Dès qu'il bougeait, elle resurgissait.

– Cela me serait plus supportable si vous restiez immobile, souffla-t-elle.

Un grognement lui répondit.

– Nathan, s'il vous plaît ! supplia-t-elle.

Il feignit de lui obéir et, dans sa candeur, elle le crut.

Elle se mit à lui caresser les cheveux et la nuque.

La passion l'enfiévrait et il sentit qu'il ne pourrait plus se retenir très longtemps.

– Nathan, embrassez-moi, gémit-elle.

– Tu as toujours mal ?

– Presque plus.

Il ne put résister à la tentation.

– Vous avez bougé ! s'écria-t-elle.

Pour toute réponse, il l'embrassa. Quand il fit mine de recommencer, elle le griffa. Il ignora ses protestations et essaya de lui faire partager son plaisir. Glissant sa main entre leurs corps soudés, il tenta d'exciter son désir.

Elle renversa la tête sur les oreillers et s'abandonna à sa caresse.

Instinctivement elle ondula des hanches. Il répondit à cette prière muette par un lent mouvement de va-et-vient.

Elle l'étreignit de toutes ses forces en cambrant violemment les reins. Le lit craquait sous leurs corps enlacés qui brillaient à la lueur des bougies. Son souffle rauque se mêlait à ses plaintes extasiées.

Au faîte du plaisir, ils se dressèrent l'un contre l'autre et il ne put retenir un cri. Puis, épuisé, il bascula la tête contre l'épaule de la jeune femme.

Il la sentait prête à jouir de cette même volupté et continua à aller et venir en elle. Il la sentit se raidir et donna un brusque coup de reins.

Elle cria son nom d'une voix perçante.

Il retomba sur elle et l'enveloppa de son corps pour réprimer le tremblement qui la secouait.

Ils restèrent longtemps immobiles, lui rassasié de plaisir, elle brisée de fatigue.

Sa joue était humide et elle se rendit compte qu'elle avait pleuré. Mon Dieu, elle avait donc perdu toute retenue ? Mais le bonheur dans lequel elle nageait dissipa ses inquiétudes. Elle se sentait tellement bien. Pourquoi ne lui avait-on jamais dit qu'il était si merveilleux de faire l'amour ?

Leurs deux cœurs battaient à l'unisson. Elle soupira de joie. Elle était devenue *sa* femme.

– Vous ne pouvez plus m'appeler « femme » à présent ! lui chuchota-t-elle dans le cou.

D'un geste impulsif, elle le chatouilla du bout de la langue. Sa peau salée sentait bon l'homme.

– Suis-je trop lourd ?

Touchée de cette attention, elle acquiesça et il roula sur le côté.

Elle refusa de le lâcher et voulut se blottir dans ses bras pour l'entendre murmurer ces mots tendres que les maris chuchotent à l'oreille de leurs jeunes épouses. Et puis elle ne se lassait pas de ses baisers.

Mais il ne se passa rien. Les yeux fermés, Nathan semblait dormir du sommeil du juste.

En réalité un combat intérieur déchirait Nathan et il essayait désespérément de comprendre ce qui venait de lui arriver. Jamais il n'avait connu de tels transports. Cette petite sorcière l'avait ensorcelé. Il se sentait tout à coup étrangement vulnérable, et ce sentiment le remplissait d'effroi.

– Nathan ? demanda tout bas Sara.

– Quoi ?

– Embrassez-moi encore.

– Dormez.

– Alors, embrassez-moi pour me souhaiter bonne nuit.

– Non.

– Pourquoi non ?

– Si je vous embrasse, je vous désirerai à nouveau, lâcha-t-il en fixant le plafond. Vous êtes trop tendre.

Elle se releva et étouffa un gémissement de douleur. Il avait raison. Mais en dépit de cette constatation, elle continuait à désirer qu'il l'embrassât.

– C'est vous qui me rendez tendre, murmura-t-elle en lui donnant un coup de coude. Je vous avais bien dit de ne pas bouger.

– Vous avez bougé la première, Sara. L'auriez-vous oublié ? dit-il nonchalamment.

Elle rougit et s'enhardit en voyant qu'il n'avait pas l'air trop fâché. Elle se pelotonna contre lui.

– Nathan, la suite n'est-elle pas aussi importante que l'acte en lui-même ?

De quoi diable parlait-elle ?

– Dormez, répéta-t-il.

Il tira sur eux les couvertures et referma les yeux.

Epuisée, elle se sentit envahie par un sentiment de frustration. Elle s'en plaignit à Nathan qui se mit à rire.

– Sara, je sais que vous y avez pris du plaisir.

– Je ne parle pas de cela, murmura-t-elle.

Nathan garda le silence.

– Nathan ?

– Sapristi, qu'est-ce qu'il y a encore ?

– Oh ! Ne me parlez pas sur ce ton dur.

– Sara...

– Quand vous dormiez avec ces femmes... heu... ensuite, que faisiez-vous ?

Où diantre voulait-elle en venir ?

– Je partais, dit-il sèchement.

– Vous allez me laisser ?

– Sara, vous êtes dans mon lit et j'ai sommeil.

Elle s'impatienta.

140

– Ecoutez-moi d'abord. Je vais vous expliquer ce qui doit se passer ensuite, annonça-t-elle. Quand un homme a terminé cette... chose, il doit dire à sa femme qu'il l'aime. Puis il doit l'embrasser et la serrer contre lui, et à la fin, ils s'endorment dans les bras l'un de l'autre.

Il ne put retenir un sourire devant ses accents autoritaires. Elle était incroyable !

– Sara, cette chose s'appelle faire l'amour. Et que savez-vous de ce qu'il faut faire avant ou après ? Je vous rappelle que vous étiez vierge !

– Je sais simplement ce qui est en usage, répliqua-t-elle.

– Sara ?

– Oui ?

– Cessez de crier.

Il la regarda attentivement. Diable, elle était au bord des larmes et il ne se sentait pas d'attaque à affronter une femme éplorée. Mon Dieu, qu'elle était sensible... et comme elle était belle ! Sa jolie bouche était encore meurtrie par ses baisers.

Il la prit dans ses bras et déposa un baiser rapide sur son front. Puis il posa sa tête contre son épaule et murmura :

– Vous êtes une femme merveilleuse. Maintenant, dormez !

Elle n'en crut pas un mot mais elle était contre lui et il lui caressait le dos. Il l'aimait donc un peu quand même. Elle se pelotonna contre lui et ferma les yeux.

Le menton de Nathan reposait sur ses cheveux. Dès que le souvenir de cette nuit d'amour surgissait à son esprit, il s'efforçait de le conjurer. Jamais il ne laisserait les sentiments, et encore moins une femme, exercer une quelconque emprise sur lui.

Il sombrait dans le sommeil quand elle murmura son nom à nouveau.

– Qu'y a-t-il ? demanda-t-il en bâillant ostensiblement.

– Savez-vous comment on appelle ce que nous faisons en ce moment ?

Nathan la serra dans ses bras et s'enquit avec résignation :

– Non, Sara. Que faisons-nous ?

– Nous nous chérissons.

Il grommela quelque chose dans sa barbe et elle sourit.

– C'est un bon début, n'est-ce pas ?

Un ronflement lui répondit. Mais Sara ne se formalisa pas et se promit de poursuivre ses explications le lendemain.

Elle avait hâte que le jour se lève. Nathan ne tarderait pas à s'apercevoir de la chance qu'il avait. Elle s'ingénierait à le lui prouver. Elle savait déjà qu'ils étaient parfaitement assortis. Lui l'ignorait encore, mais avec de la patience et du doigté, il se rendrait bientôt compte à quel point il l'aimait.

Elle était sa femme, son seul amour. Le mariage était devenu une réalité dans tous les sens du terme et un lien intangible les unissait. Sara honorerait ses promesses et respecterait le caractère sacré de cette institution.

Elle s'endormit dans ses bras. Demain elle débuterait officiellement sa nouvelle vie de femme mariée. Ce serait le plus beau jour de sa vie.

6

Cette journée-là fut un véritable cauchemar.

Quand elle se réveilla, Nathan était parti en laissant la trappe ouverte derrière lui. La brise marine s'engouffrait dans la cabine baignée de lumière. Il faisait beaucoup plus chaud que la veille. Elle fit sa toilette, enfila une robe d'été bleue gansée de blanc et partit à la recherche de son mari.

Elle arrivait sur le pont supérieur quand elle entendit un hurlement. Elle pressa le pas et faillit trébucher sur un homme étendu de tout son long.

Entre ses jambes se trouvait l'ombrelle qu'elle avait cherchée partout. Jimbo, agenouillé près du matelot, tentait vainement de le ranimer.

En quelques instants, un attroupement se créa autour du marin. Chacun y allait de son avis.

— Nom d'une pipe ! Que se passe-t-il ? vociféra Nathan dans le dos de Sara.

Sans se retourner, elle répondit :

— Il a dû trébucher sur quelque chose.

— Ce què'que chose, milady, c'est vot' ombrelle qui s'est prise dans ses pattes, accusa un matelot en pointant du doigt l'objet du délit.

Sara fit bravement face.

— C'est en effet mon ombrelle, reconnut-elle. Tout est de ma faute. Jimbo, comment va-t-il ? Jamais je n'ai eu l'intention...

Jimbo eut pitié d'elle.

— Vous en faites donc pas, lady Sara. Ce gars-là sait bien qu'il s'agit d'un accident.

Sara jeta un regard autour d'elle. Les hommes hochaient la tête, d'autres souriaient.

— Y a pas de quoi fouetter un chat, milady. Ivan va s'réveiller d'une minute à l'autre.

Un gaillard qui arborait une énorme barbe rousse intervint :

— Vous faites pas d'mauvais sang. Y a eu pire. Son crâne a amorti la chute.

— Murray, héla Jimbo. Apporte-moi un seau d'eau.

— Qui préparera not' ration de soupe ce soir ?

C'était le dénommé Chester qui posait cette question en dévisageant Sara hargneusement.

Celle-ci soutint son regard accusateur avec toute la fermeté dont elle était capable.

— Votre estomac vous importe plus que la santé de votre camarade ?

Sans lui laisser le temps de répondre, elle s'agenouilla auprès du matelot évanoui et lui tapota doucement l'épaule. La bouche ouverte, l'homme ne bougeait pas.

— Vierge Marie ! L'ai-je tué, Jimbo ?

— Mais non, Sara, la rassura le colosse. Vous voyez bien qu'il respire. Il s'en tirera avec une migraine du feu de Dieu, voilà tout.

Nathan releva Sara et la prit à l'écart. Elle se dégagea en protestant :

— Tout est de ma faute.

144

Mais lorsqu'elle sentit peser dans son dos des regards lourds de reproche, elle s'écria :

– C'est un accident !

Elle se rasséréna en voyant que personne ne la contredisait.

– Je vais m'occuper d'Ivan, décida-t-elle. Et je lui ferai mes excuses quand il reviendra à lui.

– Il risque de ne pas être de très bonne humeur, prédit Nathan.

– Ouais, appuya Lester. Ivan le terrible n'a pas le pardon facile, même pour une broutille ! Il est plutôt du genre rancunier ! Pas vrai, les gars ?

Un petit homme frêle au regard d'écureuil renchérit :

– Dame ! C'est pas une broutille, Lester. Ivan va être fou furieux.

– Il n'y a qu'un seul cuisinier à bord ? s'enquit Sara.

Nathan acquiesça.

Sara se retourna vers son mari, les joues empourprées, sans savoir si sa gêne était due à l'émotion de le retrouver après cette nuit fougueuse ou simplement à l'embarras suscité par cet accident malencontreux.

– Pourquoi l'appellent-ils Ivan le terrible ? Est-il donc si cruel ?

– Ils n'aiment pas sa cuisine, répondit-il en la regardant à peine.

Il ordonna à un matelot de jeter un seau d'eau à la figure d'Ivan. Le cuistot se mit instantanément à tousser et à cracher.

Sur ces paroles succinctes, Nathan s'éloigna à grandes enjambées.

Sara pâlit d'humiliation. Elle se retourna vers Ivan

et se prépara à lui faire ses excuses en se tordant nerveusement les mains. Après quoi elle irait donner à Nathan une leçon de politesse.

Ivan s'assit et Sara s''agenouilla à ses côtés.

— Monsieur, je vous prie de bien vouloir m'excuser. Vous avez trébuché sur mon ombrelle et je suis entièrement fautive. Vous devriez regarder où vous mettez les pieds ! Quoi qu'il en soit, j'implore votre pardon.

Ivan se frottait le crâne en regardant cette jolie femme qui avait failli l'envoyer *ad patres*. Devant son air chagrin, il ravala la réplique désagréable qui allait fuser. Il venait en plus de se souvenir qu'elle était la femme du capitaine.

— Bah ! c'est rien qu'une p'tite chute, maugréa-t-il avec un accent écossais que Sara trouva fort musical. J'imagine que vous ne l'avez pas fait exprès ?

— Oh non, monsieur ! se récria Sara. Vous pouvez tenir debout ? Voulez-vous que je vous aide à vous relever ?

Elle comprit à sa mine renfrognée qu'il préférait s'en passer. Jimbo prêta main-forte au cuistot qui, debout, se mit à chanceler. Un matelot se précipita pour le soutenir tandis que Sara, accroupie, essayait de récupérer son ombrelle. Pris entre deux feux, le pauvre Ivan retomba sur les fesses et rugit d'une voix qui n'avait plus rien de musical :

— Fichez-moi tous le camp ! Pas de soupe ce soir, mes gaillards ! J'ai la tête et le cul en compote ! Que le diable vous emporte ! Moi, je vais me coucher.

— Ivan ! Surveille ton langage, ordonna Jimbo.

— Ouais ! renchérit un autre, y a une lady, ici.

Jimbo tendit son parapluie à Sara et s'éloigna.

Soudain il s'arrêta, pétrifié, en entendant Sara déclarer :

— C'est moi qui préparerai la soupe ce soir.

— Pas question ! dit sèchement Jimbo en se retournant. C'est pas le boulot de la femme du cap'tain.

Sara attendit qu'il ait disparu, puis elle se tourna vers le reste de l'équipage en souriant.

— Je vais vous mijoter une bonne soupe. Ivan, cela vous plairait-il de vous reposer aujourd'hui ? Donnez-moi une chance de me racheter.

— Vous savez faire la cuisine ? s'enquit Ivan mi-figue, mi-raisin.

Elle se sentit devenir le point de mire de l'assistance et mentit bravement :

— Mais oui, voyons ! Je ne compte plus les fois où j'ai aidé notre cuisinier à préparer des repas délicieux ! se vanta la jeune femme.

— Comment une dame aussi élégante peut-elle s'abaisser à des travaux aussi grossiers ?

— Euh... Je m'ennuie à la campagne, répliqua-t-elle. Alors cela m'occupe.

Son mensonge parut les satisfaire.

— Ivan, si vous vous en sentez capable, conduisez-moi à votre cuisine. Je vais commencer tout de suite. Une bonne soupe doit mijoter longtemps sur le feu, ajouta-t-elle en espérant ne pas se tromper.

Ivan accepta de s'appuyer à son bras et la conduisit vers la cambuse tout en frottant son crâne endolori.

— Ça s'appelle une cambuse, milady, pas une cuisine, expliqua-t-il. Du calme, jeune dame ! grogna-t-il en la voyant se hâter. J'ai pas encore les yeux en face des trous, moi !

Ils empruntèrent une succession de coursives obs-

147

cures et Sara, désorientée, se laissa mener par Ivan à son sanctuaire.

Il alluma deux bougies qu'il disposa sous des globes en verre et s'installa sur un tabouret contre le mur.

Un four monumental occupait le centre de la pièce. Elle fit part de son étonnement à Ivan qui hocha la tête.

— C'est pas un four, milady, c'est la chaudière. Y à une ouverture de l'autre côté mais il faudrait sortir pour vous l'montrer. C'est là-dessus que j'cuis mes viandes. De ce côté-ci, j'ai mes marmites. Y en a quatre, et je me sers des quatre pour préparer ma soupe au bœuf. Voilà, y en avait une partie avariée mais je l'ai déjà enlevée. Je l'avais mise à mijoter avant de monter sur le pont pour dire un mot à Chester. On rôtit ici et je voulais prendre l'air.

Ivan s'apprêtait à lui montrer la viande avariée pour lui expliquer qu'on irait la jeter par-dessus bord dès qu'il se sentirait mieux, quand ses vertiges le reprirent.

— Y a plus grand-chose à faire, marmonna-t-il quand son malaise fut passé. Faut juste éplucher les légumes et rajouter les épices. Mais vous savez faire. Vous voulez que j'reste un peu avec vous ?

— Non, c'est inutile, répondit Sara. Je me débrouillerai, Ivan. Allez faire soigner votre bosse par Matthew. Peut-être a-t-il une potion qui vous soulagera.

— Pour sûr, milady, répliqua Ivan. J'vous garantis qu'il va m'verser un bon grog pour me ravigoter.

Dès qu'il fut parti, Sara se mit à l'ouvrage. L'équipage allait se régaler ! Elle rajouta le reste de viande qui traînait et saupoudra généreusement les marmites avec toutes les épices qui lui tombèrent sous la main. Elle découvrit dans une petite fiole une mixture de feuilles brunes pilées. Elle fronça son joli nez en respirant leur odeur âcre et décida d'en mettre une pincée.

Sara passa plusieurs heures dans la cambuse et s'étonna de ne recevoir aucune visite, pas même de son mari.

— Ce mufle ne m'a pas dit bonjour, murmura-t-elle à voix haute.

Elle s'épongea le front avec la serviette qu'elle s'était nouée à la taille et repoussa une mèche de cheveux humides.

— Qui ça ? fit une voix grave dans son dos.

Elle reconnut Nathan et se retourna les sourcils froncés.

— Vous ! répliqua-t-elle.

— Que faites-vous ici ?

— Je fais la soupe. Et vous ?

— Je vous cherchais.

Tout à coup, la tête lui tourna. Elle mit ce petit malaise sur le compte de la chaleur qui régnait dans la cambuse. Il la dévisageait avec insistance.

— Avez-vous déjà préparé une soupe ?

Elle se planta devant lui et Nathan, souple comme un félin, recula contre la porte.

— C'est la première fois, répondit-elle tranquillement. Mais cela n'a rien de compliqué.

— Sara...

— Ils me reprochaient tous l'accident d'Ivan. Il fallait que je fasse quelque chose pour me concilier leurs bonnes grâces. D'ailleurs, je désire me faire aimer de mon personnel.

— Votre personnel ?

— Vous n'avez ni maison ni domestiques, mais ce

149

bateau vous appartient. Je considère donc votre équipage comme mon personnel. Ils m'aimeront dès qu'ils auront goûté à ma soupe.

— Pourquoi vous souciez-vous de leurs sentiments à votre égard ? dit-il en se rapprochant.

Une force irrésistible le poussait vers la jeune femme. Elle était si douce et si jolie.

La chaleur qui régnait dans la cambuse lui avait rosi les joues et ses cheveux humides frisaient sur son front. Il repoussa doucement une mèche collée sur sa joue et fut le premier surpris par la spontanéité de ce geste.

— Nathan, tout le monde désire se faire aimer.

— Pas moi.

Elle lui lança un regard courroucé. Ils n'étaient donc jamais du même avis ! Il fit encore un pas vers elle. Leurs cuisses se touchèrent.

— Sara ?

— Oui ?

— Vous avez encore mal ?

Elle devint écarlate.

— J'ai eu très mal cette nuit, chuchota-t-elle en évitant son regard.

Il lui attrapa le menton et murmura doucement :

— Vous n'avez pas répondu à ma question.

— De quoi s'agissait-il ? demanda-t-elle d'une voix oppressée.

Il était grand temps de la remonter à l'air libre, elle allait encore se pâmer dans ses bras.

— Je vous ai demandé si vous aviez encore mal.

— Non.

Ils se contemplèrent longuement et Sara crut un instant qu'il allait l'embrasser.

– Nathan ? Vous ne m'avez pas dit bonjour ; il le fallait.

Elle posa ses mains sur la chemise de son mari, ferma les yeux et attendit.

– Fichtre ! Et que suis-je censé faire ?

Il le savait parfaitement mais il voulait tester sa réaction.

Elle souleva les paupières et fronça les sourcils.

– Il faut que vous m'embrassiez.

– Et pourquoi ? la taquina-t-il.

– Faites ce que je vous dis, tempêta Sara.

Et sans lui laisser le temps d'ajouter un mot, elle prit son visage entre ses mains et l'obligea à pencher la tête.

– A votre guise, chuchota-t-elle. Je le ferai toute seule.

Il n'opposa aucune résistance et Sara déposa un chaste baiser sur les lèvres de son mari.

– Ce serait mieux si vous coopériez un peu, Nathan, souffla-t-elle en s'écartant.

La sensualité qui perçait dans sa voix et la chaleur de son corps pressé contre le sien balayèrent ses ultimes défenses. Nathan se pencha et effleura doucement ses lèvres. Elle soupira d'aise et il en profita pour lui dérober un long baiser voluptueux.

Elle s'alanguissait déjà entre ses bras et il s'émerveilla à nouveau de la sentir si prompte à répondre. Il ne put réprimer un grognement de plaisir.

Il finit par se redresser et elle chancela. Il la serra contre lui en respirant son odeur de rose et de vanille.

– Qui vous a appris à embrasser ? murmura-t-il d'une voix dure.

Sa question était absurde puisqu'elle était encore vierge la veille, mais c'était plus fort que lui.

— Vous, répondit-elle étonnée.

— C'était la première fois ?

Elle fit un signe affirmatif et il sentit sa colère s'évanouir.

— Si mes baisers vous déplaisent... commença-t-elle.

— Au contraire !

Tout à coup il souffla les bougies et l'entraîna vers la sortie.

— Nathan, je n'ai pas terminé, protesta Sara.

— Vous avez besoin de faire la sieste.

— Mais je ne fais jamais la sieste !

— Il y a un début à tout.

— Et ma soupe ?

— Mordieu ! Sara, je vous défends de remettre les pieds ici.

Elle lui décocha un regard noir. Pourquoi devrait-il toujours lui dicter sa conduite ?

— Je vous ai expliqué pourquoi j'étais là, maugréa-t-elle.

— Vous vous imaginez que mes hommes se laisseront acheter par cet infâme brouet ?

Elle serra les poings.

— Comment osez-vous ?

Sans daigner lui répondre, il la traîna de force jusqu'à leur cabine.

Elle le vit avec surprise verrouiller la porte derrière eux.

— Tournez-vous, Sara.

Elle obéit en bougonnant et il lui dégrafa sa robe avec plus de dextérité que l'avant-veille.

— Je n'ai pas envie de dormir, se plaignit Sara.

Sa robe tomba par terre et elle se retrouva en chemise sans avoir deviné où il voulait en venir. Quand il s'attaqua à ce fragile rempart, elle le repoussa avec vivacité.

Nathan contempla longuement ses formes parfaites. Il s'émerveillait devant sa poitrine ronde et pleine, sa taille de guêpe et ses longues jambes fuselées.

La lueur qui brillait dans ses yeux mit Sara mal à l'aise et la jeune femme essaya de dissimuler ses seins en tirant sur sa chemise.

Son embarras augmenta lorsqu'elle le vit à son tour déboutonner sa chemise.

— Vous allez aussi faire la sieste ?

— Je ne fais jamais de sieste.

Il jeta sa chemise par terre et commença à retirer ses bottes. Sara recula et demanda d'une voix étranglée :

— Vous vous changez ?

— Non, répondit-il avec un petit sourire en coin.

— Vous n'avez pas l'intention...

— Mais si, répondit-il sans la regarder.

— Non !

Il se redressa et se rapprocha en la dominant de toute sa taille.

— Comment non ? répéta-t-il en lui prenant les hanches. Et pourquoi pas ?

— Mais il fait grand jour ! s'exclama la jeune femme.

— Par le Christ, Sara ! Ne me dites pas que vous avez encore peur. Cette comédie ne va pas recommencer !

— Comment ! s'écria-t-elle furieuse. Pour vous il s'agit donc d'une comédie !

– Avez-vous peur ? répéta Nathan qui semblait sincèrement affecté.

Sara se rendit brusquement compte qu'elle tenait là un moyen de lui échapper. Mais elle refusa de mentir à son mari.

– Je n'ai pas eu peur hier soir, déclara-t-elle en croisant résolument les bras sur sa poitrine. C'était vous !

Il haussa les épaules et fit un pas en avant.

– Vous n'avez plus mal, lui rappela-t-il.

– Je suis parfaitement lucide à présent, Nathan, murmura-t-elle. Mais vous savez comme moi que je vais céder si vous continuez ainsi.

Il sourit.

– Est-ce donc si terrible ?

Elle sentit une boule se nouer au creux de son ventre. Un simple regard de cet homme suffisait à l'envoûter.

– Vous allez encore... bouger ?

Son petit visage anxieux était si émouvant.

– Mm'oui, finit-il par dire en l'enlaçant. Je ne pourrai pas m'empêcher.

– Alors nous ferons seulement la sieste, décida-t-elle.

Il était grand temps d'expliquer à ce petit bout de femme qui portait la culotte. Mais pressé de l'embrasser, il remit les explications à plus tard. Sans la lâcher, il referma la trappe.

La cabine se retrouva plongée dans l'obscurité. Nathan s'immobilisa et embrassa longuement Sara. Après ce baiser brûlant et passionné, elle sut qu'il ferait d'elle ce qu'il voulait.

Elle le retint seulement alors qu'il s'apprêtait à allumer les bougies.

– Non, je vous en prie, murmura-t-elle.

– Je veux vous voir quand...

Il s'interrompit en sentant ses mains se poser sur sa ceinture. Sara, tremblante, lui déboutonna son pantalon et ses doigts effleurèrent le ventre dur et plat de Nathan. Il retint sa respiration et elle s'enhardit. Le visage pressé contre son torse, elle fit doucement glisser son pantalon.

– Quand voulez-vous me voir ? chuchota-t-elle.

Il dut faire un effort pour se concentrer sur ce qu'elle disait. Les doigts de la jeune femme descendaient lentement vers sa virilité et il ferma les yeux sous cette exquise torture.

– Quand le plaisir culmine en vous, fit-il d'une voix sourde. Nom de Dieu, Sara, continuez !

Sara sourit en voyant que son corps se tendait comme un arc sous l'effet de ses caresses. Le désir le faisait trembler d'excitation et elle poursuivit son exploration.

– Mais c'est ce que je fais, Nathan.

Incapable d'en supporter davantage, il saisit sa main et la posa sur son sexe.

Elle voulut le caresser mais il lui immobilisa les doigts et ordonna d'une voix rauque :

– Non, restez !... Oh, Sara, arrêtez !

Il avait l'air de souffrir et elle retira sa main.

– Je vous ai fait mal ? demanda-t-elle à voix basse.

Il lui donna un baiser en guise de réponse et elle noua les bras autour de son cou. Il lui mordilla le lobe de l'oreille et elle voulut poursuivre ses caresses.

Il repoussa sa petite main.

– Il est encore trop tôt, chuchota-t-il. Je ne pourrai pas me retenir.

Elle déposa un baiser léger dans son cou.

– Nathan, j'obéis si vous me promettez de ne plus bouger.

Il rit et répliqua en l'emprisonnant dans ses bras :

– C'est vous qui allez me le demander. Sara ? dit-il entre deux baisers enfiévrés.

– Oui ?

– Vous allez m'en supplier à genoux !

Il tint parole. Dès qu'ils s'allongèrent sur le lit et qu'il s'installa entre ses jambes, elle le supplia de mettre fin à ce délicieux tourment.

Emportée par un torrent de passion, elle perdit tout contrôle d'elle-même. Pourtant Nathan la fit à nouveau souffrir. Elle était si fougueuse et si neuve aux jeux de l'amour qu'il se montra un amant doux et prévenant.

Elle atteignit l'orgasme avant lui et ses frissons de plaisir l'emportèrent à son tour vers la jouissance suprême. Il l'étreignait en silence. Sara, elle, n'arrêtait pas de parler, balbutiant des serments passionnés et incompréhensibles.

Quand il reprit ses esprits, il s'aperçut qu'elle pleurait.

– Sara ! Je vous ai encore fait mal ?

– Juste un peu, murmura-t-elle timidement.

Il plongea son regard dans le sien.

– Alors pourquoi pleurez-vous ?

– Je ne sais pas... C'était tellement... merveilleux et j'étais si...

D'un baiser, il interrompit ce nouveau flot de paroles incohérentes. Quand il s'arrêta pour la contempler à nouveau, elle souriait, prise à nouveau sous son charme.

Il se rendit brusquement compte qu'elle le bouleversait. A cet instant, le sifflet du bosco résonna comme une sonnette d'alarme dans la tête de Nathan. Il ne fallait surtout pas qu'il s'éprenne de sa femme. C'était trop dangereux et cela le rendrait vulnérable. S'il avait appris une chose au cours de ses aventures, c'était bien le prix de son indépendance. Amoureux, il était perdu.

– Nathan, que se passe-t-il ?

Sans répondre, il sauta hors du lit, se rhabilla en lui tournant le dos et sortit à grandes enjambées de la cabine. Stupéfaite, Sara mit un moment avant de réagir. Son mari s'était enfui comme s'il avait vu le diable !

Ce qu'ils venaient de partager avait donc si peu de valeur à ses yeux et sa présence lui pesait-elle à ce point ? Elle éclata en sanglots. Son cœur était assoiffé de tendresse et il la rejetait comme un jouet, une fois son désir assouvi. Même les prostituées recevaient un traitement plus enviable, car elles étaient payées.

Elle n'avait même pas mérité un mot d'adieu.

Quand ses larmes se tarirent, elle assouvit sa frustration sur l'oreiller de Nathan. Elle le frappait de ses poings serrés en s'imaginant qu'il s'agissait de la tête de son mari. Puis elle le pressa contre son sein et respira avidement la taie de lin imprégnée de son odeur.

Puis, lassée de s'apitoyer sur elle-même, elle abandonna l'oreiller et se mit à ranger la cabine. Elle y passa l'après-midi. Quand elle eut remis de l'ordre, elle s'installa devant le bureau et entreprit de dessiner le navire avec ses fusains.

Cette occupation chassa ses idées noires et Matthew l'interrompit à l'heure du dîner pour lui demander si elle désirait souper. Elle décida d'attendre un peu pour partager son repas avec sa tante.

Pourvu que l'équipage ait aimé sa soupe ! Un fumet agréable s'échappait des marmites lorsqu'elle avait quitté la cambuse. D'un instant à l'autre l'équipage viendrait la remercier. Elle se brossa les cheveux et changea de robe en prévision de leur visite.

Le personnel du *Seahawk* lui serait bientôt dévoué corps et âme. Cette soupe allait la faire monter dans leur estime et dès ce soir, ils la trouveraient tous fort sympathique.

7

A la tombée de la nuit, ils étaient tous persuadés qu'elle avait essayé de les tuer.

Le changement de quart s'effectua à 6 heures ce soir-là. La première bordée fila dans la coursive pour recevoir sa ration de soupe. La journée avait été dure. Ils avaient briqué les ponts, nettoyé les hamacs, réparé les filets et astiqué la moitié des canons. Les matelots éreintés mouraient de faim et avalèrent chacun deux grandes écuelles de soupe.

Leurs maux de ventre commencèrent lorsque la deuxième bordée finissait de dîner.

Sara ne se doutait de rien et s'impatientait.

Elle entendit frapper et se précipita pour ouvrir. Ils venaient enfin la féliciter ! Jimbo se tenait dans l'embrasure de la porte, le front barré. Le sourire de Sara s'évanouit.

— Bonsoir, Jimbo, dit-elle d'une voix hésitante. Quelque chose ne va pas ? Vous semblez fort malheureux.

— Lady Sara, vous n'avez pas encore dîné, n'est-ce pas ?

Interloquée, elle secoua la tête.

– Je souperai plus tard avec ma tante, expliqua-t-elle. Jimbo, quels sont ces bruits affreux ?

– Ce sont les hommes, milady.

– Les hommes ?

Tout à coup Nathan surgit à côté de Jimbo. Elle se sentit défaillir : il paraissait hors de lui et se contrôlait à grand-peine. Elle recula instinctivement.

– Que se passe-t-il, Nathan ? demanda-t-elle alarmée. Vous avez un problème ? Nora est-elle souffrante ?

– Nora va très bien, coupa Jimbo.

Nathan écarta Jimbo et entra dans la cabine en serrant les mâchoires.

– Quelque chose vous contrarie ? souffla-t-elle.

Il hocha la tête.

– Est-ce ma faute ?

Il acquiesça sèchement et referma la porte d'un coup de pied.

– Qu'ai-je donc fait ? demanda-t-elle en essayant désespérément de dissimuler son angoisse.

– Votre soupe ! tonna Nathan.

Sa crainte se mua en stupeur.

– Les hommes n'ont pas aimé ma soupe ?

– Etait-ce délibéré ?

Elle resta bouche bée. Constatant que sa stupéfaction n'était pas feinte, Nathan essaya de reprendre son sang-froid.

– Vous n'avez donc pas voulu les tuer ?

Elle étouffa un cri.

– Mais bien sûr que non, voyons ! Comment pouvez-vous croire cela ? Vos hommes font partie de mon personnel, à présent, pourquoi leur voudrais-je du mal ? Je suis désolée que mon potage leur ait déplu, mais comment aurais-je pu prévoir qu'ils étaient aussi difficiles ?

– Difficiles ? rugit-il en écho. Vingt de mes hommes sont accrochés au bastingage et nourrissent les poissons avec votre brouet ! Et j'en ai dix autres qui se tordent de douleur dans leurs hamacs. Ils ne sont pas encore morts à l'heure qu'il est, mais je vous garantis qu'ils préféreraient l'être.

Sara en resta interdite.

– Mais je ne comprends pas ! s'exclama-t-elle. Ma soupe les a rendus malades ? Etait-elle si infecte ? Ô mon Dieu ! Je vais de ce pas les réconforter.

Elle se rua vers la porte mais Nathan la retint au passage.

– Je vous le déconseille, vociféra-t-il. Leur seul réconfort serait sans doute de vous expédier par-dessus bord !

– Ils n'oseront pas. Je suis leur maîtresse !

Nathan reprit sa respiration et maugréa :

– Morbleu ! Si vous croyez que ces considérations les arrêtent !

Nathan poussa Sara vers le lit et l'obligea à s'asseoir.

– Et maintenant, fit-il avec rudesse, dites-moi ce que vous avez mis dans cette maudite soupe ?

Elle éclata en sanglots et il fallut vingt bonnes minutes à Nathan pour commencer à entrevoir l'origine du drame. Les explications de Sara n'avaient ni queue ni tête. Par contre Ivan se souvint qu'il avait oublié de dire à la jeune femme que la viande qui traînait sur la table était avariée.

Nathan enferma Sara dans sa cabine pour tenter de minimiser les dégâts. Cette dernière était furieuse car il avait refusé de la laisser présenter ses excuses à l'équipage.

Il ne la rejoignit pas ce soir-là et prit le quart de nuit avec les hommes valides. Sara s'imagina qu'il lui faisait grise mine.

Elle n'aurait jamais plus le courage de les regarder en face. Comment convaincre son personnel de sa bonne foi ? La colère la gagnait petit à petit : comment avaient-ils pu imaginer une chose pareille et lui prêter de pareils sentiments ? Sara se promit d'avoir une discussion sérieuse avec eux lorsqu'ils lui auraient rendu leur confiance.

Elle souffrit de la rancune de son mari qui ne réapparut que le lendemain matin. Il lui jeta un regard glacial et, sans lui adresser un seul mot, s'effondra sur le lit. Il dormit toute la matinée.

Aux alentours de midi, lassée de rester enfermée dans la cabine avec les ronflements de Nathan pour toute compagnie, elle s'esquiva. Elle ouvrit son ombrelle bleue et fit un petit tour sur le pont.

Son amour-propre en prit un coup. Dès qu'elle approchait d'un matelot, celui-ci lui tournait le dos. L'équipage verdâtre lui lançait des regards noirs. Quand elle atteignit le gaillard d'arrière, les larmes ruisselaient sur ses joues et elle ne songeait plus qu'à fuir cette hostilité déclarée.

Elle se fraya péniblement un chemin au milieu des cordes et des haubans et découvrit un petit coin tranquille à côté de la grand-voile. Elle s'assit commodément et coinça son ombrelle entre deux gros filins.

Elle passa là un long moment à élaborer un plan pour regagner l'estime de l'équipage. Le soleil commençait à lui brûler la peau et, pour préserver son joli teint clair qui rosissait à vue d'œil, Sara décida de rendre visite à tante Nora.

Nora, elle, ne la gronderait pas et cette petite visite lui remonterait le moral.

Elle s'aperçut en se relevant que les baleines de son ombrelle s'étaient coincées dans les cordages. Elle mit un quart d'heure à défaire les nœuds pour tenter de la dégager. Le vent, qui s'était levé, compliquait encore l'opération et le claquement des voiles au-dessus de sa tête couvrait ses petits cris de mécontentement. Quand le tissu se déchira, elle abandonna son ombrelle au milieu des cordages et partit demander du secours à Matthew ou à Jimbo.

Elle descendait les escaliers quand elle sursauta en entendant un terrible craquement. Elle faillit basculer par-dessus bord et Chester la rattrapa juste à temps. Ils se retournèrent et virent au même instant le mât de hune heurter violemment le grand-mât.

Chester se précipita sur le gaillard d'arrière et appela à l'aide. Sara jugea plus sage de s'éclipser. La panique régnait à bord et plusieurs matelots la dépassèrent en courant. En bas, elle croisa Matthew qui sortait de la cabine de Nora.

— Bonjour, Matthew, dit-elle gentiment. (Elle lui fit une petite révérence.) Je n'en ai pas pour longtemps. Je viens juste prendre des nouvelles de ma tante. Je ne la fatiguerai pas, c'est promis.

— Je vous fais confiance, sourit Matthew. Mais je repasserai tout de même dans une demi-heure.

Il achevait ces paroles quand un choc assourdissant secoua le navire. Nora se rattrapa au chambranle de la porte.

— Mon Dieu, Matthew, quel vent !

Le matelot grimpait déjà l'escalier quatre à quatre.

– Ce n'est pas le vent, lui cria-t-il par-dessus son épaule.

La porte se referma derrière Sara au moment où Nathan jaillissait de sa cabine.

Sa tante était toujours alitée mais elle paraissait reposée.

– Nora, tu reprends des couleurs, se réjouit Sara. Tes bleus commencent à disparaître. Bientôt tu pourras te promener avec moi sur le pont.

– Je me sens beaucoup mieux, approuva Nora. Comment vas-tu, ma chérie ?

– Ça peut aller.

Nora fronça les sourcils.

– On m'a raconté l'incident de la soupe, mon enfant. Je sais que ça ne va pas.

– Je n'en ai pas mangé, répliqua Sara. Mais cette histoire m'a rendue malade. Je n'avais aucune intention de les empoisonner.

– C'est ce que j'ai dit à Matthew. J'ai pris ta défense, Sara, et je lui ai affirmé qu'il n'y avait aucune mauvaise intention de ta part. Ce serait absurde !

Les deux femmes semblaient aussi soucieuses l'une que l'autre.

– Comment peuvent-ils me prêter des sentiments aussi vils ? A moi qui suis leur maîtresse ! Ils sont presque aussi désagréables que leur capitaine.

– Nathan ? Il t'en veut lui aussi ?

Sara haussa les épaules.

– L'histoire de la soupe l'a un peu contrarié, mais il m'a crue lorsque je lui ai expliqué qu'il s'agissait d'un accident. Il est sans doute plus compréhensif du fait qu'il n'y a pas goûté. Mais je me moque de ce qu'il pense de moi. Par contre je suis très mécontente de lui.

Nora esquissa un sourire et Sara ajouta sur un ton dramatique :

– Il ne me traite pas bien du tout. Je te l'assure... Oh ! Je ne devrais pas. Je suis sa femme et je ne devrais pas faire de cachotteries. J'ai honte de moi...

– Il t'a fait du mal ? l'interrompit Nora.

– Oh non, mais...

Une longue minute s'écoula. Sara rougit et Nora devina où le bât blessait.

– Il n'a pas été gentil avec toi la nuit dernière ?

Sara fixa ses pieds.

– Oh si.

– Mais alors ?

– Eh bien, ensuite il n'a pas... Enfin, la deuxième fois... hem... il est parti brusquement, sans un mot tendre à mon égard. Il n'a même pas ouvert la bouche. Je suis sûre que l'on prend plus de gants avec les prostituées.

Nora essaya de minimiser l'incident.

– Et toi, lui as-tu dit des mots tendres ?

– Non.

– Il s'agit certainement d'un malentendu. Nathan ignore peut-être que tu as besoin d'éloges.

– Je veux un minimum de considération, pas des compliments ! riposta Sara mécontente. Mon Dieu ! c'est faux, je recherche en effet ses louanges. J'ignore pour quelle raison, mais c'est ainsi.

Elle sauta brusquement du coq à l'âne.

– Nora, le bateau penche d'un côté ! Je me demande pourquoi Nathan ne le redresse pas.

– Tu as raison, remarqua Nora. Mais tu m'as bien dit que le vent soufflait aujourd'hui ?

– Oui, mais il me semble que le bateau n'avance plus. Pourvu qu'il ne se retourne pas !

Elle soupira et ajouta :

– Je ne sais pas nager, mais Nathan ne me laissera pas me noyer.

– Ah ! Et pourquoi ? sourit Nora.

– Mais parce que je suis sa femme, répliqua Sara visiblement surprise. Il a juré de me protéger.

Tout à coup le navire se coucha sur le flanc. Nora, terrifiée, s'agrippa à Sara qui s'efforça de la rassurer.

– Nora, c'est Nathan qui dirige ce navire et jamais il ne nous laisserait tomber à l'eau. Ne t'inquiète pas, il connaît son métier.

Au même instant elles entendirent un rugissement. Quelqu'un vociférait son nom. Sara fit une grimace et se tourna vers Nora.

– Tu vois, Nora. Nathan ne sait pas prononcer mon nom sans hurler. Je me demande quelle mouche le pique encore. Cet homme a décidément un caractère détestable et je m'admire de pouvoir le supporter.

– Va donc voir ce qu'il veut, suggéra Nora. Et ne te laisse pas intimider par ses hurlements. N'oublie pas ce que je t'ai dit : essaie de percer sa carapace.

– Oui, je sais, soupira Sara en se levant et en défroissant sa jupe. Sous la carapace, je découvrirai un homme de cœur. Eh bien, c'est le moment ou jamais.

Elle embrassa Nora et se précipita dehors. Dans la coursive, elle faillit heurter Jimbo qui la rattrapa au vol.

– Venez avec moi, ordonna-t-il en la poussant vers la cale.

Elle se dégagea.

– Nathan m'appelle, Jimbo. Je crois qu'il est sur le pont.

– Je sais parfaitement où il se trouve, grommela le

166

colosse. Mais il vaut mieux attendre qu'il se soit calmé, Sara. Vous allez vous cacher en bas jusqu'à...

— Mais je n'ai pas l'intention de me cacher !

— Parbleu ! Ce serait le comble !

Sara sursauta en entendant la voix de Nathan résonner dans son dos. Elle fit volte-face et essaya vaillamment de sourire, soucieuse de ne pas étaler ses problèmes personnels en présence d'un domestique. Mais la mine furibonde de son mari la fit changer d'avis.

— Pour l'amour du ciel, Nathan ? s'emporta-t-elle. Pourquoi faut-il que vous soyez toujours dans mon dos ? Vous m'avez fait une peur !

— Sara, s'aventura Jimbo à voix basse. A votre place, je...

Mais elle continua sur sa lancée :

— Et puisque nous parlons de vos mauvaises manières, je vous ferai également remarquer que j'en ai par-dessus la tête de vous entendre hurler à longueur de journée. Si vous avez quelque chose à me dire, monsieur, ayez l'obligeance de prendre un ton plus aimable.

Jimbo se rapprocha d'elle et Matthew surgit comme par enchantement de l'autre côté. Sara, stupéfaite, se rendit brusquement compte que les deux hommes essayaient de la protéger.

— Nathan ne me fera jamais de mal, leur dit-elle. Il ne toucherait pas à un cheveu de ma tête.

— Et moi je vous affirme qu'il meurt d'envie de vous étriper ! riposta Jimbo entre ses dents.

Il ne pouvait néanmoins s'empêcher de sourire devant le cran de la jeune femme. C'est une tête de mule, songea-t-il, mais elle a du culot.

Nathan essayait de reprendre son sang-froid. Les

yeux fixés sur Sara, il inspira profondément à deux ou trois reprises.

– Il a toujours un regard meurtrier, souffla Sara.

Elle croisa les bras et tâcha de prendre un air fâché pour cacher son anxiété.

Nathan n'avait toujours pas ouvert la bouche et elle se sentit pâlir. Il écumait de rage.

« Essaie de percer sa carapace », lui avait conseillé Nora. Sara en était loin, elle ne parvenait même pas à soutenir le regard de son mari.

Elle céda la première.

– C'est bon, maugréa-t-elle. Qui a encore goûté ma soupe ? Est-ce cela, mon mari, qui vous met dans un état pareil ?

Elle se mordit les lèvres en voyant les veines de son cou se gonfler. Il aurait mieux valu ne pas lui rappeler cet incident. C'est alors qu'elle aperçut son ombrelle entre les mains de son mari.

Sans dire un mot, Nathan la poussa dans la cabine. Puis il claqua la porte et s'adossa contre le battant.

Sara alla s'appuyer contre le bureau en s'efforçant d'adopter un air nonchalant.

– Nathan, j'ai apparemment fait une nouvelle bêtise. Dites-moi ce dont il s'agit et cessons de nous regarder en chiens de faïence. Je vous assure, mon ami, que ma patience est mise à rude épreuve !

– Votre patience ?

Saisie par le rugissement que lui avaient arraché ses propos, elle jugea plus sage de se taire.

– Cet objet vous dit quelque chose ? aboya-t-il en brandissant l'ombrelle brisée.

– Oh ! Vous avez cassé ma jolie ombrelle ? s'indigna la jeune femme.

– Non. Le mât de hune est tombé sur votre maudite ombrelle. Est-ce vous qui avez défait les écoutes ?

— Cessez de crier ainsi, protesta-t-elle. Vous me donnez mal à la tête !

— Répondez-moi !

— J'ai en effet dénoué quelques grosses ficelles, Nathan. Mais je ne pouvais pas faire autrement ! Je tiens énormément à cette ombrelle et elle s'était coincée, alors j'ai essayé de... Nathan, que se passe-t-il si l'on défait ces cordes ?

— Nous avons perdu deux voiles.

— Nous avons... quoi ? répéta Sara qui n'avait pas saisi le sens de ses paroles.

— Deux voiles se sont déchirées.

— Et c'est ce qui vous met dans cet état ? Il en reste au moins six ! Vous n'allez pas me dire que ce bateau...

— Navire ! écuma-t-il. C'est un navire, pas un bateau !

— C'est ce que je voulais dire, fit-elle conciliante.

— Combien avez-vous de ces maudits engins ?

— Cet engin s'appelle une ombrelle, répondit-elle sur un ton pincé. Il m'en reste trois.

— Donnez-les-moi tout de suite !

— Que voulez-vous en faire ? s'écria-t-elle en se précipitant vers sa malle.

— Je vais les jeter à la mer ! Avec un peu de chance, nous éborgnerons peut-être un ou deux requins.

— Mais vous êtes fou ! Ces ombrelles ont été faites sur mesure ! Quel gaspillage éhonté... Vous ne pouvez pas faire ça, gémit-elle à bout d'arguments.

— Je vais me gêner !

Il ne vociférait plus, mais elle était trop révoltée par sa dureté pour se réjouir de cette accalmie.

— Expliquez-moi pourquoi vous voulez vous débarrasser de mes ombrelles, insista Sara. Si ces raisons sont valables, je vous les donnerai volontiers.

Elle le défiait en serrant ses trois ombrelles contre son cœur.

— Elles représentent une menace pour le bord !

Elle le dévisagea d'un air incrédule. Il avait perdu la tête !

— Le premier de ces engins a démoli mes hommes, commença-t-il.

— Ivan seulement, rectifia Sara.

— Soit ! Mais Ivan estropié, vous avez préparé cette maudite soupe qui a mis sur le flanc le reste de mon équipage, poursuivit Nathan implacable.

Il avait marqué un point.

— Le second a démoli mon navire, continua-t-il. Avez-vous remarqué que le *Seahawk* ne fendait plus les flots ? Il a fallu mouiller l'ancre pour effectuer les réparations, je vous laisse imaginer la proie que nous représentons ! Voilà pourquoi je vais flanquer vos fichus parapluies par-dessus bord !

— Nathan, c'est un concours de malchance.

— En êtes-vous bien sûre ?

Elle bondit sous l'insulte.

— Mon Dieu, comment pouvez-vous imaginer...

Elle éclata en sanglots.

— Arrêtez de pleurnicher ! ordonna-t-il.

Ses sanglots redoublèrent et elle se jeta dans ses bras.

Nathan, embarrassé par ce fardeau, entendit le cliquetis des ombrelles qui tombaient à ses pieds. Sara inondait sa chemise de ses larmes. Malgré lui, il passa un bras autour de ses épaules et la serra contre lui. Que diable lui arrivait-il ? Il mourait d'envie de la consoler !

Bigre, cette femme avait bien failli perdre son navire !

Il posa ses lèvres sur les siennes.

Elle blottit son visage dans son cou et cessa de pleurer.

— L'équipage sait-il que j'ai cassé le navire ?

— Vous ne l'avez pas cassé, murmura-t-il ému par sa petite voix misérable.

— Mais est-ce que les hommes pensent...

— Sara, les dégâts seront réparés en quelques jours.

En réalité cela prendrait une bonne semaine, mais elle était suffisamment retournée. Nathan n'en revenait pas. Les catastrophes se succédaient depuis que sa femme était à bord et il était en train de l'embrasser et de la caresser.

Elle s'appuya contre lui.

— Nathan ?

— Oui ?

— Mon personnel sait-il que je suis à l'origine de cet accident ?

Son personnel ! Il leva les yeux au ciel.

— Oui.

— C'est vous qui le leur avez dit ? demanda-t-elle avec amertume.

— Non, Sara. Ils ont compris en voyant votre ombrelle.

— J'aurais tant souhaité qu'ils me respectent.

— Oh, mais ils ont du respect pour vous, l'assura-t-il gentiment.

Une bouffée d'espoir la souleva, mais il ajouta :

– Ils attendent de pied ferme la prochaine catastrophe.

Elle haussa les épaules.

– Je ne plaisante pas, Sara. Ils font des paris. Pour les uns ce sera la peste, pour les autres la fièvre jaune. D'autres encore...

Elle le repoussa et s'exclama :

– Vous parlez sérieusement !

– Ils sont persuadés que vous leur portez la poisse ! avoua-t-il.

– Et vous me racontez ces horreurs avec le sourire ?

– Les marins sont superstitieux, Sara.

– Est-ce parce que je suis une femme ? demanda-t-elle. On m'a raconté que les matelots voyaient d'un mauvais œil la présence d'une femme à bord parce qu'elles portent malheur. Mais je n'ai jamais cru à ces racontars.

– Non, répondit-il. Ce n'est pas la première fois qu'il y a une femme à bord. Jade, ma sœur, était la maîtresse de ce navire.

– Alors pourquoi...

– Vous êtes différente de Jade, dit-il. Et ils n'ont pas mis longtemps à s'en apercevoir.

Il se tut. Tout à coup elle sauta du coq à l'âne.

– Nathan, j'ai trouvé ! Je vais vous aider à réparer les dégâts. Oui ! Les hommes comprendront alors que je n'ai pas voulu...

– Que Dieu nous en préserve !

– Et comment voulez-vous que je regagne leur estime ?

– Pourquoi vous obstinez-vous à vouloir gagner leur estime ? répliqua-t-il. C'est absurde.

– Je suis leur maîtresse et, puisque je suis amenée à les diriger, j'ai besoin de leur respect.

Il laissa échapper un soupir lourd de signification et secoua la tête.

– Allez vous coucher et ne bougez plus jusqu'à mon retour.

– Pourquoi ?

– Ne me posez pas de questions et contentez-vous de ne pas quitter votre cabine.

– Je ne sortirai d'ici que pour rendre visite à Nora, promit Sara.

– Je ne vous ai pas...

– Je vous en prie ! L'après-midi sera long, Nathan, et vous ne reviendrez pas chez nous avant plusieurs heures. Vous n'êtes même pas rentré la nuit dernière. J'ai essayé de vous attendre mais j'étais très fatiguée.

Il avait souri en l'entendit dire « chez nous ».

– Attendez-moi ce soir, ordonna-t-il.

– Vous allez encore me gronder ?

– Non.

– Alors je vous attendrai, promit-elle.

– Fichtre, Sara ! C'est un ordre, pas une requête ! s'exclama-t-il en faisant mine de lui secouer les épaules.

En réalité cela ressemblait davantage à une caresse et elle en profita pour l'enlacer.

– Nathan ? chuchota-t-elle d'une voix tremblante.

Il crut que sa brutalité l'avait effrayée et s'apprêtait à lui dire que jamais il ne lèverait la main sur elle. Mais Sara se haussa sur la pointe des pieds et l'embrassa. Ce baiser inattendu le priva de tous ses moyens.

– J'étais très fâchée contre vous lorsque vous avez

quitté la cabine ce matin après que nous avons... été si proches l'un de l'autre.

— Vous voulez dire, après que nous avons fait l'amour ? précisa-t-il amusé par sa pudeur.

— Oui, répliqua-t-elle. J'étais très en colère.

— Pourquoi ?

— Parce qu'une femme aime à entendre...

— Qu'elle a contenté son mari ?

— Non, le tança Sara. Cessez de vous moquer de moi, Nathan. N'essayez pas de minimiser ce qui s'est passé entre nous. C'était si merveilleux.

Emu par sa ferveur, il comprit que c'était son cœur qui parlait et se sentit étrangement heureux.

— Oui, c'était merveilleux, avoua-t-il.

Puis il se reprit et ajouta :

— Je ne me moquais pas de vous, j'essayais juste de comprendre ce que vous vouliez.

— Je veux vous entendre dire...

— Que vous êtes une femme adorable ?

Elle hocha la tête.

— Moi aussi, j'aurais dû vous faire des compliments, reconnut-elle.

— Pourquoi ? demanda-t-il sidéré.

— Parce qu'un mari aussi a besoin de tendresse.

— Pas moi.

— Si.

Il avait perdu suffisamment de temps avec cette femme déconcertante et il se pencha pour ramasser les ombrelles.

— Pouvez-vous me les rendre ? le pria-t-elle. Je vous promets de les détruire mais cela m'humilierait que vous les jetiez par-dessus bord devant mon personnel.

Il les lui abandonna de mauvaise grâce et lui fit

promettre que ces colifichets ne quitteraient pas la cabine où leur présence était inoffensive.

– Vous allez vous en débarrasser ?

– Je vous le promets.

Satisfait, il se sentit l'âme plus tranquille et quitta la cabine, convaincu d'avoir mis un terme aux bêtises de sa femme. D'ailleurs qu'aurait-elle pu faire de pire ?

8

Elle mit le feu au navire.

Elle les berça de fausses espérances pendant une
semaine. Aucun incident ne s'était produit et tous se
sentaient à nouveau en sécurité. Les hommes se mé-
fiaient encore de Sara mais ils lui faisaient moins
grise mine. Certains, même, sifflotaient en travaillant. Seul Chester, le saint Thomas du bord, continuait à faire le signe de croix dès qu'il apercevait la
jeune femme.

Lady Sara feignait de ne rien voir.

Les voiles avaient été réparées et le navire filait à
bonne allure. L'île de Nora serait en vue dans une
huitaine de jours. Le temps était lourd et la chaleur
étouffante en début d'après-midi. Pourtant les nuits
restaient fraîches et l'on supportait d'épaisses couvertures.

En bref, les choses allaient leur train.

Nathan aurait dû se douter que cela ne durerait
pas. Le vendredi soir, il laissa ses instructions au
quart de nuit et interrompit Jimbo et Matthew en
pleine conversation pour leur donner les consignes
au sujet des exercices de tir au canon prévus le lendemain.

Les trois hommes se tenaient tout près de l'écoutille qui menait à la cabine de Nathan. Jimbo baissa la voix et dit :

— Les hommes ont cessé de raconter que ta femme leur portait la poisse, mon garçon.

Il s'interrompit pour jeter un regard derrière lui et poursuivit :

— Seul Chester s'obstine à murmurer « jamais deux sans trois ». Il vaut mieux garder un œil sur Sara jusqu'à ce que...

— Jimbo, personne n'oserait toucher à la femme du cap'tain, intervint Matthew.

— C'est pas c'que je voulais dire, répliqua Jimbo. Mais il suffirait d'une parole un peu vive, un rien la chagrine.

— Paraît qu'elle nous considère comme les membres de son personnel, fit remarquer Matthew en riant. Te voilà bien soucieux des états d'âme de lady Sara ! M'est avis qu'elle te mène par le bout du nez, Jimbo.

Il s'interrompit brusquement.

— Vous ne trouvez pas que ça sent le brûlé ? s'enquit-il.

Le premier, Nathan aperçut la volute de fumée grise qui s'échappait de l'écoutille. Au lieu d'alerter ses compagnons, il hurla d'une voix déchirante :

— Sara !

Il se précipita pour soulever la trappe : une épaisse fumée noire jaillit de l'ouverture, suffoquant et aveuglant les trois hommes au passage.

— Sara ! cria à nouveau Nathan.

— Au feu ! s'exclama Matthew.

Jimbo se rua pour aller chercher des seaux, distribuant les ordres autour de lui, tandis que Matthew empêchait Nathan de descendre par l'écoutille.

– On n'y voit rien, c'est de la folie, criait-il. Passe par l'escalier, mon garçon, passe par...

Mais Nathan s'était déjà engouffré dans la cabine.

Impuissant, Matthew le vit disparaître par l'écoutille. Le matelot se tut et courut vers l'escalier.

La fumée qui remplissait la cabine aveuglait Nathan. Toussant et tâtonnant, il s'approcha du lit.

Sara n'était plus là. Il fouilla la cabine de fond en comble, les poumons près d'exploser. Puis il se dirigea en trébuchant vers l'écoutille et attrapa les seaux d'eau que lui tendait Jimbo pour éteindre les flammes.

L'incendie fut rapidement maîtrisé. Mais ils l'avaient échappé belle et les trois hommes en tremblaient encore. Le cœur de Nathan cognait violemment dans sa poitrine. Il avait senti une vague de terreur le submerger. Mais, Dieu soit loué, sa femme n'était pas dans sa cabine au moment du drame, la fumée ne l'avait pas asphyxiée, elle était toujours en vie.

Pour l'instant.

Nathan, flanqué de Matthew et de Jimbo, se tenait dans un coin de la pièce et tâchait d'évaluer les dégâts.

Sous le poêle ventru, plusieurs lattes de bois avaient cédé et un trou béant achevait de se consumer sur le plancher. Les flammes avaient léché les parois de la cabine et les murs étaient noirs du sol au plafond.

Mais Nathan, pétrifié, n'accordait aucune attention aux traces laissées par le feu. Il ne pouvait détacher son regard des ombrelles de Sara dont les vestiges rougeoyaient à l'intérieur de ce qui restait du poêle. Les baleines de métal étaient encore incandescentes.

— Elle a pris l'écoutille pour un conduit de cheminée ! chuchota Matthew à l'oreille de Jimbo tout en se frottant la barbe.

— Ça m'en a tout l'air, répondit ce dernier.

— Si elle avait été endormie, elle serait morte asphyxiée, dit Nathan d'une voix enrouée.

— Allons, mon garçon, commença Jimbo persuadé que Nathan était encore sous le choc. Sara est saine et sauve, c'est ce qui compte. Tu me parais d'humeur aussi sombre que ces murs barbouillés de suie. C'est ta faute après tout.

Nathan lui lança un regard meurtrier mais Jimbo poursuivit sans s'émouvoir :

— J'ai entendu Sara appeler l'écoutille une cheminée. Ça m'a bien fait rire sur le coup. Mais je croyais que tu avais éclairé sa lanterne.

— Moi, j'en suis pas sûr, intervint Matthew.

Les remontrances de Jimbo n'eurent aucun effet sur Nathan qui tempêta comme un enfant capricieux.

— Elle a mis le feu à mon navire !

— Elle ne l'a pas fait exprès, plaida Matthew.

Mais Nathan ne l'écoutait pas et il rugit à nouveau :

— Elle a mis le feu à mon navire !

— Tu nous l'as déjà dit, mon garçon, s'interposa placidement Jimbo. Calme-toi maintenant et tâche d'en tirer la leçon.

— Ça va lui prendre un moment, fit Matthew. Tu sais comme ce garçon s'emporte facilement, Jimbo. Une chose est sûre : Sara a bel et bien provoqué cet incendie.

Les deux marins jugèrent plus sage de laisser Nathan seul et ils s'apprêtèrent à quitter la cabine. Un cri de Nathan les immobilisa sur place.

— Amenez-la-moi sur-le-champ, vociféra-t-il.

Jimbo fit signe à Matthew de l'attendre et se rua dans la coursive. Sara était chez sa tante et il se contenta de la prévenir que son mari souhaitait lui parler.

Sara revint en toute hâte et ses yeux s'arrondirent en apercevant le plancher inondé. Quand elle vit le trou béant dans le plancher, elle étouffa un cri.

— Mon Dieu ! Que s'est-il passé ?

Nathan se tourna vers elle et répondit laconiquement :

— Un incendie.

Elle comprit immédiatement ce qui s'était passé.

— Mon Dieu ! murmura-t-elle atterrée. Vous voulez dire que le feu que j'avais allumé dans la cheminée...

Une interminable minute s'écoula. Puis Nathan se dirigea lentement vers sa femme en luttant contre l'envie de l'attraper par la peau du cou.

Dieu merci, elle était absorbée dans la contemplation du désastre. Elle se mordillait nerveusement la lèvre inférieure et, lorsqu'elle se mit à trembler, Nathan crut qu'elle avait pris conscience de l'étendue de sa faute.

Il se trompait.

— Je n'aurais jamais dû quitter la pièce, murmura-t-elle. Une étincelle a dû...

Accablé, il secoua la tête.

Il croisa alors son regard et lut la panique dans ses yeux. Sa colère décrut instantanément. Sacrebleu ! Il ne voulait pas qu'elle le craigne. Cette pensée était parfaitement illogique, étant donné les circonstances, et pourtant elle l'obligea à contenir sa fureur.

— Sara ? fit-il en s'efforçant d'adopter une voix douce.

Pourtant, une telle irritation vibrait encore dans sa voix qu'elle dut prendre sur elle pour ne pas s'enfuir à toutes jambes.

— Oui, répondit-elle les yeux baissés.

— Regardez-moi.

Elle leva des yeux remplis de larmes. Cette vue acheva de le désarmer et il se contenta de soupirer.

— Vous vouliez me dire quelque chose ?

— Ce n'est pas une cheminée.

Et il sortit à grandes enjambées de la cabine. Interloquée, Sara se tourna vers les deux matelots.

— Il a bien dit que la cheminée n'était pas une cheminée ?

Les deux hommes approuvèrent en chœur.

Elle haussa les épaules avec résignation.

— Ça ressemble pourtant à une cheminée.

— Mais ça n'en est pas une, annonça Matthew. (Il donna un coup de coude à Jimbo.) Explique-lui !

Jimbo s'exécuta et raconta à Sara que les morceaux de métal qui s'entassaient dans le coin de la pièce avaient été ramenés par Nathan lors de sa dernière expédition. Ils étaient destinés à réparer le vieux poêle des bureaux de l'Emerald Shipping Company. Nathan avait oublié de les débarquer.

Matthew acheva l'exposé de Jimbo en expliquant à Sara que la trappe servait uniquement à aérer la pièce et que ça n'était pas un conduit de cheminée.

Quand les deux matelots se turent, lady Sara était rouge comme une cerise. Elle les remercia de leur patience et murmura toute désemparée :

– J'aurais pu tuer tout le monde.

– Pour sûr ! approuva Matthew.

Elle éclata en sanglots et les deux hommes se regardèrent, atterrés.

Saisi d'une bouffée de sentiment paternel, Matthew la prit dans ses bras et lui tapota maladroitement le dos.

– Voyons, Sara, ça n'est pas si grave, l'apaisa Jimbo. Vous ne pouviez pas le savoir.

– Le dernier des imbéciles aurait pu le deviner ! s'écria-t-elle.

Ils échangèrent un regard au-dessus de la tête de la jeune femme. Puis Matthew dit d'une voix hésitante :

– J'aurais peut-être deviné si...

Il se creusa désespérément la cervelle pour trouver un mensonge plausible.

Jimbo vint à son aide.

– Faut être marin pour deviner ces choses-là.

Dans l'embrasure de la porte, Nathan n'en croyait pas ses yeux. Jimbo et Matthew, les pirates les plus impitoyables qu'il ait jamais connus, jouaient à la nounou !

– Quand tu auras fini de consoler ma femme, Matthew, envoie des matelots pour nettoyer tout ce gâchis.

Puis il apostropha Jimbo :

– Les braises ont aussi traversé le plancher du bas. Occupe-t'en. Matthew ! Ôte tes mains de ma femme ou je te...

Il n'avait pas achevé sa menace que Matthew s'esquivait déjà.

Puis il s'approcha de Sara et grommela :

– Si quelqu'un doit la consoler, ce sera moi.

Il l'attira brutalement contre lui et lui plaqua le

visage contre sa poitrine. Jimbo jugea plus diplomate de dissimuler son hilarité mais ne put s'empêcher d'exploser de rire une fois dehors.

Nathan serrait toujours Sara contre lui mais sa mauvaise humeur reprit le dessus.

– Parbleu ! Vous n'arrêtez donc jamais de pleurer ?

Elle s'essuya le visage sur sa chemise et s'écarta légèrement de lui.

– J'essaie bien de me retenir, mais parfois c'est plus fort que moi.

– Je l'avais remarqué, fit-il sèchement.

Il la fit s'allonger sur le lit et, lorsqu'il se sentit plus calme, il lui brossa un sévère tableau de la plus grande crainte du marin : le feu à bord. Tout en parlant d'une voix claire et persuasive, il arpentait la cabine les mains dans le dos, parfaitement maître de lui.

Quand il termina ses explications, elle n'osa pas lui faire remarquer qu'il criait à nouveau. Une veine palpitait encore sur sa tempe et elle en conclut que sa colère ne s'était pas entièrement dissipée.

Elle l'observait tandis qu'il arpentait nerveusement la pièce, donnant libre cours à sa mauvaise humeur et ponctuant son exposé d'exclamations et de grommellements, et soudain elle mesura la profondeur de l'amour qu'elle lui vouait. Sans le savoir, il essayait d'être gentil avec elle puisqu'il rejetait la faute sur lui et sur les autres. Car personne ne lui avait expliqué la vie sur un bateau.

Elle eut envie de se jeter dans ses bras et de lui avouer qu'elle l'aimait chaque jour davantage. Elle se sentait si heureuse, si comblée. Comme une exilée, elle l'avait attendu toutes ces années et, au terme d'un long voyage, ils s'étaient retrouvés.

Une question de Nathan la tira de sa béatitude. Elle n'avait pas entendu et il parut un peu agacé par son manque d'attention. Sara devina qu'il commençait à la connaître mieux, tout comme elle s'habituait peu à peu à ses défauts. Elle le laisserait tempêter et fulminer à sa guise, même si ses airs féroces lui donnaient parfois la chair de poule. Nora avait raison : sous cette carapace, il cachait un cœur bon et charitable.

Nathan acheva son exposé et lui fit promettre de ne plus rien toucher à bord jusqu'à la prochaine escale.

Satisfait, il quitta la cabine et Sara passa le reste de la journée à nettoyer la pièce. Elle termina par le lit qui n'avait pas été fait et, lorsqu'elle eut fini sa toilette, elle tombait de fatigue. Mais elle avait la ferme intention d'attendre son mari pour s'endormir dans ses bras.

Elle sortit son carnet d'esquisses et entreprit de dessiner Nathan. Cet homme immense, qui semblait trop grand pour tenir sur une seule feuille, était son mari. Elle sourit aux anges. Le portrait était ressemblant bien qu'elle se soit refusée à lui donner un air maussade. Elle avait su capter son allure de Viking et il apparaissait solidement campé sur ses jambes musclées, les mains sur les hanches et les cheveux flottant au vent. Elle regretta de ne pas avoir de peinture pour rendre la magnificence de ses cheveux auburn et ses superbes yeux verts. Il était minuit passé lorsque Nathan revint dans la cabine.

Pelotonnée comme un petit chat dans son fauteuil, Sara dormait à poings fermés. Ses longues boucles lui recouvraient une partie du visage et son corps alangui était infiniment séduisant.

Longtemps, il resta immobile à la contempler. Tu-dieu, qu'il était bon de l'avoir auprès de lui ! Il s'étonna de ressentir des sentiments aussi dangereux. Diable ! il n'était pas question qu'il s'intéressât à une femme.

Sara ne représentait que le moyen d'atteindre le but qu'il s'était fixé. Rien de plus.

Nathan se déshabilla et revint vers la table. Aper-cevant le carnet de croquis entre ses mains, il s'en empara avec douceur. Il le feuilleta avec curiosité et découvrit une dizaine d'esquisses qui, toutes, le re-présentaient.

Interdit, il admira la sûreté du trait. Elle avait in-contestablement réussi à rendre sa taille et sa puis-sance mais il s'aperçut avec stupeur qu'il souriait sur chacun des croquis.

Quelle incorrigible romantique ! La vieille femme n'exagérait pas quand elle prétendait que Sara vivait dans un monde à part.

Oui, sa femme était une rêveuse de la pire espèce. Il s'attarda longtemps sur l'un des dessins. Le croquis n'avait rien à voir avec la réalité, mais il ne pouvait en détacher son regard.

Il se tenait debout près du gouvernail et il contem-plait le soleil couchant. La pose était saisissante de vérité. Elle avait certainement dû se faufiler un soir près de lui sans qu'il s'en aperçoive. Les mains posées sur la roue, il était pieds et torse nus. On distinguait suffisamment son profil pour deviner un sourire sur ses lèvres.

Mais surtout, il n'avait pas une seule cicatrice sur le dos ! Cet oubli était-il volontaire ? Mais ce n'était pas cela qui importait. Ces cicatrices existaient et que le diable l'emporte si elle ne l'acceptait pas tel qu'il était. Puis il s'en voulut de cette réaction ridicule et, soulevant Sara dans ses bras, il la déposa dans le lit.

Il souleva la trappe pour chasser l'odeur de fumée qui flottait encore dans la cabine et s'étendit à ses côtés. Sara se blottit immédiatement contre lui.

– Nathan ?

– Quoi ? fit-il d'un ton rogue.

Ce fut peine perdue. Elle se pelotonna contre lui et posa une main sur sa poitrine. Ses doigts s'emmêlèrent dans sa toison bouclée.

– Arrêtez ! ordonna-t-il en lui immobilisant la main.

Elle posa la tête sur son épaule et souffla tout bas :

– A votre avis, pourquoi ai-je tant de mal à m'habituer à la vie à bord ?

Il faillit la faire tomber en haussant violemment les épaules.

– Vous croyez que c'est parce que je n'ai jamais dirigé un navire ?

Il leva les yeux au plafond et répondit :

– C'est moi qui dirige ce navire.

– Mais je suis votre femme et je dois...

– Dormez !

– ... vous aider, acheva-t-elle en même temps.

Elle déposa un baiser sur son cou.

– Vous verrez, Nathan, je me rattraperai quand nous serons à terre. Je saurai m'occuper de notre grande maison, je...

– Sara, pour l'amour du ciel, vous n'allez pas recommencer votre litanie !

Il la sentit se raidir. Allait-elle enfin lui obéir et dormir ?

– Nathan ?

186

– Que voulez-vous encore ?

– Vous avez oublié de m'embrasser.

Décidément, elle aggravait son cas. Avec un soupir, Nathan comprit qu'elle ne céderait pas. Pourquoi était-il allé s'embarrasser de cette femme assommante ? Elle n'avait que des défauts : têtue, autoritaire... et la liste était longue.

Pour s'en débarrasser, il l'embrassa hâtivement. Fichtre, que c'était bon, se dit-il avant de recommencer. Leurs langues se touchèrent et leur baiser se transforma en étreinte voluptueuse et passionnée.

Elle se pressa contre lui et il ne put résister à la tentation de lui faire l'amour. Il succombait devant tant de douceur et de féminité. Elle lui opposa peu de résistance mais le supplia de ne pas allumer les bougies pendant qu'elle retirait sa chemise de nuit. Il refusa et Sara, rouge de confusion, remonta l'édredon jusqu'à son menton pour cacher sa nudité. Nathan écarta sans ménagement les couvertures et entreprit de chasser ses dernières réticences. En l'espace de quelques minutes elle s'enflamma et se mit à le couvrir de baisers. Il s'abandonna à ses caresses en frissonnant de plaisir.

C'était la femme la plus aimante qu'il ait jamais connue. Elle faisait preuve d'un tel abandon, d'une sincérité si absolue qu'il se sentait bouleversé ! Cette exquise sorcière se livrait à lui corps et âme et, lorsqu'il s'installa entre ses cuisses satinées, ce fut elle qui le supplia de la posséder.

Il voulut prendre son temps, prolonger cette délicieuse sensation mais elle balaya en un clin d'œil toutes ses résolutions. Dès qu'elle le sentit en elle, elle lui enfonça ses ongles dans la peau et ses petits gémissements de plaisir lui firent perdre la tête.

Ils trouvèrent leur plaisir au même instant et il la serra dans ses bras à l'étouffer pour réprimer les frissons qui les secouaient l'un et l'autre.

L'atmosphère était moite et chargée des effluves de leur amour. Une paix bienfaisante descendit sur eux.

Il essaya de se dégager mais elle noua ses bras autour de sa taille. Il lui était facile de rompre cette fragile étreinte mais il attendit que s'apaisent les battements de leurs cœurs.

Il devina qu'elle avait encore pleuré en sentant ses larmes sur son épaule. Il sourit. Sara pleurait toujours lorsqu'elle atteignait la suprême jouissance. Elle criait aussi son nom. Elle lui expliqua en balbutiant qu'elle pleurait de joie car elle n'avait jamais connu un tel bonheur.

Lui non plus, songea-t-il brusquement en s'inquiétant de cette découverte.

— Je vous aime, Nathan.

Terrifié par cet aveu murmuré à voix basse, il réagit comme s'il avait reçu un coup de fouet. Il se transforma instantanément en un bloc de glace. Déconcertée, elle le lâcha. Il roula sur le flanc et lui tourna le dos.

Longtemps elle attendit une réponse à son serment d'amour et, lorsqu'elle l'entendit ronfler, elle se rendit à l'évidence : il ne dirait rien.

Elle ravala les larmes qui lui piquaient les yeux et trouva une mince consolation dans cette petite victoire. Puis elle essaya de voir les choses du bon côté.

Cette fois-ci il était resté. Mais cela ne suffit pas à la rasséréner.

Frissonnante, elle s'enveloppa dans les couvertures et se tourna vers le mur.

Elle se sentait si seule et si vulnérable ! Tout cela

par la faute de Nathan. C'était lui qui la rendait si triste. S'il n'était pas de son devoir de l'aimer de tout son cœur, elle l'aurait volontiers détesté ! Ce monstre n'avait aucun cœur. Avait-on jamais vu pareille obstination ! Il savait pertinemment qu'elle avait soif de tendresse et il refusait de lui murmurer les mots qu'elle brûlait d'entendre.

L'aimait-il ? Cette question tourmenta longtemps Sara. A cet instant, Nathan se retourna et la prit dans ses bras. Il marmonna quelques mots dans son sommeil et l'attira sans ménagement contre sa poitrine. Les cheveux de Sara se répandirent sur son épaule et il frotta son menton sur sa tête. Elle prit cela pour une marque d'affection et toute sa rancœur s'évanouit.

Elle ferma les yeux et essaya de dormir. Oui, Nathan l'aimait, mais il avait du mal à l'accepter. Il l'avait aimée depuis le jour où ils avaient été promis l'un à l'autre.

Il était simplement si grincheux qu'il lui fallait plus de temps pour l'admettre qu'un mari ordinaire.

– Oui, je vous aime, Nathan, souffla-t-elle dans son cou.

Un grommellement ensommeillé, mais plutôt tendre s'éleva dans l'obscurité :

– Je sais, mon petit. Je sais.

Et il se remit à ronfler sans lui laisser le temps de juger de l'effet de sa déclaration.

Pendant plus d'une heure, elle s'ingénia à trouver un moyen de gagner son cœur.

L'apprivoiserait-elle par le biais de la gourmandise ? Non, il était méfiant par nature et le drame de la soupe l'avait échaudé.

Elle finit par élaborer un plan : elle allait conqué-

189

rir l'estime de l'équipage et Nathan se rendrait à l'évidence : il avait épousé une perle. Ce devrait être facile de les convaincre de la sincérité de ses intentions. Malgré leur superstition, c'étaient des hommes et elle viendrait à bout de leur résistance à force de gentillesse.

Et elle se creusa la cervelle pour trouver le moyen infaillible de séduire l'équipage en moins d'une semaine.

9

Au bout d'une semaine, tout l'équipage portait des colliers de gousses d'ail pour repousser les avances de lady Sara.

Durant sept jours, elle s'était démenée comme un diable pour gagner la confiance des hommes. Mais quand elle sut pourquoi ils arboraient ces colliers malodorants, elle abandonna le combat, dégoûtée.

Au lieu de se réfugier dans sa cabine pour fuir leurs regards noirs, elle feignait de ne pas les remarquer et ravalait ses larmes.

Seuls Nathan et Nora savaient ce qu'elle éprouvait car, en leur présence, Sara donnait libre cours à son désarroi. Nathan faisait de son mieux pour l'ignorer tandis que Nora s'efforçait de consoler sa nièce.

En réalité, le moindre incident était imputé à Sara. Les matelots, persuadés qu'elle leur portait la poisse, n'en démordaient pas. Une verrue apparaissait-elle sur la main de Chester, celui-ci en rendait Sara responsable. Ne l'avait-elle pas effleuré sur le pont ce matin-là ?

Contre de telles sottises que pouvait-elle faire ? Deux fois par jour, elle posait la question à Nathan qui, excédé, grommelait dans sa barbe ou haussait les épaules avec indifférence.

Le lundi suivant, Sara crut qu'elle avait touché le fond de la misère. Mais c'était compter sans les pirates. Ils abordèrent le *Seahawk* le mardi matin.

La journée avait bien commencé, le temps était ensoleillé et serein. Matthew avait emmené Nora se promener sur le pont. Ils chuchotaient et riaient comme des enfants. Les deux quinquagénaires ne se quittaient plus à présent et Sara se demandait lequel était le plus épris des deux. Matthew avait toujours le sourire aux lèvres et Nora rougissait de plus en plus fréquemment.

Dès que Sara apparaissait sur le pont, Jimbo surgissait à ses côtés. Au début, elle crut qu'il voulait la protéger contre l'animosité de l'équipage. Mais Jimbo la détrompa :

— Le cap'tain redoute une nouvelle catastrophe, Sara. Il m'a chargé de veiller sur vous jour et nuit.

— Oh, quel déshonneur ! s'écria Sara.

Jimbo retint un sourire devant son air tragique.

— Allons ! Ça n'est pas si terrible, ne prenez pas ce ton malheureux.

Sara rougit de colère.

— Alors je n'ai pas le choix ? Quelques petits incidents ont suffi pour que tout l'équipage me traite de sorcière et que mon propre mari me considère comme un danger public ? Jimbo, dois-je vous rappeler que rien ne s'est produit depuis l'incendie à bord ? Il serait grand temps que ces hommes retrouvent la raison.

— Vous plaisantez, Sara ! Avez-vous oublié l'aventure de ce pauvre Dutton ?

Sara se renfrogna.

– Oh, il ne s'est même pas noyé !

Jimbo leva les yeux au ciel.

– Il s'en est fallu de peu !

– Je lui ai présenté mes excuses.

– C'est vrai, reconnut Jimbo. Mais que dire de Kently et de Taylor ?

– Qui sont-ils ? demanda Sara en feignant l'ignorance.

– Les deux matelots qui sont tombés en glissant sur la graisse à canon que vous aviez renversée.

– Pourquoi faut-il que j'en porte seule la responsabilité ?

– Qui a renversé cette graisse ?

– Moi, reconnut Sara. Mais j'allais chercher un chiffon pour l'essuyer quand ces hommes m'ont dépassée en courant. S'ils ne me fuyaient pas comme la peste, j'aurais pu les mettre en garde. Ils ont été victimes de leur superstition.

L'annonce d'un navire au loin interrompit leur conversation. En un clin d'œil, tous les hommes gagnèrent leur poste de combat.

Sara, étonnée par cette soudaine effervescence, allait demander des explications à Jimbo quand Nathan rugit son nom.

– Ce n'est pas moi, Nathan ! s'exclama-t-elle en le voyant arriver à grandes enjambées. Je vous jure que je n'ai rien fait !

Ses protestations véhémentes amenèrent un sourire sur le visage de Nathan qui lui prit la main et la conduisit dans leur cabine.

– Je sais que ça n'est pas votre faute, lui dit-il, même si l'équipage n'est sûrement pas de mon avis.

– Et de quoi vont-ils m'accuser cette fois-ci ?

– Nous allons avoir de la visite, Sara.

– De la visite ? souffla Sara.

– Les pirates.

Sara devint livide.

– Ah non ! Vous n'allez pas encore vous évanouir ! s'exclama-t-il, tendant néanmoins les bras pour la retenir.

Elle le repoussa et déclara :

– Qu'allez-vous donc penser ! Je n'ai pas peur, Nathan, je suis furieuse, voilà tout. Que le diable les emporte s'ils croient que j'ai attiré ces pirates ! Repoussez-les, Nathan, car je vous avertis que la coupe est pleine !

Le combat allait être rude, mais Nathan garda ses préoccupations pour lui. Il regrettait à présent de ne pas avoir choisi un bateau plus léger et plus rapide que le *Seahawk*. Jamais ils ne réussiraient à échapper à ces forbans.

– Promettez-moi d'être prudent, le supplia Sara.

– Matthew a descendu Nora dans la cale, fit Nathan en ignorant sa prière. Attendez ici qu'il vienne vous chercher.

Sur ces paroles, il sortit de la cabine. Sara courut derrière lui et noua ses bras autour de sa taille. Nathan se libéra d'un geste sec et rugit :

– Sacredieu ! Ça n'est pas le moment de me réclamer un baiser d'adieu.

Elle allait lui expliquer qu'il n'était pas question de cela quand il déposa un baiser rapide sur ses lèvres. Puis il la repoussa et elle sourit.

– Nathan, tout romantisme... est déplacé à l'heure qu'il est. Le combat approche et l'équipage attend vos ordres.

– Alors pourquoi m'avez-vous arrêté ?

– Je voulais que vous me promettiez de faire attention. Je vous aime, Nathan, et je me ferai du souci si je n'ai pas votre parole.

— C'est bon. Je serai prudent. Vous êtes contente ?

— Oui, merci.

Elle revint en courant dans sa cabine pour se préparer elle aussi au combat. Si les pirates réussissaient effectivement à aborder le navire, elle ferait tout pour aider son mari.

Dans les tiroirs du bureau, elle découvrit deux pistolets chargés et une dague acérée. Sara dissimula le poignard dans sa manche et glissa les mousquets dans un petit sac bleu. Elle nouait les cordons de sa bourse autour de son poignet quand Matthew fit irruption dans la cabine. Le grondement d'une explosion résonna au loin.

— Ce sont leurs canons ou les nôtres ? s'enquit Sara d'une voix tremblante.

— C'était un des leurs, répondit Matthew en secouant la tête. Ils sont encore trop loin et ils nous ont manqués. Venez, Sara. Nora est en sécurité dans la cale et vous allez l'y rejoindre.

Sara obéit sans protester. Elle savait que c'étaient les ordres de Nathan mais son orgueil souffrait de devoir ainsi se cacher.

Dans les cales, il faisait noir comme dans un four. Matthew précéda Sara dans l'escalier et lui fit franchir la première marche dont le bois était tout vermoulu.

Arrivés en bas, ils tournèrent à angle droit et se dirigèrent vers la lueur tremblotante d'une bougie.

Perchée sur une caisse en bois, Nora les attendait patiemment près du bougeoir. La vieille femme, drapée dans son châle rouge, n'avait pas perdu son sang-froid.

— Quelle aventure ! lança-t-elle à sa nièce. Matthew, mon ami, soyez prudent.

Celui-ci hocha la tête.

— Ma foi, ce ne serait rien si nous ne transportions pas de marchandises aussi précieuses à bord.

— De quoi parle-t-il ? s'enquit Sara étonnée.

— De nous, ma chérie.

— Pour sûr, approuva le matelot en rebroussant chemin. Ce coup-ci, il faudra nous défendre au lieu d'attaquer. Pour nos gars, ce sera une première.

Sara ne comprit pas un traître mot de ce qu'il disait mais Nora esquissa un sourire.

— Que signifiait donc cette remarque de Matthew ?

Nora hésita un instant. Mais Sara était trop naïve et encore incapable de faire la part des choses. Elle finirait bien par comprendre que la vie n'était pas si simple. Alors seulement elle accepterait le passé tumultueux de Nathan. Nora, amusée, songea qu'elle aimerait être là le jour où Sara apprendrait qu'elle était mariée à Pagan.

— Je pense que l'équipage combattrait avec plus d'ardeur si nous n'étions pas là, avança Nora.

— C'est absurde, rétorqua Sara.

Sa tante était bien d'accord avec elle mais elle préféra changer de sujet.

— C'est ici que sont entreposées les munitions ?

— Oui, répondit Sara. Ces barils sont probablement remplis de poudre.

— En effet, surveillons notre bougie. Si la cale venait à s'enflammer... Il ne faudra pas oublier d'éteindre le bougeoir quand Matthew reviendra nous chercher.

Soudain une violente secousse ébranla le navire qui vibra de toutes ses membrures.

– Tu crois qu'ils nous ont touchés ? s'enquit Sara d'une toute petite voix.

– Ça m'en a tout l'air.

– Oh ! Que Nathan se dépêche d'en finir, mes nerfs sont à bout, tempêta Sara. Nora, Matthew et toi êtes devenus très proches, n'est-ce pas ?

– Tu choisis bien ton moment pour me poser la question ! gloussa Nora.

– J'essaie simplement de nous changer les idées, répliqua Sara.

– Tu as raison. Doublement raison. Matthew et moi nous entendons à merveille. Il est si bon et si attentif. J'avais oublié combien il était bon de pouvoir se confier à quelqu'un qui vous aime.

– Mais je t'aime...

– Je le sais bien, ma chérie. Mais ce n'est pas la même chose. Tu comprendras le jour où tu seras proche de Nathan.

– Je doute que ce jour arrive. Matthew se confie-t-il à toi ?

– Oui, souvent.

– Il t'a parlé de Nathan ?

– A plusieurs reprises. Mais sous le sceau du secret, et je n'ai pas le droit...

– Bien sûr que si... la coupa Sara. Je suis ta nièce, non ? Je n'en parlerai à personne. Tu ne me fais donc pas confiance ?

Sara houspilla sa tante tant et si bien que celle-ci, de guerre lasse, céda.

– Matthew m'a parlé du père de Nathan. Connaissais-tu le duc de Wakersfield ?

Sara secoua la tête.

– Il est mort quand Nathan était enfant. Je devais

197

encore être un bébé. Mais j'ai entendu dire qu'il avait été fait chevalier.

– C'est exact. Mais ce fut une imposture. Matthew m'a raconté que le duc avait en réalité trahi son pays. Hélas ! c'est la vérité, Sara. (La jeune fille, horrifiée, étouffa un cri.) C'est une histoire affreuse, mon enfant. Avec deux autres complices, le père de Nathan a tenté de renverser le pouvoir. Ils faillirent mener leurs plans à terme. Au dernier moment, le père de Nathan, pris de remords, s'est donné la mort avant que n'éclate la vérité.

– Pauvre Nathan, murmura Sara effondrée. Tout le scandale a rejailli sur lui.

– Pas du tout, répliqua Nora. Personne n'a su la vérité et tout le monde croit que le duc est mort dans un accident. Le scandale a été étouffé. Par contre, si ta famille venait à l'apprendre, ils s'en serviraient pour faire annuler votre mariage.

– Oh ! Il est trop tard à présent.

– Tu es trop naïve, ma Sara, si tu crois que cela les arrêtera. Les circonstances en elles-mêmes étaient si bizarres. Et que dire du roi si malade...

– Il était fou, souffla Sara.

– Et tu n'avais que quatre ans, répondit sa tante sur le même ton.

– Mais nous vivons comme mari et femme aujourd'hui. Comment le régent oserait-il...

– Il fera ce qui lui plaît.

– Ne te fais pas de soucis. Je ne dirai à personne ce que j'ai appris sur le père de Nathan. Mes parents ne le sauront jamais. Nathan non plus, d'ailleurs. J'attendrai qu'il se confie à moi.

Apaisée, Nora enchaîna :

– Sais-tu que j'ai également découvert l'origine de ses cicatrices dans le dos ?

– Je crois qu'on l'a fouetté.

– Pas du tout. Ce sont des brûlures.

Sara se sentit prise de nausées.

– Ô mon Dieu ! Quelqu'un l'a donc volontairement brûlé ?

– Je n'en suis pas sûre, mais je sais par contre qu'une femme est à l'origine de tout. Elle s'appelle Ariah. Nathan l'a rencontrée lors d'une escale en Orient.

– Comment a-t-il fait sa connaissance ?

– Je ne connais pas les détails, mais je sais que cette Ariah avait des mœurs légères. Elle et Nathan ont eu une aventure.

Sara ouvrit la bouche, stupéfaite.

– Tu veux dire que cette catin est devenue la maîtresse de Nathan ?

Nora lui tapota la main.

– Nathan jetait sa gourme, voilà tout. Il faut bien que jeunesse se passe et cela ne vaut pas la peine de te mettre dans des états pareils.

– Tu crois qu'il l'aimait ?

– Bien sûr que non ! Il était déjà lié à toi, Sara. Jamais Nathan ne se serait laissé aller à aimer cette femme. Je te parie ce que tu veux qu'à la fin, il devait cordialement haïr cette Ariah. Elle s'est servie de lui pour manipuler son autre amant. Parfaitement ! Selon Matthew, elle était passée maître dans cet art. Voilà pourquoi tout me laisse croire que Nathan a été torturé sur ses ordres. Dieu merci, il s'est enfui. Cela s'est passé au cours d'une petite révolution et il a sympathisé avec les rebelles. C'est ensuite que Jimbo et Matthew se sont occupés de lui.

— Nathan a dû terriblement souffrir, murmura Sara la voix tremblante d'émotion. Il devait être tout jeune quand cette horrible femme l'a trahi. Je persiste à croire qu'il l'aimait, Nora.

— Et moi non, répliqua Nora.

Sara soupira à fendre l'âme.

— Si seulement tu disais vrai. D'ailleurs, même s'ils ont partagé le même lit, il ne m'a pas vraiment trompée puisque nous ne vivions pas encore ensemble. Je comprends tout à présent.

— Quoi donc ?

— Nathan dissimule farouchement ses sentiments. J'en connais la raison maintenant : il se méfie des femmes et je ne peux l'en blâmer. Chat échaudé craint l'eau froide !

— C'était il y a longtemps, fit pensivement Nora. Nathan est un homme mûr aujourd'hui.

— Quelle autre explication donner à son attitude ? Nathan déteste que je lui dise que je l'aime. Il se transforme en glaçon. Jamais il n'a dit qu'il tenait à moi. Il doit encore haïr toutes les femmes... sauf moi, bien entendu.

— Sauf toi ? sourit Nora.

— Je suis sûre qu'il m'aime, Nora. Mais il a du mal à s'en rendre compte.

— Donne-lui le temps, ma chérie. Les hommes sont lents à digérer ces choses-là. Ce sont des têtes de mule.

— Si jamais je rencontre cette Ariah...

— Cela m'étonnerait vraiment, intervint Nora. Elle vit à Londres depuis l'an dernier.

— Nathan le sait-il ?

— Sans aucun doute.

A l'extérieur, le vacarme s'intensifiait et elles durent interrompre leur conversation. Tandis que Nora ne pouvait détacher ses pensées du combat qui se déroulait sur le pont, Sara tournait et retournait dans sa tête les révélations de sa tante.

Une demi-heure s'écoula. Puis un silence de plomb s'abattit sur le navire.

— Mon Dieu ! Si seulement nous savions ce qui se passe là-haut, chuchota Nora.

— Je vais me faufiler au-dessus pour voir ce qu'il en est, proposa Sara.

Sa tante s'opposa avec véhémence à cette suggestion. Tout à coup la trappe s'ouvrit et les deux femmes se turent, priant le ciel pour que ce fût Matthew. Mais aucun son ne leur parvint et, terrifiées, elles comprirent que le navire était tombé aux mains des pirates. Sara fit signe à Nora de se cacher derrière une énorme caisse et souffla sur la bougie. Puis elle s'avança silencieusement et se dissimula près de l'escalier pour tenter de déjouer l'approche des forbans.

Seigneur ! Elle tremblait de frayeur mais son esprit ne pouvait se détacher de Nathan. Si l'ennemi était à bord, son mari était-il encore en vie ? Elle l'imagina étendu dans un bain de sang et s'efforça de chasser cette vision affreuse. Elle avait grandement besoin de son sang-froid.

Un rai de lumière filtrait par la trappe et Sara aperçut deux hommes qui descendaient l'échelle, le front ceint de foulards bariolés.

Le second pirate marcha sur l'échelon vermoulu et tomba en lâchant un juron. Il se retrouva coincé entre les lattes du plancher, les pieds dans le vide. Il lui était impossible de faire un mouvement pour se dégager.

– Par Belzébuth, que... marmonna son compère en se retournant. Tu es coincé, hein ? ricana-t-il.

Il rebroussa chemin pour dégager son compagnon quand il s'immobilisa, sentant quelque chose lui frôler le visage. L'ennemi allait se retourner quand Sara lui assena un violent coup de crosse sur la nuque. Il s'effondra sans un cri tandis que Sara se confondait en excuses...

Le croyant mort, elle étouffa un hurlement mais se reprit en constatant qu'il respirait encore.

La jeune femme souleva délicatement ses jupes et enjamba l'homme inanimé. Elle se précipita vers l'échelle pour affronter sa deuxième victime. Le forban jeta sur elle un regard éberlué mais elle n'eut pas le courage de l'assommer lui aussi. Le brigand était à sa merci. Déchirant un morceau de son jupon, elle le lui fourra dans la bouche pour l'empêcher d'alerter ses comparses. Nora vint à sa rescousse et les deux femmes le ligotèrent de la tête aux pieds.

Nora, sereine, ne semblait absolument pas se rendre compte de la gravité de la situation. Pourtant, si ces hommes avaient réussi à pénétrer jusqu'à la soute des munitions, les autres devaient tous être à bord.

– Regarde, ma chérie. J'ai trouvé des cordes. Veux-tu que j'attache aussi le second de ces messieurs ?

– Excellente idée, approuva Sara. Il risque de se réveiller d'un instant à l'autre. Bâillonne-le, lui aussi. Tiens, prends un morceau de mon jupon. De toutes les façons, il est fichu.

Elle arracha une longue bande de tissu qu'elle tendit à sa tante. Puis elle voulut lui donner l'un des pistolets mais Nora déclina son offre.

– Tu auras peut-être besoin des deux pour sauver Matthew et Nathan, ma chérie.

– Voilà une bien lourde tâche, souffla Sara. J'ignore si je serai à la hauteur.

– Va, maintenant, lui ordonna Nora. Tu bénéficies de l'élément de surprise, Sara. Je t'attends ici.

Sara monta à l'étage supérieur en priant tout du long. La cambuse était déserte. Elle allait jeter un coup d'œil du côté des cabines quand elle entendit des pas. Elle se glissa prestement derrière un panneau amovible et attendit.

Jimbo apparut en trébuchant. Par la jointure du panneau, Sara ne perdait pas une miette du spectacle. Sur le front de Jimbo, le sang ruisselait d'une large entaille et il avait les mains attachées dans le dos. Trois pirates l'entouraient.

A la vue de sa blessure, Sara sentit la colère l'envahir. Elle n'avait plus peur.

Le regard de Jimbo était dirigé vers l'escalier. Un instant plus tard, de nouveaux pas résonnèrent et elle vit arriver Nathan. Comme son compagnon, il avait les poings liés, mais il était vivant ! Sara frémit de soulagement et ne put s'empêcher de sourire en voyant la mine renfrognée qu'affichait son mari. Elle vit Jimbo lui adresser un signe imperceptible de la tête. Puis le géant noir tourna légèrement la tête en direction du panneau.

Elle vit que Nathan avait compris qu'elle se cachait là. Baissant les yeux, elle s'aperçut que le bas de sa jupe dépassait et elle releva prestement sa robe.

– Emmenez-les dans la cabine, ordonna une voix féroce.

D'une bourrade, Nathan fut propulsé en avant. Il trébucha, essaya de conserver son équilibre et vint s'appuyer contre le panneau. Ses mains n'étaient plus qu'à quelques centimètres de Sara.

– Banger arrive avec le rhum, annonça un pirate. On va pouvoir porter un toast pendant qu'on les tuera. Perry, on commence par le cap'tain ?

Pendant ce temps, Sara glissait un mousquet entre les mains de Nathan. Voyant qu'il restait immobile, elle lui donna un petit coup de coude.

Il ne réagissait toujours pas. Elle attendit encore un peu avant de se rappeler que ses mains étaient attachées.

Tirant la dague de sa manche, elle s'empressa de trancher les épais cordages. La hâte la rendait maladroite et elle le coupa à deux reprises. Finalement, Nathan attrapa le poignard et acheva la tâche tout seul.

Tout cela n'avait duré qu'une minute mais lui avait paru une éternité.

– Sacristi ! Où est le cap'tain ? lança une autre voix. J'ai soif !

Ils attendaient donc leur chef pour célébrer leurs sanglantes agapes.

Mais que faisait Nathan ? Libéré de ses liens, il tenait le poignard d'une main et le pistolet de l'autre. Il était paré et pourtant il ne bougeait pas. Ecrasée contre le mur, Sara se demanda par quel miracle le panneau tenait encore.

Nathan lui faisait comprendre de ne pas se manifester.

Mais que s'imaginait-il donc ? Elle n'avait aucune envie de le laisser. A nouveau inquiète, elle se demanda pourquoi son mari ne profitait pas de son avantage. Bientôt tous les pirates seraient là ! Elle lui pinça les fesses.

Il ne réagit pas et elle recommença. Elle retira rapidement sa main en entendant un homme descendre l'escalier. A coup sûr, c'était leur chef !

Elle vit l'un des forbans entrer dans sa cabine. Une seconde plus tard, il en ressortait en brandissant l'une de ses robes. Cet ignoble individu osait porter ses sales mains sur sa jolie robe bleue, sa préférée !

Elle se jura de ne plus jamais la porter.

— Cap'tain, y a une femme à bord ! lança le scélérat.

Le chef des pirates lui tournait le dos et Sara en rendit grâce à Dieu. Sa taille à elle seule était terrifiante.

Le forban lâcha un ricanement sardonique et Sara sentit ses cheveux se dresser sur sa tête.

— Trouvez-moi cette garce, ordonna-t-il. Quand j'en aurai fini avec elle, vous pourrez vous amuser aussi.

Sara retint une nausée.

— Ha ha ! Cap'tain ! s'exclama un des malandrins. Elle sera morte avant qu'on puisse en profiter.

De grands éclats de rire sanguinaires suivirent cette remarque. Sara retenait ses larmes à grand-peine. Elle en avait suffisamment entendu. Elle pinça à nouveau Nathan, plus fort, et le poussa du coude.

Tout à coup, prompt comme l'éclair, il bondit vers les deux hommes qui sortaient de leur cabine. Au même instant la dague siffla dans l'air et vint se ficher entre les yeux d'un forban qui se tenait au pied de l'escalier. Un coup de mousquet régla son compte à un second pirate.

Nathan fonça tête baissée sur les deux hommes qui lui barraient le chemin. Sous la violence du choc, les deux bandits furent balayés comme des fétus de paille. Nathan les empoigna et les assomma l'un contre l'autre.

Jimbo d'un coup de tête fit vaciller le chef des pirates.

Celui-ci ne tarda pas à reprendre ses esprits. D'une main de fer, il saisit Jimbo par le cou et le jeta à terre. Il le laboura de coups de bottes tout en essayant de sortir son pistolet.

Nathan gagnait déjà la sortie, quand le bandit leva son arme et siffla d'une voix venimeuse :

– Ton agonie sera lente et terrible !

Offusquée, Sara souleva ses jupons et vint silencieusement se placer derrière le scélérat. Elle appuya l'extrémité de son mousquet sur la nuque du forban et chuchota entre ses dents :

– Ton agonie sera courte et aisée.

Au contact du métal froid, le bandit se pétrifia. Sara était enchantée du bon tour qu'elle lui jouait là. Nathan sourit. Elle se demanda si elle serait capable de le tuer : la vie de son mari dépendait d'elle.

– Nathan ? Je tire dans la tête ou dans la nuque cette fois-ci ?

– Cette fois-ci ?... interrogea sa future victime d'une voix étranglée.

Mais son arme était toujours braquée sur Nathan.

– Parfaitement, espèce d'idiot ! grinça Sara en s'efforçant de paraître cruelle.

– Que préférez-vous ? s'enquit nonchalamment Nathan en s'adossant à la paroi.

– La nuque, répondit Sara sans hésiter. Vous vous souvenez du gâchis la dernière fois ? Nous avons mis une semaine à effacer les taches de sang. Quoique... Ce maraud a une cervelle d'oiseau. Oh, et puis décidez ! Je vous obéirai.

Le pirate laissa tomber son bras et lâcha son arme. Mais avant que Nathan n'ait eu le temps de s'approcher, l'homme fit volte-face et envoya son poing dans la mâchoire de Sara pour tenter de lui faire lâcher son arme.

Nathan rugit et Sara recula en titubant. Elle trébucha sur les pieds de Jimbo et déchargea son mousquet. Un hurlement de douleur s'ensuivit et son attaquant se prit le visage entre les mains.

Tout s'était brusquement ralenti et il lui sembla qu'un moment interminable s'écoulait tandis qu'elle basculait en arrière. Avant de s'évanouir totalement, elle eut le temps de songer avec horreur qu'elle avait atteint le pirate en plein visage.

Sara revint à elle quelques minutes plus tard. Elle était allongée sur son lit tandis que Matthew et Jimbo se penchaient sur elle. Pendant que Matthew lui tamponnait la joue avec un linge frais, Jimbo l'éventait avec l'une des cartes marines de Nathan.

Son mari n'était pas là. Sara repoussa l'édredon et essaya de se relever. Jimbo l'en empêcha.

— Ne bougez pas, Sara. Vous avez reçu un sacré coup. Votre visage enfle déjà.

— Où est Nathan ? Je veux qu'il vienne !

Et sans lui laisser le temps de répondre, elle arracha le linge des mains de Matthew et se mit à nettoyer la blessure de Jimbo.

— C'est rien qu'un petit bout de femme, mais quand elle s'énerve... maugréa le colosse en faisant mine de se fâcher. Ça suffit, grommela-t-il.

— Matthew, croyez-vous que cela ira ? La coupure n'est pas profonde mais...

— C'est bon, répondit le matelot.

Sara revint à ses préoccupations.

— Un mari doit réconforter sa femme quand elle s'est évanouie, annonça-t-elle. Tout le monde le sait. Matthew, allez me chercher Nathan. Grands dieux ! Qu'il vienne ou je...

— Allons, Sara, la raisonna Matthew, votre mari est le capitaine de ce navire et il a... hem... d'importants détails à régler à l'heure qu'il est. D'ailleurs vous ne perdez rien, car il est animé de sentiments meurtriers.

— Parce que les pirates ont attaqué son beau navire ?

— Parce que ce salopard vous a frappée, Sara, marmonna Jimbo. Vous étiez évanouie et vous n'avez pas vu la tête du capitaine. Moi, je ne l'oublierai jamais : je ne l'ai jamais vu dans une telle rage.

— J'en suis ravie, chuchota Sara.

Les deux hommes échangèrent un regard excédé. Tout à coup Sara poussa un cri. Elle venait de se souvenir du péché mortel qu'elle venait de commettre.

— Mon Dieu ! J'ai tiré sur leur chef ! Je vais aller en enfer !

— Mais non, c'était pour sauver la vie de votre mari, intervint Jimbo.

— Il est... défiguré pour le restant de ses jours, murmura-t-elle atterrée.

— Sara, il ne peut pas être pire qu'avant, lui fit remarquer Matthew.

— Vous auriez mieux fait de tuer ce salaud, coupa Jimbo. Vous n'avez fait que lui arracher le nez...

— Seigneur ! Je lui ai...

— Arrête, Jimbo ! marmonna Matthew.

— Ai-je réellement arraché le nez de ce pauvre homme ?

— Pauvre homme ! ricana Jimbo. C'est le diable en personne ! Vous savez le sort qu'il vous aurait réservé si...

— Cette ordure a toujours son nez, intervint Matthew en foudroyant Jimbo du regard. Vous lui avez juste fait un petit trou en plus.

Jimbo dit alors :

— Vous avez retourné la situation à notre avantage, Sara.

Cette réflexion la revigora instantanément.

— C'est vrai ?

Les deux hommes hochèrent la tête.

— Mon personnel sait-il... (Elle s'interrompit en les voyant recommencer.) Alors ils ne peuvent plus dire que je leur porte malchance ? A propos, quels sont ces détails dont s'occupe Nathan ?

— Les représailles, déclara Jimbo. Œil pour œil, dent pour dent. Ils allaient nous écharper...

Sara ne le laissa pas achever. Outrée, elle bondit de son lit. Matthew et Jimbo se lancèrent à sa poursuite.

Nathan se tenait près du gouvernail. Les pirates étaient alignés devant lui, encerclés par l'équipage.

Sara se planta à côté de son mari et le tira par la manche. Le regard de Nathan était fixé sur le chef des pirates à quelques pas de là.

Quand Sara aperçut le forban, elle fit instinctivement un pas en arrière. Le bandit pressait un chiffon sur son nez. Elle aurait voulu aller s'excuser de l'avoir blessé mais désirait lui rappeler néanmoins que tout était sa faute : s'il ne l'avait pas frappée, le coup ne serait pas parti.

Nathan lut dans ses pensées et l'attrapa d'une main de fer.

– Descendez immédiatement ! ordonna-t-il d'un ton sans réplique.

– Pas avant que vous ne m'ayez éclairée sur vos intentions, répliqua-t-elle.

Nathan s'apprêtait à enjoliver la vérité quand il aperçut sa joue meurtrie. La rage le reprit et il grinça :

– Nous allons les tuer.

Il se retourna vers son équipage et répéta :

– Regagnez votre cabine, Sara. Je n'en ai que pour quelques minutes.

Elle croisa les bras avec obstination et s'écria :

– Je vous défends de les tuer !

Furieux, il se tourna vers sa femme et répondit d'une voix sourde :

– Je vais me gêner.

Plusieurs membres de l'équipage grommelèrent leur approbation. Sara, furieuse, allait riposter, quand un geste de Nathan la prit au dépourvu. Il lui caressa la joue et murmura :

– Il vous a frappée, Sara. Je le tuerai.

Si cette explication lui paraissait amplement satisfaisante, il n'en allait pas de même pour la jeune femme qui le regarda d'un air incrédule.

– Vous tueriez donc quiconque oserait me toucher ? interrogea-t-elle d'une voix chargée de reproche.

– Parfaitement, grogna-t-il.

– Alors vous allez devoir tuer la moitié de ma famille, lâcha-t-elle tranquillement.

Elle aurait mieux fait de se taire.

– Donnez-moi leurs noms, Sara, répondit-il calmement, et je vous vengerai. Personne ne touchera à ce qui m'appartient.

210

– Pour sûr, milady, beugla Chester. On va leur faire la peau à ces salopards.

– Chester, encore une grossièreté devant moi et je vous lave la bouche avec du savon.

Le matelot baissa la tête et Sara se retourna à temps pour voir un sourire sur les lèvres de Nathan.

– Nathan, vous êtes le capitaine et le seul maître à bord. Mais je suis votre femme et vous allez m'écouter.

– Non.

– Si vous les tuez, s'écria-t-elle, vous ne valez pas mieux qu'eux. Vous deviendrez un hors-la-loi à votre tour. Et moi aussi par la même occasion, puisque je suis votre femme.

– Mais, milady, nous *sommes* des hors-la-loi, déclara placidement Ivan le terrible.

– Non, répliqua Sara. Nous sommes de loyaux sujets de la Couronne, respectueux des lois.

Emu par sa détresse, Nathan mit un bras autour des épaules de sa femme.

– Ma petite Sara...

– Taisez-vous avec votre « petite Sara », coupat-elle. Et quittez ce ton protecteur. Je refuse de me faire complice d'un meurtre.

L'heure n'était plus à la discussion. Nathan, irrité, songea à la faire emmener de force par Jimbo, puis il changea d'avis.

– Faisons preuve de démocratie. Nous allons nous en remettre au vote de l'équipage, Sara. Cela vous convient-il ?

A sa grande surprise, elle accepta.

– Parfait. Qui est pour... commença-t-il en se tournant vers ses hommes.

Les mains se levaient déjà quand Sara intervint :

– Un instant. J'ai quelque chose à dire à mes gens.

– Sapristi !

– Nathan, ai-je, oui ou non, renversé la situation à notre avantage ?

Pris au dépourvu, Nathan resta muet.

– Jimbo m'a dit que je vous avais sauvés, mais j'aimerais vous l'entendre dire.

– J'avais bien un plan, commença Nathan. Mais... Fichtre, Sara, oui. (Il soupira et continua :) Vous nous avez sauvés. Vous êtes contente à présent ?

Elle acquiesça.

– Maintenant descendez !

– Pas encore, répondit-elle en se tournant, souriante, vers l'équipage qui piaffait. Vous savez tous que j'ai libéré Nathan... (Elle bafouilla, craignant de minimiser le rôle joué par son mari.) Bien entendu il y serait parvenu tout seul mais...

– Sara ! menaça Nathan.

Elle redressa les épaules et poursuivit :

– J'ai également tiré sur le chef des pirates, mais ce n'était pas prémédité. La cicatrice qu'il gardera jusqu'à sa mort me paraît une punition suffisante.

– C'est rien qu'une malheureuse égratignure, lança un matelot. La balle n'a fait que passer.

– Vous auriez dû lui faire sauter le crâne, renchérit un autre.

– M'mouais, ou au moins le rendre aveugle, déplora un troisième gaillard.

Ils n'étaient donc qu'assoiffés de sang ! Sara désigna le chef des pirates et déclara :

– Cet homme a suffisamment souffert.

– C'est vrai, Sara, intervint Matthew avec un grand sourire. Il pensera à vous chaque fois qu'il se mouchera.

Une explosion de rire accueillit cette remarque.

Chester fit un pas en avant et vociféra :

– On va pas lui laisser l'temps d'y penser. Aux autres non plus. Si tout le monde vote comme moi, ils vont servir d'appâts aux requins.

Déroutée par tant de hargne, Sara se réfugia instinctivement contre son mari. Il passa un bras autour de ses épaules et elle appuya son visage contre son poignet.

A son contact, sa crainte s'évanouit.

– C'est bon, cria-t-elle en se dégageant de l'étreinte de Nathan. Votez ! Mais souvenez-vous, je serais affreusement déçue si vous votez la mort de ces pirates. Très déçue ! ajouta-t-elle sur un ton dramatique. Par contre vous me feriez immensément plaisir si vous les jetiez par-dessus bord en les laissant regagner leur navire à la nage. Vous avez compris ?

Tous hochèrent la tête.

– Ce sont là tous vos arguments ? s'enquit Nathan stupéfait.

– Oui, Nathan, sourit-elle. Vous pouvez voter à présent, quoique... Vous n'êtes pas en état de le faire.

– Et pourquoi ? ne put-il s'empêcher de demander.

– Vous êtes encore trop contrarié... parce que votre femme chérie a été blessée.

– Ma femme chérie ?

– Moi, précisa-t-elle agacée.

– Nom d'une pipe, je ne le sais que trop, ronchonna-t-il.

– Laissons l'équipage décider, suggéra-t-elle.

Il accepta de guerre lasse. Sara lui adressa un sourire contraint, ramassa sa jupe et s'éloigna en direction de l'escalier.

– Sara, restez dans votre cabine jusqu'à ce que tout soit terminé, lui ordonna Matthew.

Elle sentait que tous les regards étaient braqués sur elle. Dès qu'elle serait hors de vue, ils accompliraient leur affreuse besogne. Jimbo avait même pris la précaution de fermer la trappe de sa cabine pour lui éviter d'entendre les hurlements. Elle refusait de les voir assassiner ces pirates, malgré leur conduite infâme. Son plan était simple et elle ne regrettait rien de ce qu'elle allait faire.

Elle s'arrêta en haut des marches et lança à son mari d'une voix parfaitement calme :

– Nathan ? Je ne vous attendrai pas dans notre cabine mais ne manquez pas de me prévenir de l'issue des votes. Que je sache si je dois être déçue ou non.

Nathan, étonné, fronça les sourcils. Que tramait-elle encore ?

– Où attendrez-vous, milady ? demanda Jimbo.

Elle se retourna et les regarda bien en face.

– Dans la cambuse, répondit-elle.

Horrifiés, ils comprirent instantanément la menace voilée.

Nathan, lui, souriait et elle le foudroya du regard.

– C'est vous qui m'avez poussée à ces extrémités, messieurs. Vous ne m'avez pas laissé le choix. Alors, ne me décevez pas !

Certains matelots particulièrement obtus n'avaient pas encore saisi. Chester en faisait partie.

– Qu'est-ce que vous allez faire dans la cambuse, milady ?

La réponse fusa, immédiate :

– La soupe !

10

Le vote fut unanime. Personne ne voulut décevoir Sara. Les pirates furent expédiés par-dessus bord et regagnèrent leur bâtiment à la nage.

Mais Nathan eut le dernier mot ou tout du moins une dernière satisfaction. Il fit tirer deux coups de canon qui ouvrirent une large brèche dans le flanc du navire ennemi. Il raconta à Sara que les matelots nettoyaient les canons.

Le *Seahawk* lui aussi avait souffert. La majorité des dommages se situaient au-dessus de la ligne de flottaison. Les voiles précédemment endommagées par l'ombrelle de Sara avaient été coupées en deux par un boulet des pirates.

L'équipage s'attela à réparer les dégâts. Chose extraordinaire, les hommes souriaient à l'ouvrage et tous se débarrassèrent de leurs colliers malodorants. La malédiction n'était plus qu'un mauvais souvenir.

Leur maîtresse leur avait sauvé la peau et même ce teigneux de Chester chantait ses louanges.

Sara descendit chercher Nora avec Matthew. En voyant la trappe, elle se souvint de leurs prisonniers. Dès qu'elle eut le dos tourné, Nathan envoya son poing dans l'estomac des pirates qui grognèrent de douleur. Quand elle interrogea son mari sur l'origine de ces bruits affreux, il haussa les épaules en signe d'ignorance et envoya les deux hommes pliés en deux effectuer une pirouette par-dessus le bastingage. Sara se fit un plaisir de narrer les événements à Nora qui félicita sa nièce de son courage et de son astuce.

– Pour être franche, confessa Sara à sa tante, je n'ai pas cessé d'avoir peur.

– Tu n'en as que plus de mérite, répliqua Nora.

– Figure-toi que Nathan ne m'a même pas complimentée, se plaignit Sara. Je viens seulement de m'en apercevoir. Crois-tu...

– Je crois surtout qu'il n'en a pas eu le temps, Sara. Mais ça m'étonnerait qu'il le fasse, il est un peu...

– Têtu ?

Nora sourit.

– Non, ma chérie, il est orgueilleux.

La vague d'excitation qui avait porté Sara commença à décroître et elle se mit à trembler. Elle avait mal au cœur et sa joue tuméfiée la faisait souffrir.

Elle dissimula ses souffrances pour ne pas inquiéter Nora.

– Tu as forcément eu vent des comparaisons qui étaient faites avec la sœur de Nathan, lui dit soudain sa tante.

Sara n'était au courant de rien mais elle laissa Nora poursuivre.

– Je sais que leurs réflexions ont dû te blesser, reprit Nora.

– Lesquelles ? demanda Sara d'un air dégagé. J'en ai tellement entendu !

– Oh ! Que tu ne cesses de sangloter alors que

Jade, elle, ne pleure jamais. Matthew prétend qu'elle se contrôle parfaitement et il vante sans cesse son courage exceptionnel. Il m'a rebattu les oreilles de toutes ses prouesses. Mais tu sais tout cela, fit-elle en haussant les épaules. Je t'en parle uniquement pour te dire que tout a changé : aujourd'hui, tu as gagné le cœur et l'estime de tout l'équipage. A l'avenir il n'y aura plus de comparaisons. Ils ont pu constater que ta bravoure égalait celle de leur chère Jade.

Sara tourna les talons et murmura d'une voix étouffée :

— Je vais aller me reposer, ma tante. Toutes ces émotions m'ont rompue.

— C'est vrai que tu es pâlotte. Quelle journée mouvementée ! Je vais aller rejoindre Matthew et j'irai ensuite faire un petit somme, moi aussi.

La jolie robe bleue de Sara gisait sur le plancher de sa cabine. A cette vue, la jeune femme se souvint du pirate qui l'avait souillée de ses mains et des paroles affreuses qu'il avait prononcées.

Elle entrevit alors ce qui aurait pu se passer et sentit son estomac se révulser. Ils auraient tué Nathan.

Sara déboutonna sa robe et se déshabilla entièrement sans pouvoir détacher son regard du vêtement profané. Toute la scène lui revenait en mémoire.

Ils avaient eu la ferme intention de tuer son mari.

Pour chasser la peur rétrospective qui l'envahissait, elle se mit à nettoyer la cabine. Quand elle eut terminé, les frissons qui la secouaient avaient un peu diminué.

Elle remarqua sa joue bleue et meurtrie.

La panique s'empara à nouveau d'elle. Comment pourrait-elle vivre sans Nathan ? Que se serait-il passé si elle n'avait pas pris les pistolets ? Et si elle était restée avec Nora dans sa cachette...

– Mon Dieu ! murmura-t-elle. C'est faux, je suis une lâche.

Elle se pencha au-dessus de la cuvette pour se regarder dans le miroir et répéta :

– Lâche et affreuse !

– Que dites-vous ?

Nathan était entré sans faire de bruit dans la cabine. Sara sursauta et fit demi-tour en dissimulant sa joue bleuie sous ses cheveux.

Elle s'aperçut qu'elle pleurait et voulut cacher ses larmes. La tête baissée, elle se dirigea vers le lit et murmura :

– Je vais dormir un peu, je ne me sens pas bien.

Nathan lui barra le chemin.

– Montrez-moi votre visage, ordonna-t-il en la prenant par la taille.

Il la sentit trembler.

– Vous avez mal, Sara ? demanda-t-il soucieux.

Elle secoua la tête sans lever les yeux. Nathan tenta de lui prendre le menton mais elle se dégagea.

– Je n'ai pas mal du tout, mentit la jeune femme.

– Alors pourquoi ces larmes ?

La tendresse qu'elle décelait dans sa voix augmenta ses tremblements.

– Je ne pleure pas, chuchota-t-elle.

Inquiet, Nathan l'attira contre lui. Habituellement, il lisait en Sara à livre ouvert. Elle ne pouvait rien lui cacher et, dès qu'elle était préoccupée, elle se confiait à lui.

– Je voudrais me reposer, Nathan, dit Sara d'une petite voix misérable.

– Dites-moi d'abord ce qui vous tracasse.

Elle éclata en sanglots bruyants.

— Vous ne pleurez toujours pas ? demanda-t-il exaspéré.

— Jade ne pleure jamais, hoqueta Sara contre sa poitrine.

— Comment ?

Mais elle refusa de répéter ses paroles et tenta de se dégager. Nathan fut le plus fort, il l'emprisonna d'un bras tandis que de l'autre il la forçait à lever le menton. Il repoussa doucement ses cheveux en arrière.

A la vue de sa joue bleue et enflée, son regard vira à l'encre.

— J'aurais dû tuer cette canaille, grommela-t-il.

— Je suis une lâche, confessa-t-elle tout à trac.

Il la regarda d'un air incrédule.

— C'est vrai, Nathan. Je dois me rendre à l'évidence aujourd'hui : je ne suis pas du tout comme Jade. Les hommes ont raison, je ne lui arrive pas à la cheville.

Déconcerté par cette fervente déclaration, il la lâcha et elle courut vers le lit. Elle s'assit et poursuivit la tête baissée :

— Maintenant je vais dormir.

Nathan dissimula un sourire. Décidément, elle le surprendrait toujours. Sara essayait de cacher sa confusion sous ses cheveux.

— Non seulement je suis lâche, Nathan, mais en plus je suis laide. Jade a les yeux verts, n'est-ce pas ? Les hommes m'ont raconté qu'elle avait de merveilleux cheveux roux, comme le feu, et Jimbo m'a dit qu'elle était très belle.

— Qu'est-ce que ma sœur vient faire ici ? s'écria Nathan.

Il regretta immédiatement la violence de sa réaction en voyant la détresse de Sara et poursuivit d'une voix plus douce :

— Vous n'êtes pas lâche.

Elle leva la tête et s'emporta :

— Alors pourquoi mes mains tremblent-elles ? Pourquoi ces nausées ? Je suis morte de peur à présent et je ne peux songer qu'à ce qui vous serait arrivé si...

— Ce qui me serait...

Sidéré par cette révélation, il souffla, profondément ému :

— Sara, votre vie aussi était en jeu.

— Ils auraient pu vous tuer !

Ses sanglots redoublèrent. Il soupira en comprenant qu'il lui faudrait un moment pour la consoler. Elle avait besoin d'être caressée, cajolée.

Lui aussi. Nathan commença à se déshabiller et au dernier moment décida de garder son pantalon.

Sara se releva pour permettre à Nathan de s'installer à son aise sur le lit. Il s'adossa confortablement aux oreillers et l'attira sur ses genoux. Elle se blottit contre sa poitrine et laissa reposer sa tête sur son épaule. Les bras de Nathan lui encerclaient la taille et elle se tortilla un instant pour trouver la position la plus agréable. Il serra les dents : sa femme ne comprenait pas encore à quel point elle était provocante. En l'espace d'un instant le désir l'avait envahi.

— Ce n'est pas la peine de vous cacher, murmura-t-il en écartant ses cheveux.

Il se pencha et déposa un baiser dans son cou. Sara ferma les yeux et se renversa un peu en arrière.

— Nathan ? Vous avez vu comme le chef des pirates a riposté ? Si mon mousquet n'était pas parti, je n'aurais jamais su me défendre. Je n'ai aucune force, je suis faible. Quand j'ai frappé Duggan, ma main m'a longtemps fait souffrir et pourtant c'était un coup dérisoire. Il faut être fort si l'on veut...

— Qui est ce Duggan ?

— L'homme qui accompagnait oncle Henry dans la taverne la nuit où nous nous sommes retrouvés.

Nathan, amusé, se souvint du petit poing ganté de dentelle qui avait jailli de la fenêtre.

— La surprise a joué en votre faveur mais vous ne savez pas frapper.

Et il lui montra comment serrer le poing avant de frapper.

— Il faut que vous sachiez vous défendre, murmura-t-il. Regardez-moi, Sara. Je vais vous apprendre.

— Vous ne voulez pas me défendre ? s'enquit-elle étonnée.

Il soupira.

— Je ne serai pas toujours avec vous. Maintenant, écoutez-moi, l'endroit où vous frappez est aussi important que le coup en lui-même.

— Ah ?

— Parfaitement. L'endroit le plus vulnérable chez un homme, c'est l'entrejambe.

— Nathan ! Je ne vais tout de même pas...

A sa voix, il devina qu'elle était écarlate et leva les yeux au ciel.

— Ne soyez pas gênée, voyons. C'est ridicule ! Je suis votre mari.

— Jamais je ne pourrai frapper un homme... à cet endroit.

— C'est ce que nous verrons, répliqua-t-il. Nom d'une pipe ! Sara, vous vous défendrez parce que je vous l'ordonne ! Je ne veux pas qu'il vous arrive quoi que ce soit.

— Et si je n'y arrive pas ? Les lâches ne savent pas se défendre, se plaignit-elle.

Nathan réprima son hilarité et demanda :

— Expliquez-moi en quoi vous êtes lâche.

— Mais je vous l'ai déjà dit ! s'écria-t-elle. Je tremble encore et dès que je songe à ce qui aurait pu arriver, je suis morte de peur. La seule vue de ma robe suffit à me rendre malade.

— Quelle robe ?

Elle désigna sa robe bleue sur le plancher.

— Celle-ci, murmura-t-elle. L'un de ces bandits l'a tenue dans ses mains. Je veux que vous la jetiez, jamais plus je ne la porterai.

— D'accord, Sara, fit Nathan d'une voix apaisante. Je la jetterai. Vous n'avez qu'à fermer les yeux pour le moment.

— Vous me trouvez sotte, n'est-ce pas ?

Il frotta son nez contre son cou et chuchota :

— Non, c'est le contrecoup. Cette réaction est parfaitement naturelle et ne signifie pas que vous êtes lâche.

Elle essaya de se concentrer sur ses paroles mais Nathan ne l'y aidait pas. Sa langue lui chatouillait l'oreille et elle se réchauffait au contact de son souffle chaud. Ses frissons se calmèrent et une douce torpeur l'envahit.

— Vous souffrez aussi... de ces contrecoups ? demanda-t-elle d'une voix inaudible.

Sa main lui caressait à présent les seins et il avait du mal à se contrôler au contact de sa peau satinée.

— Mmm'oui, répondit-il.

— Et que faites-vous alors ?

– J'essaie de me défouler, souffla-t-il en dénouant le ruban de sa chemise et en faisant glisser les bretelles sur ses épaules.

Sara, détendue, se laissait bercer par la voix de Nathan contre son oreille. Un petit soupir de contentement lui échappa et elle ferma à nouveau les yeux.

Il se mit à lui caresser les cuisses à l'endroit où la peau est si douce, entre les jambes, et elle commença à s'agiter contre lui.

Ses doigts vinrent se glisser sous sa chemise et il attisa lentement la flamme qui couvait en elle. Il savait exactement où et comment la caresser pour la rendre folle de plaisir. Un gémissement rauque lui échappa.

– Du calme, mon petit, chuchota-t-il quand elle essaya de le repousser. Laisse-toi faire, Sara.

Il la tenait bien serrée contre lui et poursuivit sa caresse magique. Sous ses doigts experts, Sara demanda bientôt grâce.

– J'adore la façon dont tu réponds à mes caresses, Sara. Tu es si ardente, si passionnée. C'est à cause de moi, n'est-ce pas, Sara ?

Incapable de répondre, elle ne pouvait s'arrêter et elle jouit avant même de comprendre ce qui lui arrivait. Elle serra les cuisses de toutes ses forces.

Eperdue de plaisir et de bonheur, Sara se sentit défaillir et retomba contre la poitrine de son mari dans un merveilleux abandon.

Quand les battements de son cœur se ralentirent, elle rougit. Elle était nue jusqu'à la taille et Nathan lui caressait doucement les seins.

– Je... J'ignorais... je ne savais pas que c'était possible de... balbutia-t-elle.

Il l'attira vers lui pour la contempler à son aise.

Comme il était séduisant ! Le souffle coupé, elle sentit qu'elle avait envie de lui à nouveau. Elle fit lentement glisser sa chemise le long de ses cuisses.

Puis elle se pencha sur lui et pressa ses seins contre sa poitrine. Il ôtait déjà son pantalon. En quelques secondes, ils se retrouvèrent nus l'un et l'autre. Elle s'agenouilla entre les jambes de son mari et, sans quitter son regard, elle se mit à le caresser. Un gémissement lui fit comprendre que son audace lui plaisait.

Il lui attrapa les cheveux et l'attira contre lui.

— Voilà le moyen de chasser ton angoisse, murmura-t-il avant de s'emparer de sa bouche.

Nathan resta encore une bonne heure avec Sara avant d'aller diriger les réparations. La jeune femme se rhabilla en laissant échapper de temps à autre des petits soupirs émus. Puis elle ramassa ses fusains et son bloc et monta s'installer au soleil sur le pont.

Aussitôt, les hommes interrompirent leur travail pour lui réclamer leur portrait. Enchantée de leur faire plaisir, Sara s'exécuta. Ils ne tarirent pas de louanges et parurent sincèrement désolés quand elle dut s'arrêter, faute de papier.

Nathan réparait une voile déchirée par un boulet. Quand il eut terminé, il revint prendre le gouvernail.

Il s'arrêta en apercevant sa femme assise au niveau inférieur. A ses pieds, une quinzaine de matelots étaient suspendus aux lèvres de la jeune femme.

Il se rapprocha et entendit la voix de Chester :

— Vous voulez dire que vous aviez quatre ans quand vous avez épousé le cap'tain ?

— Chester, elle vient de te l'dire, maugréa Kently. C'était un ordre du roi fou. Pas vrai, lady Sara ?

— Je m'demande bien pourquoi ? interrogea Ivan.

– Parce qu'il voulait que la paix règne, expliqua Sara.

– Quelle est l'origine de cette rivalité ? s'enquit un troisième.

– Personne le sait, prédit Chester.

– Oh ! Moi, j'en connais la raison, répondit Sara. C'est la croix d'or qui a tout déclenché.

Nathan s'adossa au bastingage et sourit. Elle croyait donc à ces sornettes ? Quoique... Cette histoire à dormir debout avait dû lui plaire.

– Quelle croix en or ? Racontez-le-nous, la pria Chester.

– Cela remonte au Moyen Age. Tout a commencé le jour où deux barons, un Winchester et un St James, sont partis en croisade. C'étaient les meilleurs amis du monde. On raconte qu'ils étaient voisins et qu'ils avaient grandi ensemble à la Cour du roi Jean. Bref... ils partirent pour une lointaine destination et l'un d'eux sauva la vie du souverain local. En récompense, il reçut une croix en or gigantesque. En or ! (Elle répéta ces mots en hochant la tête.) Tout incrustée de pierres précieuses : des diamants, des rubis, etc. Il paraît qu'elle était magnifique.

– Elle était grande comment ? demanda Matthew.

– De la taille d'un homme adulte.

– Et qu'est-ce qui s'est passé alors ? coupa Chester qui bouillait d'impatience.

– Quand les deux barons sont rentrés en Angleterre, la croix a disparu. Le baron Winchester a raconté à qui voulait l'entendre que la croix était à lui et que St James la lui avait volée. L'autre baron raconta exactement la même chose.

– On l'a jamais retrouvée, milady ?

Sara fit un geste négatif.

225

– Les deux puissants barons se sont alors déclaré la guerre. Certains racontent que cette croix n'a jamais existé et que c'était un prétexte pour s'emparer des terres du voisin. Mais moi, je crois qu'elle a existé.

– Pourquoi ? la pressa Chester.

– Parce que avant de mourir, le baron de St James a murmuré : « Lève les yeux vers le ciel et tu découvriras le trésor. » Or, on ne ment pas quand on va comparaître devant son Créateur.

Elle proféra solennellement ces dernières paroles, la main sur le cœur. Puis elle baissa la tête et quelques matelots applaudirent.

– Lady Sara, vous croyez à cette légende ?

– Mais bien sûr, répliqua-t-elle. Un jour, Nathan me ramènera la croix d'or.

Quelle rêveuse incorrigible ! Nathan, amusé, se rendit compte qu'il aimait ce défaut chez Sara.

Ils bavardèrent en bas encore un petit moment mais le vent se leva. Un orage s'annonçait. Sara retourna dans sa cabine et rangea ses fusains. Elle passa le reste de l'après-midi avec Nora. Puis sa tante se mit à bâiller et la quitta. La jeune femme se sentait épuisée elle aussi par cette longue journée.

Elle se prépara à se coucher quand de soudaines douleurs se firent ressentir. Elle comprit qu'elle allait être indisposée. Une heure plus tard elle se débattait contre des crampes plus violentes encore qu'à l'accoutumée et elle était gelée jusqu'aux os.

Elle enfila une chemise de nuit en coton épais et regagna son lit, pliée en deux. Elle amoncela trois édredons sur elle.

Aucune position ne la soulageait et elle se mit bientôt à geindre de souffrance.

Nathan descendit dans la cabine lorsque le quart de nuit fut en poste. Sara laissait habituellement une bougie allumée pour lui, or la pièce était plongée dans l'obscurité.

Il l'entendit gémir et se dépêcha d'allumer deux chandelles avant de se précipiter à son chevet.

Il ne vit rien : Sara était enfouie sous une montagne de couvertures et d'édredons.

— Sara ? fit-il alarmé.

Comme elle ne répondait pas, il repoussa les couvertures qui cachaient son visage.

Une sueur glacée lui coula dans le dos. Elle était blanche comme un linge et replongea illico sous les édredons.

— Sara ! Pour l'amour du ciel, que se passe-t-il ?

— Allez-vous-en, murmura-t-elle d'une voix étouffée. Je ne me sens pas bien.

Elle paraissait à l'agonie et son inquiétude augmenta.

— Qu'avez-vous ? chuchota-t-il d'une voix enrouée. Votre visage vous fait mal ? Morbleu, j'aurais dû tuer cette ordure ! Je le savais.

— Ce n'est pas ça ! cria-t-elle.

— Alors vous avez la fièvre ? fit-il en repoussant les couvertures.

Mon Dieu, comment allait-elle lui expliquer la chose ! Quelle humiliation ! Elle geignit à nouveau et roula sur le flanc pour se dérober à son regard. Elle se mit en boule et se balança pour calmer la douleur qui lui déchirait les reins.

— Je ne veux pas en parler, dit-elle. Je suis malade, voilà tout. Allez-vous-en s'il vous plaît.

Il tâta son front. Il était frais.

— Ce n'est pas la fièvre, constata-t-il avec soulage-

227

ment. Seigneur... Sara, je ne vous ai pas fait mal cet après-midi ? Je... Je suis parfois brutal mais...

— Non, ce n'est pas vous, lâcha-t-elle.

— Vous en êtes sûre ?

Son anxiété lui fit chaud au cœur.

— Sûre et certaine. Vous n'avez rien à voir avec mes maux. J'ai simplement besoin d'être seule.

Une nouvelle crampe lui arracha un gémissement et elle ajouta :

— Laissez-moi mourir en paix.

— Et puis quoi encore ? marmonna-t-il. (Une pensée subite le fit tressaillir.) Vous n'avez rien fait dans la cambuse ? Vous n'avez pas mangé quelque chose ?

— Non. Ce n'est pas mon estomac.

— Mais alors, qu'est-ce que c'est, nom d'une pipe ?

— Je... C'est une maladie féminine... chuchota-t-elle.

— Comment ?

Seigneur ! Il fallait donc lui mettre les points sur les i !

— Je suis indisposée ! explosa-t-elle. Ooh ! Que j'ai mal, ajouta-t-elle dans un murmure.

— Vous êtes indisposée...

— Je ne suis pas enceinte ! Voilà, acheva-t-elle, excédée. Et maintenant allez-vous-en. Mon Dieu, ayez pitié de moi ! Je vais mourir... de honte ou de douleur !

Soulagé de voir s'éloigner le spectre d'une grave maladie, Nathan laissa échapper un long soupir. Il allait lui tapoter l'épaule quand il se ravisa. Il se sentait terriblement maladroit et inutile.

— Comment pourrais-je vous soulager ? Vous avez besoin de quelque chose ?

— J'ai besoin de ma mère, murmura-t-elle. Et c'est

impossible. Oh, partez, Nathan. Vous ne pouvez rien pour moi.

Elle plongea sous les couvertures et poussa un gémissement à fendre l'âme. Quand elle entendit la porte se refermer, elle éclata en sanglots. Comment osait-il l'abandonner dans son état ! Elle avait menti. C'était de lui, et de ses bras, dont elle avait besoin. Mais cet homme à l'esprit obtus n'avait rien compris !

Nathan fonça chez Nora et entra sans frapper.

Une voix d'homme retentit :

— Qui est là ?

Nathan retint un sourire. Il avait reconnu la voix de Matthew.

— Je veux dire un mot à Nora, annonça-t-il.

La tante de Sara se réveilla en sursaut et remonta les couvertures jusqu'à son menton. Elle était rouge comme une cerise.

Nathan s'approcha du lit, les mains dans le dos, et fixa le plancher.

— Sara est malade.

La gêne de Nora disparut comme par enchantement.

— Il faut que j'aille la voir, chuchota-t-elle en essayant de s'asseoir. Savez-vous ce dont elle souffre ?

— Voulez-vous que j'aille jeter un coup d'œil sur elle ? demanda Matthew en rabattant les couvertures.

Nathan secoua la tête et toussota.

— Elle souffre de... Ce sont des histoires de femmes.

— Quelles histoires ? demanda Matthew, sincèrement perplexe.

Nora avait tout de suite compris.

— Souffre-t-elle beaucoup ?

– Terriblement ! Dites-moi ce que je peux faire pour la soulager.

Il lui parlait d'une voix coupante comme s'il s'adressait à son équipage.

– Une gorgée de cognac la soulagerait peut-être, suggéra-t-elle. Mais je crois que des paroles de réconfort ne lui feraient pas de mal non plus. Je me souviens qu'en ces moments-là, j'y étais très sensible.

– C'est tout ? grommela Nathan. Par le Christ ! Nora, elle souffre ! Je ne le tolérerai pas.

Nora réprima à grand-peine un sourire. Le regard meurtrier de Nathan l'y aida.

– Vous lui avez demandé ce qu'elle voulait ?

– Elle veut sa mère !

– Qu'est-ce que sa mère vient faire là-dedans ? demanda Matthew.

– Elle a besoin de vous, mon cher. Nathan, réconfortez-la. Essayez de lui frotter le dos.

Nathan se dirigeait déjà à grandes enjambées vers la porte. Dès que celle-ci fut refermée, Nora se tourna vers Matthew.

– Crois-tu qu'il va dire à Sara que nous...

– Mais non, mon amour.

– Je déteste l'idée de lui mentir, mais cette enfant est trop entière. Je ne crois pas qu'elle comprendrait.

– Chut ! souffla Matthew en la prenant dans ses bras. (Il l'embrassa et ajouta :) La vie se chargera de la faire mûrir.

Nora acquiesça et changea de sujet.

– Nathan commence à s'attacher à Sara. Il se rendra bientôt compte qu'il l'aime.

– Il l'aime peut-être, Nora, mais il ne l'admettra jamais. Cela fait un bail que ce garçon se méfie de toute sorte d'engagement.

Nora se rebiffa.

— C'est absurde, répliqua-t-elle. Sara sort de l'ordinaire et elle correspond exactement à ce que recherche Nathan. Elle croit que son mari l'aime et je lui fais confiance pour l'en convaincre. Attends et tu verras.

Pendant ce temps, l'objet de leurs propos s'apitoyait sur elle-même.

Elle n'avait pas entendu Nathan revenir dans la cabine. Il lui toucha l'épaule.

— Buvez ceci, Sara. Vous vous sentirez mieux après.

Elle se retourna et secoua la tête.

— C'est du cognac.

— Je n'en veux pas.

— Buvez.

— Je vais vomir.

Démonté par son franc-parler, il posa le gobelet et grimpa dans le lit avec elle.

Elle essaya de le repousser mais il tint bon.

Elle se retourna contre le mur. Ses douleurs étaient insupportables. Soudain Nathan glissa un bras autour de sa taille et l'attira contre lui. Puis il se mit lentement à lui masser les reins. Instantanément, la souffrance diminua. Sara ferma les yeux et se blottit contre son mari pour lui voler un peu de sa chaleur.

Elle fit à peine attention au roulis et au tangage qui secouaient le navire. Par contre Nathan sentit son estomac se révulser.

Pendant un quart d'heure il lui frotta le dos sans prononcer un seul mot. Il essayait de se concentrer sur la femme qu'il tenait dans ses bras mais à chaque coup de roulis, il serrait les dents.

– Vous pouvez arrêter, chuchota Sara. Je me sens mieux maintenant, merci.

Nathan obéit et s'apprêtait à sortir du lit quand elle reprit :

– Vous pouvez me garder dans vos bras ? J'ai tellement froid. Il fait glacial ce soir.

Il faisait une chaleur à étouffer et il ruisselait de sueur. Mais il fit comme elle le lui avait demandé. Ses petites mains étaient des glaçons et il eut tôt fait de les réchauffer.

Il la croyait enfin endormie quand elle murmura :

– Nathan ? Si j'étais stérile ?

– Eh bien, vous seriez stérile.

– C'est tout ce que vous trouvez à me dire ? Nous ne pourrions pas avoir d'enfants.

Il leva les yeux au ciel.

– Vos conclusions sont un peu hâtives.

– Mais si je l'étais ? insista-t-elle.

– Que voulez-vous que je vous dise ? maugréa-t-il en réprimant un haut-le-cœur.

Il essaya de se lever.

– Vous accepteriez de rester mon mari ? Vous n'aurez pas les terres si nous n'avons pas de bébé avant...

– Je connais les conditions du contrat, trancha-t-il. Eh bien ! nous reconstruirons une maison sur les terres que mon père m'a léguées. A présent, taisez-vous et dormez ! Je reviens dans une minute.

– Vous n'avez pas répondu à ma question. Accepteriez-vous d'être le mari d'une femme stérile ?

– Pour l'amour du ciel...

– Oui ou non ?

Il poussa un grognement qu'elle prit pour un oui. Elle déposa un baiser dans son dos et, quand elle leva les yeux sur lui, elle aperçut son visage terreux à la lueur de la bougie.

Le navire dansait comme un bouchon et elle en tira rapidement les conclusions. Le gobelet s'était renversé et Nathan grimaçait, les yeux clos.

Il avait le mal de mer. Sara se sentit remplie de sympathie à l'égard de son pauvre mari. Mais ses bons sentiments s'évanouirent quand elle l'entendit grommeler :

– Je ne me serais jamais marié sans ce maudit contrat. Maintenant, dormez !

Hors d'elle, Sara oublia la gentillesse dont il avait fait preuve et décida de lui infliger une bonne leçon.

– Je suis désolée de vous avoir volé votre temps libre, commença-t-elle. Merci, Nathan, je me sens beaucoup mieux et je n'ai pas mal au cœur. Je n'aurais peut-être pas dû prendre de poisson pour le souper. Mais il était délicieux, surtout que j'y ai ajouté un peu de chocolat. Vous aimez le poisson sucré ? s'enquit-elle.

Il enfila précipitamment son pantalon et Sara retint un sourire.

– Le cuistot m'a promis de nous servir des huîtres à la prochaine escale. Oh ! j'adore les huîtres... Mais vous ne me souhaitez pas bonne nuit ?

La porte claqua derrière Nathan et Sara arbora un large sourire. Elle se sentait très satisfaite d'elle-même. Il était temps que son mari découvre la chance qu'il avait de l'avoir pour femme.

– Bien fait pour lui ! murmura-t-elle en remontant les couvertures.

Elle ferma les yeux, et, une minute plus tard, elle dormait à poings fermés.

Nathan passa une bonne partie de la nuit accroché au bastingage et personne ne fit attention à lui.

Le soleil pointait quand il revint dans la cabine, en piteux état. Il s'effondra sur le lit et Sara se réveilla en sursaut. Elle vint se nicher contre lui.

Il se mit à ronfler bruyamment et Sara déposa un baiser sur sa joue. Il était encore pâle et sa barbe naissante lui donnait l'air d'un bandit. La jeune femme lui effleura la joue et murmura :

– Je vous aime. Malgré tous vos défauts, je vous aime, Nathan. Pardon de vous avoir rendu malade. Je suis désolée que vous ayez le mal de mer.

Satisfaite de cette confession effectuée pendant le sommeil de son mari, elle s'écarta et soupira :

– Vous devriez chercher un autre travail, mon mari. La mer ne vous convient pas.

Il ouvrit lentement les yeux. Elle s'était rendormie, l'air angélique.

Il avait envie de la battre. Elle avait donc découvert le défaut de sa cuirasse. Sa réflexion sur le contrat l'avait vexée.

Sa colère s'évanouit comme elle était venue et il sourit.

Cette petite Sara n'était donc pas si innocente. Il aurait agi comme elle. Quand il était furieux, il se servait de ses poings, elle, utilisait sa jugeote et cela lui plaisait. Mais il ne fallait pas qu'elle joue à la plus maligne.

Comme elle était jolie ! Il eut soudain envie de lui faire l'amour. Combien de temps allait durer cette maudite indisposition ?

La fatigue eut raison de lui. Il sombrait dans le sommeil quand il sentit Sara lui prendre la main. Il ne la repoussa pas et s'endormit sur cette pensée inquiétante : il avait *besoin* de lui tenir la main...

Dans deux jours, ils seraient chez Nora. Nathan commençait à entrevoir une fin de traversée paisible.

C'était parler trop vite.

La soirée était bien entamée. Sous un ciel constellé d'étoiles, le navire filait bon train grâce à une brise idéale. Le puissant bâtiment traçait la route sans faiblir et le roulis était inexistant. Pas une ride ne troublait la mer ni les esprits.

Nathan et Jimbo se tenaient près du gouvernail. Les deux hommes étaient plongés dans une discussion animée au sujet de l'Emerald Shipping Company. Jimbo voulait agrandir la flotte avec des clippers tandis que Nathan penchait pour des vaisseaux plus lourds et plus solides.

L'arrivée inopinée de Sara interrompit leur conversation.

Vêtue d'un simple déshabillé, elle était pieds nus. Jimbo ouvrit des yeux ronds, Nathan, lui, ne l'avait pas encore vue.

— Nathan, il faut que je vous parle tout de suite ! s'écria-t-elle. Un terrible problème se pose et il faut que vous vous en occupiez sur-le-champ.

Résigné, Nathan fit demi-tour et changea d'expression en voyant que sa femme brandissait un pistolet dans sa direction. La chevelure en désordre et les joues en feu, Sara était visiblement en proie à une vive contrariété.

— Pourquoi vous promenez-vous sur le pont en chemise de nuit ? demanda-t-il.

— Je ne me... commença-t-elle, surprise de cette rebuffade. Ce n'est pas le moment de me chapitrer, mon mari. Un grave problème se pose à nous.

Elle fit une petite révérence à Jimbo, s'empêtrant avec son pistolet.

– Pardonnez ma tenue, Jimbo, mais dans mon émoi, je n'ai pas pris le temps de m'habiller.

Jimbo acquiesça et suivit avec inquiétude les mouvements qu'effectuait le pistolet. Elle avait dû oublier qu'elle tenait cette arme dans la main.

– Vous avez eu une contrariété ?

– Pour l'amour de Dieu, que faites-vous avec ce pistolet ?

Les deux questions fusèrent en même temps.

– Je risque d'en avoir besoin, expliqua Sara à son mari.

Les bras lui en tombèrent.

– Lady Sara, intervint Jimbo. Calmez-vous et dites-nous ce qui se passe. Mon garçon, grogna-t-il à l'adresse de Nathan, ôte-lui cette arme avant qu'elle ne se tue !

Sara recula d'un pas et cacha le pistolet derrière son dos.

– Je viens de chez Nora, lâcha-t-elle. Je voulais lui souhaiter bonne nuit.

– Et alors ?

Elle regarda longuement Jimbo avant de se décider à parler, puis elle jeta un regard autour d'elle et souffla :

– Elle n'était pas seule !

Nathan haussa les épaules.

Il était à battre.

– Matthew était avec elle, ajouta-t-elle avec véhémence. Dans son lit !

Elle brandit à nouveau son arme.

236

– Nathan, il faut faire quelque chose.

– Et que voulez-vous que je fasse ?

Son ton était conciliant mais il souriait, nullement surpris par la nouvelle qu'elle venait de lui assener. Rien ne dérangeait donc cet homme ! Rien... sauf elle.

– Vous voulez que Matthew s'en aille ? suggéra Jimbo. C'est bien cela ?

– Il est trop tard, Jimbo. Le renard est dans le poulailler. Ma tante est déshonorée.

– Mais alors, Sara. Qu'attendez-vous de moi ? interrogea Nathan.

– Que vous régularisiez la situation, expliqua-t-elle. Vous allez les marier. Venez avec moi et dépêchons-nous. Jimbo, vous servirez de témoin.

– Vous plaisantez !

– Pas le moins du monde, mon mari. Cessez de sourire. En tant que capitaine de ce navire, vous avez le pouvoir de les marier.

– Non.

– Lady Sara, vous avez de drôles d'idées, fit remarquer Jimbo.

Aucun des deux hommes ne la prenait au sérieux.

– Je suis responsable de ma tante. Matthew a sali son honneur et il doit l'épouser. Cela résoudrait le problème de l'oncle Henry. Il ne pourra plus toucher à son héritage. Et... tout est bien qui finit bien !

– Je refuse ! déclara solennellement Nathan.

– Sara, Matthew veut-il épouser Nora ? demanda Jimbo.

– Il n'a pas le choix !

– Bien sûr que si, riposta le matelot.

Le pistolet recommença à tracer des moulinets menaçants.

– Je vois que vous n'êtes d'aucun secours.

Elle fit volte-face et s'engouffra dans l'escalier en marmonnant :

— Dommage, j'aimais beaucoup Matthew.

— Qu'allez-vous faire, milady ? lança Jimbo.

— Matthew va épouser Nora, cria-t-elle par-dessus son épaule.

— Et s'il ne veut pas ? fit-il avec un grand sourire.

— Je le tuerai. Ce ne sera pas de gaieté de cœur, Jimbo, mais il faudra que je le tue.

Nathan bondit derrière Sara, l'immobilisa et lui arracha son arme.

— Vous ne tuerez personne, grogna-t-il.

Il tendit le pistolet à Jimbo et entraîna Sara dans sa cabine.

— Lâchez-moi, Nathanial !

— Ne m'appelez jamais Nathanial, ordonna-t-il.

— Et pourquoi pas ? demanda-t-elle étonnée.

— Parce que cela me déplaît, voilà tout.

— Quelle réponse stupide, riposta Sara en plantant ses poings sur ses hanches.

Son déshabillé s'entrouvrit et il eut une vision généreuse de ses seins sous la fine chemise de nuit.

— Sara, quand serez-vous remise de votre indisposition ?

— Dites-moi d'abord pourquoi vous n'aimez pas que je vous appelle Nathanial ?

— Parce que je vois rouge dès que j'entends ce prénom.

— Mais vous voyez toujours rouge !

— Ne me taquinez pas !

— Ne criez pas ! C'est bon, sourit Sara. Je ne vous appellerai plus Nathanial, sauf si je veux vous mettre en colère. Tenez-vous-le pour dit !

Il la renversa au-dessus du lit.

— A votre tour de me répondre. Quand ces maudits problèmes féminins rentreront-ils dans l'ordre ?

Elle retira lentement son déshabillé et le plia avec soin.

— Vous ne voulez toujours rien faire au sujet de Nora et de Matthew ?

— Non. Et vous non plus. Fichez-leur la paix !

— Il va falloir réfléchir sérieusement à ce problème, mon mari.

Il allait lui adresser une cinglante réplique quand il la vit retirer sa chemise de nuit.

— Ces maudits problèmes féminins sont rentrés dans l'ordre, murmura-t-elle avec timidité.

Sa rougeur supprima tous les effets de son geste audacieux. Le regard de Nathan lui fit perdre tous ses moyens. Avec un petit soupir, elle se précipita dans ses bras.

Il commença par l'embrasser. Sans protester, elle noua ses bras autour de son cou et tira sur ses longs cheveux pour le forcer à baisser la tête.

Mon Dieu, quel baiser ! Il ne fallut pas longtemps à la jeune femme pour obtenir de lui ce qu'elle voulait.

Nathan reprit ensuite le contrôle de la situation. Il glissa ses mains dans ses cheveux et se pencha à nouveau. Sa bouche se posa sur ses lèvres et il darda sa langue entre ses dents. Elle l'enlaça et pressa ses seins contre sa poitrine.

Un gémissement de plaisir lui échappa quand elle répondit à son baiser. Excitée par cette plainte, elle se colla plus étroitement encore contre lui.

Il se dégagea pour ôter ses vêtements et s'arrêta en la sentant mordiller son cou. Il frissonna et lui caressa les épaules. Au contact de sa peau douce et satinée sous ses mains calleuses, il fut bouleversé par tant de fragilité.

– Vous êtes si délicate, murmura-t-il, alors que je...

Elle l'empêcha de poursuivre. Sa bouche parcourait sa poitrine, et elle l'embrassa jusqu'à ce qu'il lui ordonne dans un gémissement de cesser ce jeu exquis et insupportable. Il se sentait devenir fou.

Il lui plaqua le visage contre sa poitrine et respira profondément, à grandes goulées. Les doigts de la jeune femme vinrent jouer avec son nombril.

– Avec vous je me sens si bien, si forte, si vivante... Laissez-moi vous montrer combien je vous aime, Nathan. Je vous en prie...

Il devina ses intentions quand elle commença à déboutonner son pantalon. Les mains tremblantes, elle s'agenouilla devant lui et Nathan oublia tout le reste. Sa petite femme si délicate s'était transformée en un tourbillon de sensualité. Sa bouche était partout et répandait un torrent de feu dans ses veines. Quand il ne put endurer davantage cette délicieuse agonie, il la prit dans ses bras et la souleva de terre. Il l'obligea à nouer ses jambes autour de sa taille et souffla à son oreille :

– Sara, je ne peux plus attendre. Je vous veux. Maintenant.

Il essaya de bouger mais elle s'accrocha à ses cheveux et ordonna :

– Nathan, dites-moi que vous m'aimez.

Il lui répondit avec un baiser et Sara oublia vite ce qu'elle lui réclamait. Ses ongles lui labourèrent les épaules et elle ne songea plus qu'au plaisir d'être à lui.

Elle renversa la tête et gémit :

– Vite, Nathan.

240

– Je veux vous rendre folle, grinça-t-il entre ses dents. Comme vous m'avez rendu...

Elle le mordit. Ils tremblaient de tous leurs membres. Elle le serrait de toutes ses forces et il gémit de plaisir.

Ils basculèrent sur le lit et Nathan la recouvrit de son corps. Il prit son visage entre ses mains et embrassa son front, ses narines palpitantes et ses lèvres si douces.

– Oh ! j'adore le goût de ta peau, chuchota-t-il d'une voix rauque.

Il lui chatouillait le cou avec ses lèvres, mordillait le lobe de son oreille.

Soudain elle se cambra sous lui et il ne put résister à cette ultime provocation. Il avait bien eu l'intention de lui imposer son rythme, mais il se sentit enveloppé de sa chaleur, de son parfum enivrant... et de son amour.

Le lit gémissait à chacun de leurs mouvements. Il aurait voulu que cet instant durât une éternité et leur passion atteignit un degré inouï. Sara l'étreignit tout à coup et cria son nom. Sa délivrance précéda la sienne de quelques secondes et il s'effondra sur la jeune femme, trop exténué et trop heureux pour songer à s'en détacher. La respiration haletante, il posa la tête dans le creux de son épaule et sourit tout bas en l'entendant elle aussi reprendre son souffle.

Elle desserra son étreinte et il roula sur le côté en l'emportant avec lui.

Elle pleurait toujours de bonheur.

Il savoura cet instant, sachant que d'ici peu elle le presserait de prononcer les mots qu'elle rêvait d'entendre. Il ne voulait pas la décevoir mais il refusait de lui mentir. Un sentiment de frayeur s'éleva du plus profond de lui-même. Et s'il était incapable de lui donner ce qu'elle désirait ? A la perspective d'aimer quelqu'un, il sentit ses cheveux se dresser sur sa tête. Jamais il n'accepterait d'être vulnérable à ce point. Plutôt l'enfer !

Elle le sentit se raidir et devina la suite. Cette fois, elle ne le laisserait pas partir, ou alors elle le poursuivrait. Comment ce mari si tendre et si merveilleusement attentionné pouvait-il se transformer tout à coup en un bloc de glace ? Quelle mouche le piquait ?

– Nathan ?

Il ne répondit pas, comme elle s'y attendait.

– Je vous aime, murmura-t-elle.

– Je sais, grommela-t-il en esquivant un coup de coude.

Devant son silence interrogateur, il finit par soupirer :

– Sara, vous n'êtes pas obligée de m'aimer. Cela ne fait pas partie du contrat.

Il était très satisfait de sa réponse.

Sara essaya de le jeter à bas du lit.

– Vous êtes impossible ! Ecoutez-moi bien, Nathan.

– J'y suis bien obligé, répliqua-t-il placidement, vous criez comme une mégère.

Il avait marqué un point. Elle s'allongea sur le dos, fixa le plafond et maugréa :

– Mon Dieu, que c'est frustrant !

Vexé, il répliqua :

– Sapristi, c'est faux !

Il souffla la bougie, la reprit dans ses bras avec brusquerie et déclara d'un petit air satisfait :

– Je vous comble dès que je vous touche.

Il n'avait donc rien compris ! Mais il avait l'air tellement content de lui qu'elle préféra ne pas discuter.

– Nathan, j'ai une importante déclaration à vous faire. Vous allez m'écouter ?

– Vous me promettez de dormir ensuite ?

– Promis.

Il grommela dans sa barbe et elle devina qu'il n'en croyait rien. Elle allait lui dire ce qu'elle pensait de sa grossièreté quand il l'attira contre lui et posa sa tête contre la sienne.

Stupéfaite par cette tendresse inhabituelle, Sara doutait qu'il en eût conscience.

Néanmoins, une bouffée de bonheur l'envahit.

Elle fit mine de s'écarter mais il resserra son étreinte.

– Alors, Sara. Dites-moi ce que vous avez sur le cœur. J'ai sommeil.

Elle sourit. Le visage de son mari était pressé contre son cou et il lui caressait doucement les cheveux.

Elle avait eu l'intention de lui ouvrir les yeux et de lui faire comprendre qu'il l'aimait. Mais elle ne voulait pas gâcher son bonheur présent. Il n'était pas encore prêt à accepter la vérité.

C'est alors qu'elle eut une illumination : Nathan avait peur. Peur de l'amour en général, ou peur de l'aimer elle... Sara ignorait pourquoi, mais cette crainte existait bel et bien.

Il allait entrer dans une rage folle si elle lui avouait le fond de ses pensées. Les hommes détestaient qu'on leur révélât leurs faiblesses.

– Sara, nom d'une pipe ! Dépêchez-vous de vider votre sac pour que je puisse dormir.

– Vider mon sac ? interrogea-t-elle en cherchant désespérément un prétexte à invoquer.

– Mon Dieu, vous allez me rendre fou. Je croyais que vous aviez une déclaration importante à me faire.

– Nathan, vous m'étouffez, murmura-t-elle en se dégageant de son étreinte. J'ai oublié, voilà !

Il l'embrassa sur le front et lui enjoignit :

– Alors, dormez.

Elle se blottit contre lui et murmura :

– Vous êtes un homme merveilleux, Nathan.

Elle accompagna ces compliments d'un bâillement sonore et acheva :

– Vous me comblez.

Elle se réjouit de l'entendre rire gaiement.

– A votre tour, ordonna-t-elle.

Il feignit de ne pas comprendre. Mais trop lasse pour insister, elle ferma les yeux en bâillant à nouveau.

– Tant pis, fit-elle. Demain, ce sera votre tour.

– Vous êtes une femme merveilleuse, chuchota-t-il. Vous aussi vous me comblez.

Un soupir de contentement emplit la cabine.

– Je le savais, murmura-t-elle épanouie.

Et elle s'endormit sans lui laisser le temps de lui donner une leçon sur les mérites de la modestie. Nathan, épuisé, ferma les yeux. Dieu seul savait ce que demain leur réservait, surtout avec les initiatives de lady Sara.

Nathan avait tiré la leçon des semaines passées. Avec elle, l'imprévu était de règle.

Il avait cru qu'il devrait la protéger du monde. Mais la réalité était toute différente. Il était chargé de défendre le monde contre les assauts de sa femme.

C'était absurde, mais le marquis s'endormit le sourire aux lèvres.

11

Le jour où ils mouillèrent dans les eaux bleues de la mer des Caraïbes, Sara découvrit que son mari n'était pas seulement marquis de St James et duc de Wakersfield.

Son troisième titre était Pagan.

Assommée par cette révélation, elle s'était écroulée sur le lit. Elle avait appris la nouvelle tôt le matin : la trappe étant ouverte, elle avait entendu deux matelots qui bavardaient sur le pont. Sara avait dressé l'oreille quand ils s'étaient mis à chuchoter.

Elle refusa d'y croire jusqu'au moment où Matthew vint se joindre à la conversation. Il parlait de leur dernier butin d'un air très dégagé.

Elle s'assit alors, les jambes coupées. Elle fut plus terrifiée qu'horrifiée : elle tremblait pour Nathan et, dès qu'elle songeait aux risques qu'il prenait en abordant un navire, elle sentait son cœur chavirer. De fil en aiguille, elle se l'imaginait déjà condamné aux galères. Elle chassa cette image terrible de son esprit.

Son désespoir eût été total si elle n'avait entendu un dernier commentaire de Chester. Le matelot se réjouissait de mettre un terme à sa vie de pirate. Il ajouta que la plupart des membres de l'équipage souhaitaient fonder une famille et que leurs petits magots les y aideraient.

Soulagée, Sara fondit en larmes. Nathan s'était rendu compte de ses erreurs passées et elle n'aurait pas à le sauver malgré lui. Mon Dieu, pria-t-elle, ne me l'enlevez pas ! Elle l'aimait depuis si longtemps. Comment pourrait-elle vivre sans Nathan à ses côtés pour grommeler, la gronder... et l'aimer...

Toute la matinée, Sara se tourmenta. Elle ne pouvait se débarrasser de ses craintes. Un de ses hommes pouvait-il le trahir ? La récompense pour sa capture était énorme. Non ! Non ! L'équipage lui était dévoué corps et âme. S'inquiéter ne changerait rien.

Elle se promit de rester avec son mari et de le défendre de toutes ses forces quoi qu'il advienne.

Nora savait-elle que Nathan et Pagan ne faisaient qu'un ? Sara décida de garder le secret.

Quand Nathan descendit chercher sa femme, il la trouva assise sur le lit, le regard perdu dans le vide. La cabine était une véritable fournaise mais Sara frissonnait. Elle était très pâle et Nathan s'inquiéta surtout de son mutisme. Ce dernier symptôme était le plus préoccupant.

Son anxiété augmenta quand il la vit s'asseoir sagement dans la chaloupe qui les conduisait au quai. Les mains croisées sur les genoux et le regard baissé, rien ne semblait l'intéresser. A ses côtés, Nora, intarissable, s'épongeait le front avec son mouchoir et agitait son éventail.

— Il nous faudra un jour ou deux pour nous habituer à cette chaleur, observa-t-elle. A propos, Nathan, il y a une merveilleuse cascade à quelques miles de chez moi. L'eau vient directement de la montagne et elle est d'une pureté extraordinaire. Elle est recueillie dans un bassin naturel et vous devez absolument emmener Sara s'y baigner. (Elle se tourna vers sa nièce.) Sara, tu pourras apprendre à nager.

Sara garda le silence et Nora lui donna un coup de coude pour attirer son attention.

– Pardon, sursauta Sara. Que disais-tu ?

– A quoi rêves-tu ?

– Mais à rien... répondit-elle en regardant Nathan d'un air courroucé.

Décontenancé, Nathan dit à Nora :

– Elle n'est pas bien.

– Je me sens parfaitement bien, riposta la jeune femme.

Soucieuse, Nora constata :

– Tu me parais affreusement préoccupée. La chaleur t'importune ?

– Non, répondit Sara avec un petit soupir. Je réfléchissais... Voilà tout.

– A quoi ? insista sa tante.

Sara continuait à dévisager son mari d'un air froid et Nora, accommodante, essaya de rompre la glace.

– Je disais que c'était l'occasion pour toi d'apprendre à nager.

– Je vous apprendrai, s'offrit Nathan.

Sara lui sourit poliment.

– Merci de votre proposition, mais cela ne me dit rien. Je n'en vois pas l'utilité.

– Nom d'une pipe, bien sûr que c'est utile !

– Pourquoi ? s'enquit-elle sincèrement perplexe.

– Si vous savez nager, vous n'aurez plus peur de vous noyer.

– Mais je m'en moque.

– Morbleu ! Je...

– Mais, Nathan, je ne me noierai jamais.

– Et pourquoi ?

– Parce que vous serez là, sourit-elle.

Nathan laissa retomber ses bras et répondit sans se fâcher :

– Vous avez raison. Je ne vous laisserai pas vous noyer.

Sara, triomphante, se tourna vers Nora.

– Tu vois bien que c'est inutile...

Mais Nathan l'interrompit :

– Mais si je ne suis pas là ?

– Eh bien ! je n'irai pas dans l'eau, répondit-elle exaspérée.

– Et si vous tombez par accident ?

– Ce n'est pas un argument, protesta Sara furieuse.

– C'en est un, répliqua-t-il en élevant la voix. Et je ne veux pas me faire de souci pour vous. Vous apprendrez à nager, un point c'est tout !

Ils retombèrent chacun dans leur mutisme et n'échangèrent plus un seul mot jusqu'au quai.

Le superbe paysage finit par tirer Sara de ses rêveries.

– Oh ! Nora, murmura-t-elle. C'est encore plus vert et luxuriant que dans mon souvenir.

Toutes les couleurs de l'arc-en-ciel se retrouvaient dans ce petit paradis tropical. Sara contempla les collines qui ondulaient au loin. Au-dessus des palmiers, le soleil faisait briller les myriades de petites fleurs rouges qui tapissaient les versants des montagnes.

De jolies maisons en bois, aux teintes pastel, surmontées de tuiles ocre, étaient adossées à la colline et dominaient le petit port. Sara aurait aimé jeter sur le papier ce paysage paradisiaque mais il était impossible de rendre toute cette splendeur. Elle laissa échapper un soupir.

Nathan la rejoignit et son petit visage émerveillé le bouleversa.

— Sara ? demanda-t-il en voyant ses yeux s'embuer. Qu'est-ce qui ne va pas ?

Sans détacher son regard des collines, elle répondit d'une voix oppressée :

— Oh, Nathan, c'est splendide !

— Quoi donc ?

— Le spectacle que Dieu nous offre, chuchota-t-elle. Nathan, quel merveilleux tableau !

Il garda les yeux fixés sur sa femme pendant une éternité. Une chaleur insidieuse lui envahissait le cœur et l'âme et, mû par une force irrésistible, il lui caressa doucement la joue.

Il s'entendit murmurer :

— Vous êtes magnifique. Vous êtes ce qu'il y a de plus beau sur cette terre.

Frappée par l'émotion que trahissait sa voix, elle se retourna et lui sourit.

— Vraiment ? souffla-t-elle.

Mais cette seconde privilégiée s'était déjà enfuie et Nathan se ressaisit en un clin d'œil. D'une voix coupante, il lui ordonna de redescendre sur terre.

Ils ne se comprendraient donc jamais. Tout en emboîtant le pas à sa tante, elle songeait à l'étrange personnage qu'était son mari.

— Sara, ma chérie. Pourquoi cette mine soucieuse ? Souffres-tu de la chaleur ?

— Non, ma tante. Je réfléchissais à l'homme déconcertant que j'ai épousé. Nathan souhaite que je me débrouille seule, confessa-t-elle. Je me rends compte à présent combien je manque d'indépendance, mais je trouvais cela normal puisqu'il était censé me protéger. Je devais me tromper, mais je persiste à croire qu'il me chérirait, même si je savais me défendre.

– Je suis sûre qu'il serait fier de toi, répondit Nora. Mais, Sara, souhaites-tu réellement te retrouver à la merci d'un homme ? Regarde ta mère. Son mari est moins prévenant que Nathan.

Sa tante avait raison. Que serait-elle devenue si Nathan s'était révélé cruel ?

– Je dois réfléchir à tout cela, murmura-t-elle.

Nora lui tapota la main.

– C'est cela, ma chérie. Déride-toi à présent et savoure cette journée exquise.

Elles croisèrent plusieurs messieurs sur leur chemin qui s'arrêtèrent tous pour dévisager Sara. La concupiscence qui brillait dans leurs yeux n'échappa pas à Nathan qui les foudroya du regard. L'un d'eux laissa échapper un petit sifflement admiratif et Nathan donna libre cours à sa colère. Il rattrapa le goujat et lui envoya son poing dans la figure. Sous le choc, l'individu tomba à la renverse dans le port.

Sara jeta un coup d'œil absent par-dessus son épaule en entendant du bruit. Nathan lui sourit et elle poursuivit tranquillement son chemin.

Tous les hommes s'écartèrent sur le passage de Nathan. Tous sauf un. L'imprudent apostropha Nathan en louchant :

– Joli minois ! Pas vrai ?

– Elle est à moi, grogna Nathan qui l'envoya sans ménagement rejoindre l'autre insolent dans le port.

– Dis, mon garçon, je te trouve bien susceptible, lâcha Jimbo d'un air détaché. Ce n'est qu'une femme après tout.

— Cette écervelée ne se rend pas compte de l'effet qu'elle exerce sur ces idiots, grommela Nathan. Elle ne marcherait pas comme ça si elle voyait leurs regards lubriques.

— Mais... comment marche-t-elle ?

— Tu sais très bien ce que je veux dire. Elle a une façon de balancer les hanches... (Il s'interrompit et conclut sèchement :) Et ça n'est pas n'importe quelle femme. C'est *ma* femme.

Jimbo cessa de le taquiner.

— Je te prédis que nous ne trouverons pas de quoi réparer le mât.

Il avait raison. Nathan envoya Sara, Nora et Matthew préparer leur installation chez Nora et s'en fut explorer le petit village avec Jimbo.

Il se rendit rapidement compte qu'il leur faudrait se rendre dans un port plus important. Sur les cartes, le point d'approvisionnement le plus proche se trouvait à deux jours de mer.

Sachant que sa femme verrait son départ d'un mauvais œil, Nathan décida de lui annoncer immédiatement sa décision.

La maison de Nora lui réservait une surprise. Il s'attendait à découvrir une maisonnette. Or, la propriété de Nora était une spacieuse demeure de deux étages, peinte en rose pâle. Une varangue peinte en blanc courait le long de la façade et sur les côtés.

Sara se balançait dans un fauteuil près de la porte d'entrée. Nathan gravit les marches et déclara abruptement :

— Je pars demain avec la moitié de l'équipage.

— Je vois.

Elle essaya de garder son sang-froid mais la terreur l'envahit. Seigneur Jésus ! Etait-ce pour une nouvelle expédition de piraterie ? Nora lui avait révélé l'existence d'un repaire de pirates un peu plus bas sur la côte. Nathan allait-il rejoindre d'anciens compagnons pour une dernière aventure ?

Elle essaya de se reprendre. Elle se faisait peut-être des idées mais c'était plus fort qu'elle.

— Nous devons rejoindre un port plus important, Sara, pour trouver de quoi réparer le *Seahawk*.

Elle n'en croyait pas un mot. Nora vivait dans un village de pêcheurs et ces derniers devaient bien avoir de quoi réparer son bateau ! Mais elle ne trahit rien des pensées qui l'agitaient et fit semblant de le croire.

— Je vois, murmura-t-elle à nouveau.

Nathan fut étonné de la facilité avec laquelle elle avait accepté les faits. Il était tellement habitué à l'entendre ergoter pour un oui ou pour un non qu'il commença à s'inquiéter ; elle avait été bizarre toute la journée.

Il s'appuya contre la rambarde et attendit la suite. Mais Sara se leva et rentra dans la maison sans mot dire.

Il la rejoignit dans le vestibule.

— Je serai vite de retour, lui dit-il.

Elle ne s'arrêta pas et gravit les marches qui menaient à l'étage. Il la saisit par les épaules.

— Sara, quelle mouche vous pique ?

— Nathan, nous sommes dans la deuxième chambre à gauche. Je n'ai pas amené grand-chose. Peut-être faudrait-il envoyer chercher ma malle.

— Nous n'allons pas rester longtemps, répliqua Nathan.

— Je vois.

Et si l'on vous tue ! avait-elle envie de hurler.

252

Alors que deviendrai-je ? Serai-je même prévenue ? Seigneur, elle n'osait pas y songer.

Sara se dégagea et continua son chemin, toujours suivie de Nathan.

Leur chambre donnait sur la mer. Les fenêtres étaient ouvertes et le bruit du ressac montait jusqu'à eux. La pièce était meublée d'un grand lit à baldaquin recouvert d'un édredon multicolore, d'une armoire et d'un fauteuil capitonné.

Sara se dirigea vers l'armoire où elle se mit à accrocher ses robes.

Adossé à la porte, Nathan l'observa une minute avant de soupirer.

— Allons, Sara. Je veux que vous me disiez ce qui se passe.

— Il ne se passe rien du tout, répondit-elle d'une voix tremblante. Bon voyage, mon mari. Adieu.

— Je ne pars que demain, maugréa-t-il.

— Je vois.

— Quand cesserez-vous de répéter « Je vois » ? explosa-t-il. Morbleu, Sara, je n'aime pas ces airs distants !

Elle fit volte-face, la mine courroucée.

— Nathan ! Combien de fois faudra-t-il vous répéter de ne pas jurer en ma présence ?

Il ne s'émut pas de cet assaut et se réjouit de voir réapparaître son humeur habituelle. Elle n'était plus distante ni indifférente.

Sara, ébahie, le vit sourire et se détendre. Le soleil avait dû lui taper sur la tête.

Soudain, il lui vint une idée.

— Puisque vous aimez tant blasphémer, j'en déduis que vous éprouvez une grande satisfaction à prononcer ces vilains mots. Je vais donc employer le même vocabulaire pour vérifier ma théorie. Nous verrons bien si ces propos vous plaisent dans la bouche de votre épouse.

Il éclata de rire.

— Les seuls vilains mots que vous connaissiez sont « diable » et « morbleu » ! Ce sont les seuls jurons que je m'autorise en votre présence.

— J'en ai entendu d'autres lorsque j'étais sur le pont et que vous ne me voyiez pas. Et je connais aussi le langage... coloré de l'équipage.

Nathan se tenait les côtes de rire à l'idée de voir sa délicate petite femme parler comme les membres de son équipage. C'était tout simplement inconcevable ! Elle était si féminine et si douce.

Un appel de Matthew coupa court à leur discussion.

— Nora vous attend dans le salon !

— Descendez et dites-lui que j'arrive, ordonna Sara.

Nathan reprit son air sérieux et se dirigea en soupirant vers la porte.

Sara eut le dernier mot et lui lança d'une voix gaie :

— Nathan, il fait bougrement chaud cet après-midi, n'est-ce pas ?

— Sacrément chaud, renchérit-il.

Il se retint à temps. Il allait lui faire remarquer qu'il n'aimait pas l'entendre parler comme une fille de salle. Mais jamais Sara n'oserait parler ainsi en public.

Il eut l'occasion de vérifier cette hypothèse plus tôt que prévu.

Un visiteur était assis sur le canapé à côté de Nora. Matthew se tenait devant la fenêtre et Nathan lui fit un signe avant de se diriger vers Nora.

— Mon cher Nathan, j'ai le plaisir de vous présenter le révérend Oscar Pickering.

Elle se tourna vers son hôte et ajouta :

— Mon neveu, le marquis de St James.

Nathan fit un effort surhumain pour ne pas éclater de rire. Quelle aubaine !

— Vous êtes un homme d'Eglise ? s'enquit-il avec un grand sourire.

Nora n'avait jamais vu Nathan aussi affable. Il serra la main du pasteur avec effusion. Pendant ce temps, le malheureux Matthew, affreusement mal à l'aise, se marchait sur les pieds. Sara entra dans le salon au moment où Nathan s'asseyait en face du sofa. Il étira ses longues jambes et afficha un sourire niais.

— Oscar est chargé d'administrer notre petit village, lui expliquait Nora.

— Vous connaissez Oscar depuis longtemps ? interrogea Nathan avant d'apercevoir Sara dans l'embrasure de la porte.

— Nous venons de faire connaissance mais j'insiste pour que votre tante m'appelle par mon prénom.

Sara s'avança et fit une révérence devant leur hôte. Le nouvel officier de la Couronne était un petit homme sec affublé d'un lorgnon. Il était engoncé dans un costume noir à peine égayé par un col blanc fraîchement amidonné. Ses manières étaient des plus austères et son regard hautain déplut immédiatement à Sara.

— Ma chérie, commença Nora. J'aimerais te présenter...

Mais Nathan l'interrompit :

— Il s'appelle Oscar, Sara. C'est le nouvel administrateur de l'île.

Il avait volontairement omis de préciser qu'il était également pasteur.

— Oscar, cette charmante jeune femme est ma nièce et, bien sûr, l'épouse de Nathan. Lady Sara.

Pickering s'inclina.

— Enchanté de faire votre connaissance, lady Sara, fit-il d'une voix nasillarde.

Sara sourit du bout des lèvres.

— J'aurais dû me faire annoncer, reprit Pickering. Mais il se trouve que je me promenais dans le voisinage et j'ai été attiré par tout ce remue-ménage. La curiosité a eu raison de moi. J'ai vu plusieurs gaillards à la mine patibulaire sous la varangue, lady Nora. Vous devriez les faire chasser par vos domestiques. Ne frayez pas avec la valetaille. Ça ne se fait pas.

En prononçant ces paroles, Pickering fronça des sourcils en direction de Matthew. Sidérée par sa grossièreté, Sara attrapa un éventail et se mit nerveusement à s'éventer.

— Personne ne chassera qui que ce soit, déclara Nathan.

— Ces hommes font partie de l'équipage du marquis, précisa Nora.

Pour lui témoigner son estime, Sara se rapprocha de Matthew qui cligna de l'œil. Sara lui sourit.

Nathan lâcha négligemment :

— Ma femme venait de me faire remarquer à quel point il faisait chaud.

Il regarda Sara droit dans les yeux avec un sourire narquois.

— Que disiez-vous donc, ma chère ?

Elle allait feindre d'avoir oublié quand sa mine satisfaite la fit changer d'avis.

– Oh, oui. Je m'en souviens à présent. J'ai dit qu'il faisait bougrement chaud. Vous ne trouvez pas, monsieur Pickering ?

L'administrateur faillit en perdre ses lorgnons et Matthew sursauta. Le sourire de Nathan s'était évanoui.

– La chaleur me donne toujours une migraine du feu de Dieu, renchérit Sara.

Matthew la regardait avec des yeux ronds. Et son cher mari la foudroyait du regard. Mais elle n'allait pas s'arrêter là. Pourvu que Nora lui pardonne sa conduite ! Elle soupira alors et s'appuya sur le rebord de la fenêtre.

– Crénom de nom, quelle fournaise !

Nathan bondit de sa chaise et rugit :

– Qu'est-ce que vous venez de dire ?

– J'ai dit « Crénom de nom, quelle fournaise ! », répéta Sara complaisante.

– Ça suffit ! tonna Nathan.

Matthew s'assit, les jambes coupées, et Nora toussa pour dissimuler son fou rire. M. Pickering se leva et se précipita vers la porte en serrant un livre contre sa poitrine.

– Vous nous quittez déjà, monsieur Pickering ? s'enquit Sara en dissimulant un sourire derrière son éventail.

– Euh, il le faut... bredouilla leur hôte.

– Ma foi ! Vous m'avez l'air pressé, fit remarquer Sara en posant son éventail et en le suivant dans l'entrée. On dirait que vous avez le feu au...

Elle ne put achever sa phrase, la main de Nathan vint se plaquer sur sa bouche. Elle le repoussa.

– J'allais seulement dire « au derrière ».

– Oh non ! rétorqua Nathan.

257

– Sara, juste ciel, qu'est-ce qui t'a pris ? la héla Nora.

Sara se hâta de rejoindre sa tante.

– Pardonne-moi, Nora. Mais Nathan affectionne tant les gros mots que j'ai voulu essayer à mon tour. Alors comme ce nouvel officier de la Couronne ne me plaisait guère... Mais si tu le souhaites, je vais le rattraper et lui présenter mes excuses.

Nora secoua la tête et avoua :

– Il ne me plaît pas non plus.

Nathan était planté devant les deux femmes. Sara se rapprocha de Nora, un peu inquiète.

Elle s'éclaircit la gorge et sourit vaillamment en demandant :

– Quel était donc ce livre que M. Pickering serrait contre son cœur ? Lui as-tu prêté un roman, ma tante ? Cet homme ne m'inspire pas confiance.

– Ce n'était pas un roman, répondit doucement Nora. C'était sa bible. Mon Dieu ! J'aurais dû te l'expliquer plus tôt.

– M'expliquer quoi ? Tu veux dire que cet hypocrite se promène avec sa bible ?

– Sara, la plupart des pasteurs ne se déplacent pas sans leur bible.

– Pasteur ? Mais, Nora, tu m'avais dit que c'était le nouvel administrateur de l'île.

– C'est exact, ma chérie, mais il est également le pasteur de l'unique église du village et il venait nous inviter à assister à son service, dimanche prochain.

– Mon Dieu ! gémit Sara.

Tout le monde se tut. Nathan continuait à fulminer, Sara était écarlate et Nora luttait contre le fou rire. Soudain la voix grave de Matthew s'éleva :

– Crénom de nom, lady Sara ! Quelle gaffe !

— La ferme, Matthew ! ordonna Nathan en forçant Sara à s'asseoir sur le sofa.

— Je vous laisse imaginer le sermon de dimanche prochain, annonça Nora en donnant libre cours à son hilarité. Mon Dieu, j'ai cru que j'allais mourir de rire quand tu as...

Elle en pleurait.

— Ce n'est pas drôle, coupa Nathan.

— Vous saviez qu'il était pasteur ? lui demanda Sara.

Il acquiesça à contrecœur.

— Alors c'est votre faute ! s'exclama Sara. Jamais je ne me serais ainsi déshonorée si vous ne m'aviez pas provoquée. Vous avez compris maintenant ? Vous ne blasphémerez plus ?

Nathan entoura d'un bras les épaules de sa femme et se tourna vers Nora.

— Nora, pardonnez la grossièreté de ma femme et dites-moi où se trouve cette cascade. Vous allez prendre votre première leçon de natation, Sara. Et au moindre gros mot, je vous laisse vous noyer.

Nora les conduisit à l'arrière de la maison et leur montra le chemin. Nathan attrapa deux pommes au passage et entraîna Sara dans son sillage.

— Il fait trop chaud, prétexta Sara. Et je n'ai pas les vêtements qu'il faut.

— Tant pis.

— Je vais me mouiller les cheveux !

— Sans aucun doute.

Elle abandonna la lutte et le suivit le long d'un sentier étroit. Elle s'accrocha à lui quand la pente devint plus raide et commençait à éprouver des signes de fatigue quand elle entendit la cascade.

Mais dans sa hâte de découvrir le petit paradis

vanté par Nora, elle dépassa son mari et ouvrit le chemin.

Une végétation luxuriante les entourait et un parfum de fleurs sauvages flottait dans l'air. La nature déployait sous leurs yeux une variété infinie de couleurs.

Nora avait raison : c'était un véritable jardin d'Eden.

Nathan souleva une branche pour permettre à Sara de passer et celle-ci lui chuchota à l'oreille :

— Faut-il s'inquiéter des serpents ?

— Non.

— Comment le savez-vous ?

— Je m'en occupe.

— Que ferez-vous si vous êtes mordu par un reptile ?

— Je le mordrai à mon tour.

Elle éclata d'un rire juvénile et s'arrêta tout à coup, émerveillée.

— Oh, Nathan, comme c'est beau !

La cascade rebondissait de rocher en rocher et tombait en gerbe un peu plus bas dans un bassin.

Nathan prit la main de sa femme et la conduisit dans une grotte cachée derrière la cascade. Un véritable mur d'eau les coupait du reste du monde.

— Retirez vos vêtements, Sara.

Et il s'appuya contre un rocher pour enlever ses bottes.

Sara étendit la main et fut agréablement surprise par la température de l'eau.

— Je vais simplement me tremper les pieds, annonça-t-elle.

— Retirez vos vêtements !

Elle se retourna pour protester et constata que son

mari était entièrement nu. Sans lui laisser le temps de rougir, il traversa le rideau de la cascade et disparut à sa vue.

Sara plia les vêtements de son mari et se déshabilla lentement en gardant sa chemise.

Puis elle s'assit sur la margelle du bassin et plongea ses pieds dans l'eau. Elle savourait cet instant de bien-être quand Nathan la saisit par les chevilles et l'attira dans l'eau avec lui. Le soleil brillait et faisait scintiller les gouttes d'eau sur les épaules bronzées de Nathan.

L'eau lui arrivait à la poitrine. Elle était si transparente que l'on voyait le fond du bassin et elle aperçut les cuisses musclées de son mari. Avec une délicatesse infinie, il l'attira dans ses bras.

Elle enroula ses jambes autour des siennes et posa sa tête contre sa poitrine.

Nathan s'apprêtait à lui donner sa première leçon de natation mais le joli corps qu'il tenait entre ses bras le troublait. La chemise diaphane de Sara lui moulait étroitement les seins. Il n'avait qu'une envie : lui faire l'amour.

— Il faut d'abord apprendre à flotter, commença-t-il d'une voix ferme en la lâchant.

Elle s'étonna de ses intonations coupantes et se laissa faire avec docilité.

Après avoir bu quelques tasses, Sara réussit rapidement à flotter toute seule. Plus fière qu'elle ne voulait l'admettre, elle déclara :

— Cela suffira pour aujourd'hui.

Elle s'accrocha à lui et le cajola pour qu'il la ramène au rivage sur son dos.

Il la prit dans ses bras et repoussa doucement ses

cheveux sur son front. Puis il fit lentement glisser les bretelles de sa chemise.

Sara ouvrit la bouche pour protester mais un long baiser la réduisit au silence. Le bruit de la cascade couvrit la plainte sourde que le désir arracha à Nathan. Il darda sa langue dans sa bouche et elle se sentit faiblir. Incapable de résister, elle jeta ses bras autour de son cou et se serra contre lui. Nathan fit glisser complètement sa chemise et la souleva. C'était si bon de la sentir contre lui. Les baisers ne lui suffisaient plus.

— J'ai envie de vous.

— Moi, j'ai toujours envie de vous, murmura-t-elle.

— Je vous veux, maintenant.

Elle écarquilla les yeux.

— Ici ?

— Ici, souffla-t-il d'une voix rauque, tout de suite. Je ne veux pas attendre.

Elle avait enroulé ses jambes autour de sa taille et il l'embrassa sauvagement.

Sara, secouée de frissons de plaisir, ne pouvait plus parler. Elle lui griffa les épaules pour lui faire comprendre qu'elle était prête pour lui et laissa échapper un petit gémissement de plaisir quand il la pénétra.

Nathan lui vola un long baiser langoureux. Elle resserra son étreinte autour de lui.

L'eau les recouvrit mais ils s'en moquaient éperdument et trouvèrent ensemble leur plaisir.

Nathan ramena sur la berge une Sara anéantie de volupté.

Allongée sur un rocher, elle laissa le soleil lui caresser la peau. Elle était encore hébétée de bonheur.

Nathan s'assit à côté d'elle sur la margelle du bassin. Il ne pouvait résister à la tentation de la caresser. Il l'embrassa sur le front et derrière l'oreille, là où elle était si chatouilleuse. Sara se renversa en arrière et ferma les yeux.

— C'est merveilleux de faire l'amour avec vous, Nathan, chuchota-t-elle.

Il roula sur le flanc et se souleva sur un coude pour la contempler à son aise. Avec ses doigts, il traçait lentement des cercles sur ses seins et sourit en la voyant frémir.

Sara se sentait merveilleusement bien. Elle sentait la chaleur du rocher sous son dos et frissonnait en même temps sous les caresses de son mari. A nouveau le désir jaillit en elle. Comment pouvait-elle le désirer à nouveau ?

Elle cambra les reins. Ses doigts qui couraient sur sa peau, légers et mutins, la rendaient folle. Elle sentait sa bouche, ses lèvres, sa langue et il lut la passion et le désir dans ses yeux. Elle se mit à gémir d'une voix sourde.

— Vous me voulez, n'est-ce pas, Sara ?

Trop gênée pour répondre, elle essaya de le repousser mais il était trop tard. Il se pencha sur ses cuisses et se mit à l'embrasser. Elle ondula frénétiquement sous sa bouche et pria pour que cette délicieuse torture n'en finisse jamais.

Incapable de contenir son propre désir, il s'allongea sur elle et la reprit. Sara, exténuée, trouva sa délivrance et crut qu'elle allait mourir de plaisir.

Nathan était là, en elle et, avec un gémissement il bascula dans l'extase.

Un peu plus tard, il la regarda et sourit devant son visage égaré. Elle lui rendit son sourire à travers ses larmes et lui effleura la bouche.

— Pourquoi faut-il que vous partiez demain ?

Il s'immobilisa.

– Parce qu'il le faut.

– Je vois.

Elle avait l'air si triste. Il lui prit le menton et l'obligea à le regarder.

– Sara ? Qu'avez-vous ?

Mais elle garda le silence.

– Je vais vous manquer ? s'enquit-il.

La tendresse qu'elle lut dans son regard la bouleversa.

– Oui, Nathan, chuchota-t-elle. Vous allez me manquer.

– Eh bien, venez avec moi.

Elle écarquilla les yeux.

– Vous m'emmèneriez avec vous ? balbutia-t-elle. Mais alors vous n'allez pas... Vous avez vraiment fait une croix sur votre passé ?

– Sara, vous divaguez !

Elle lui sauta au cou.

– Je suis ravie que vous ayez songé à m'emmener avec vous, voilà tout, expliqua-t-elle. Mais ce n'est plus la peine à présent. Il me suffit de le savoir.

– Cessez de parler par énigmes, ordonna Nathan. Et dites-moi ce qui vous tourmentait ce matin.

– J'avais peur que vous ne m'abandonniez, mentit Sara.

Le visage de Nathan s'éclaira.

– Jamais, vous le savez bien, répliqua-t-il.

Ils se baignèrent encore une bonne partie de l'après-midi et redescendirent la colline en croquant leurs pommes. La peau délicate de Sara commençait à la brûler et son visage ressemblait à un soleil couchant.

Nathan lui arracha une plainte en lui entourant les épaules de son bras. Il prit un air contrit.

Nora les attendait à la porte de la cuisine.

— Nous vous avons attendus pour le dîner... Doux Jésus, Sara, tu es rouge comme une écrevisse ! Oh, mon enfant, tu vas souffrir cette nuit. A quoi songeais-tu ?

— Je n'ai pas pris garde au soleil, répondit Sara qui poursuivit précipitamment : Nous avons nagé tout l'après-midi. J'en ai pour une minute, ma tante, je vais me changer et me recoiffer. Tu n'aurais pas dû nous attendre...

Elle grimpa les escaliers en toute hâte.

Nathan la rattrapa en haut des marches et l'embrassa. Elle crut qu'elle allait s'évanouir tant ce baiser fut long et sensuel. C'était la première fois qu'il était si tendre devant des tiers. D'habitude il l'embrassait quand il la désirait ou... pour la faire taire. Nathan devenait-il affectueux ?

Il lui murmura dans le creux de l'oreille :

— Je croyais que nous avions fait l'amour tout l'après-midi, mais si vous préférez parler de leçon de natation, ça m'est égal...

Et en plus il la taquinait. Il avait le sens de l'humour... Mon Dieu, c'en était trop pour un seul jour.

Il cligna de l'œil et, sans se préoccuper davantage de ses coups de soleil et de la présence de tiers, elle lui sauta au cou en s'exclamant :

— Oh, comme je vous aime !

Le grommellement qui accueillit sa déclaration ne lui fit ni chaud ni froid. Il était encore trop tôt pour qu'il y voie clair dans son cœur. Nathan était si obstiné. Elle attendrait le temps qu'il faudrait. Elle ferait preuve de patience et de compréhension, mais elle savait au fond d'elle-même qu'il l'aimait.

Elle ne dîna pas avec eux. Quand Nathan l'aida à se dévêtir, ses brûlures la firent tellement souffrir qu'elle ne put se résoudre à se rhabiller.

Nora apporta une lotion verte dont Nathan lui enduisit le dos et les épaules et elle passa la nuit sur le ventre.

Le lendemain matin, Nathan ne fit pas la moindre réflexion désobligeante en embrassant Sara dont le visage était recouvert d'une épaisse couche de crème verte.

Sara passa deux jours avec sa tante. Le révérend Pickering revint leur faire une visite et elle lui avoua la vérité. Pickering daigna sourire et devint plus chaleureux.

Il apprit aux deux femmes qu'un navire quittait l'île à destination de l'Angleterre le lendemain matin. Sara écrivit à sa mère pour lui raconter toutes ses aventures et lui dire combien Nathan la rendait heureuse, elle vanta sa bonté et sa tendresse. Le révérend emporta la missive pour la confier au capitaine du navire.

Quand Nathan revint le jour suivant, Sara versa des larmes de joie. Ils passèrent une journée idyllique et s'endormirent dans les bras l'un de l'autre.

Sara baignait dans un bonheur ineffable. Rien ne pourrait détruire l'amour qui les liait. Rien.

Un soir où elle attendait Nathan sous la varangue en compagnie de Nora et de Matthew, elle fit remarquer à ses compagnons :

– Si vous saviez comme je suis heureuse !

– Nous comprenons parfaitement ce que tu ressens, ma chérie, lui répondit Nora. Il ne faut pas nécessairement être jeune pour aimer. Matthew, je vais vous chercher du cognac ?

Nora s'éloigna et, dès que la porte se fut refermée, Matthew chuchota :

— Votre tante est trop bonne pour moi, Sara. Mais ma décision est prise. Dès que j'aurai mis de l'ordre dans mes affaires, je reviendrai vivre avec elle pour le restant de mes jours. Qu'en dites-vous ?

Sara battit des mains.

— Matthew ! Quelle merveilleuse nouvelle ! Il faut vous marier avant notre départ. Je veux être là pour la cérémonie.

— Mais... hem, bafouilla Matthew affreusement gêné. Je ne parlais pas de mariage.

Sara bondit de son siège.

— Dans ce cas, Matthew, il n'est pas question que vous reveniez ici. Une nuit de passion est une chose, monsieur, mais une vie entière dans le péché en est une autre ! Songez à la réputation de Nora !

— Justement ! se défendit Matthew. Nora ne peut décemment m'épouser. Ma condition ne le lui permet pas.

Le matelot s'était levé et regardait vers le large avec mélancolie. Sara le rejoignit et le menaça du doigt.

— Que me chantez-vous là avec votre condition ! Cessez de vous rabaisser, monsieur !

— J'ai mené une vie... mouvementée, bredouilla-t-il. Et je ne suis qu'un simple matelot.

Sara haussa les épaules.

— Le premier mari de Nora était palefrenier et sa vie devait être aussi mouvementée que la vôtre. Nora était parfaitement heureuse avec son Johnny, j'en déduis qu'elle aime le mouvement. Elle m'a avoué que vous étiez bon et tendre, Matthew. Je sais que vous l'aimez. En plus cela résoudrait tous ses problèmes, je l'ai dit à Nathan. Vous la protégerez des visées de l'oncle Henry et je serais très fière de vous appeler mon oncle.

Touché par cette confiance, Matthew lâcha un petit soupir joyeux.

– Vous avez gagné, dit-il. Je vais lui demander sa main. Mais si elle refuse, promettez-moi de...

Sara lui sauta au cou et murmura :

– Elle dira oui.

– Femme ! Que diable êtes-vous en train de faire ? Matthew, lâche-la !

Mais ils ignorèrent l'un et l'autre l'ordre sec de Nathan et Sara déposa un chaste baiser sur la joue de Matthew avant de venir à la rencontre de son mari.

– Montons, mon mari, lui dit-elle avec un sourire impertinent. Matthew désire être seul avec Nora.

Ils croisèrent Nora dans l'entrée et lui souhaitèrent une bonne nuit. Quand Nathan fut lassé de la voir aller et venir dans leur chambre, se demandant quelle avait été la réponse de Nora, il la prit dans ses bras et la jeta sur le lit. Ils firent l'amour passionnément et s'endormirent enlacés.

Le lendemain matin, Nora leur annonça avec un sourire radieux qu'elle allait épouser Matthew.

Celui-ci devrait rentrer en Angleterre régler ses affaires. Il laisserait provisoirement Nora sur son île. Sa vie serait en danger si les Winchester avaient vent de son retour. Le vieux matelot souhaitait se marier avant le départ qui était prévu pour la semaine suivante.

La cérémonie se déroula très simplement le samedi

suivant. Sara était en larmes et Nathan, excédé, passa la majeure partie de son temps à les essuyer. Il contemplait sa délicieuse petite femme tandis qu'elle bavardait en riant avec sa tante et il se rendit compte de la joie qu'elle apportait à son entourage.

Quand elle souhaita avec ferveur à Matthew que son mariage fût aussi heureux que le sien, il se mit à rire. Quelle incorrigible romantique !

Elle avait une sensibilité à fleur de peau.

Elle était d'une naïveté incroyable.

Elle était... parfaite.

12

Plus d'un serpent embusqué dans le paradis de Sara l'attendait pour son retour en Angleterre.

Le voyage se déroula sans heurts. Ivan prit Sara sous son aile et essaya de lui apprendre à faire la cuisine. En vain ! Personne ne pouvait se résoudre à lui avouer la vérité et, dès qu'elle avait le dos tourné, les hommes d'équipage jetaient leur soupe par-dessus bord. Leurs estomacs criaient famine, mais ils ne voulaient pas faire de peine à la jeune femme.

Sara s'attela ensuite à la confection de biscuits. Ceux qui avaient été embarqués étaient infestés de charançons.

L'équipage ne s'en souciait guère, toutefois Ivan laissa Sara préparer une fournée de gâteaux secs. Elle y passa toute la matinée. Les hommes faillirent se casser les dents sur les biscuits qui se révélèrent durs comme des cailloux. Mais ils ne tarirent pas d'éloges à l'égard de la cuisinière.

Chester se moqua de ses compagnons : il fit tremper son biscuit toute la nuit dans du rhum mais dut avouer sa défaite le lendemain matin. Le biscuit n'avait même pas ramolli et demeurait immangeable.

Matthew les proposa en guise de munitions aux canonniers.

Nathan éclata de rire mais Sara, qui entendit la plaisanterie, se vengea en leur préparant un repas infâme. Nathan eut à peine le temps de monter sur le pont et restitua son dîner aux poissons.

Sara, elle, avait un estomac en acier. Nathan, qui ne la perdait pas des yeux, s'aperçut rapidement qu'il aimait l'avoir à ses côtés. Il adorait l'entendre rire.

Ils atteignirent enfin Londres.

Nathan s'empressa de conduire Sara au bureau de la compagnie pour la présenter à Colin.

Par une belle matinée ensoleillée, ils descendirent sur le quai encombré. Il faisait chaud et la porte du bureau était ouverte.

A une cinquantaine de mètres du bureau, Nathan prit Sara à l'écart et lui souffla à l'oreille :

— Colin boite, ne faites pas allusion à son infirmité. Il est un peu susceptible.

— Il boite ! Qu'est-il arrivé à ce pauvre garçon ?

— Un requin lui a arraché un morceau de jambe.

— Doux Jésus ! s'exclama-t-elle tout bas. Il a de la chance d'être encore en vie.

— En effet, hocha Nathan. Promettez-moi de ne rien dire.

— Mais pour qui me prenez-vous ? Je sais me tenir, Nathan !

— Vous avez bien crié en voyant les cicatrices dans mon dos, lui rappela-t-il.

— Juste ciel, cela n'a rien à voir !

— Pourquoi ?

— Mais parce que vous, je vous aime, répondit-elle en rougissant.

Il était partagé entre l'exaspération et le contentement. Mais il commençait à s'habituer à ces déclarations d'amour intempestives.

– Bon, maintenant que vous êtes au courant pour Colin, ne dites rien qui puisse l'embarrasser, compris ?

Elle fit un signe affirmatif mais réussit à avoir le dernier mot :

– Vous m'insultez !

Il l'embrassa pour obtenir un moment de répit. Mais dès qu'elle fut dans ses bras, il perdit le contrôle de la situation et ils échangèrent un long baiser passionné au milieu de la ruelle, sans se préoccuper des regards indiscrets des badauds.

Jimbo et Matthew, qui débouchaient dans le passage, s'arrêtèrent devant le couple enlacé.

– Nom d'une pipe, mon garçon ! s'exclama Jimbo excédé. C'est bien le moment de caresser ta femme ! Nous avons du pain sur la planche.

Nathan se sépara de Sara à contrecœur. La jeune femme vacilla et reprit instantanément ses esprits en apercevant le petit attroupement autour d'eux.

– Vous vous oubliez, chuchota-t-elle à Nathan.

– Je ne suis pas le seul ! riposta ce dernier.

– Je vais faire la connaissance de votre associé et je vous prierais de ne plus me distraire.

Sur ces paroles, elle rajusta sa coiffure et sourit à Jimbo et à Matthew.

– Vous nous accompagnez ?

Les deux hommes hochèrent la tête et Sara leur prit le bras.

– J'ai hâte de faire la connaissance de cet ami de Nathan. Il doit avoir une forte personnalité pour supporter mon mari. Allons-y.

Nathan n'eut que le temps de leur emboîter le pas.

Il suivit le trio en fronçant les sourcils devant la façon cavalière avec laquelle sa femme avait pris les
choses en main. Il entendit la voix de Sara :

— A propos, ne faites surtout pas allusion à l'infirmité de Colin. Je vous avertis qu'il est particulièrement chatouilleux sur ce point. C'est Nathan qui me
l'a dit. Mon mari désire à tout prix épargner la susceptibilité de son ami. Je serais ravie de le voir manifester les mêmes sentiments à mon égard.

— Arrêtez de me provoquer, lança Nathan derrière
elle.

Il écarta Jimbo sans ménagement et attrapa la
main de sa femme.

Sara, furieuse, réussit néanmoins à se dominer. Ils
régleraient leur différend plus tard. Elle avait hâte
de faire la connaissance de l'ami de Nathan.

Colin, assis derrière son bureau, triait un monceau
de papiers. Il se leva à leur arrivée.

Le compagnon de Nathan était fort bel homme et
Sara s'aperçut rapidement qu'il alliait la séduction à
la gentillesse. Son sourire était franc et une lueur
espiègle brillait dans ses yeux noisette. Certes, il
n'était pas aussi beau que Nathan car il était moins
grand et moins musclé. Elle n'avait pas à se décro-
cher le cou pour le regarder comme avec son mari.

Elle plongea dans une révérence cérémonieuse.

— Me voici enfin autorisé à faire la connaissance
de ta femme, dit Colin. Vous êtes encore plus belle
vue de près, lady Sara.

En achevant ce compliment, Colin s'inclina ga-
lamment devant la jeune femme et lui baisa la main.

Ses bonnes manières impressionnèrent favorable-
ment Sara.

Nathan, en revanche, s'exclama :

– Sapristi, Colin ! Ce n'est pas la peine de faire ton numéro de charme. Tu crois l'impressionner ?

– Mais parfaitement, répliqua Sara.

Jimbo éclata de rire.

– C'est la première fois que je vois le Dauphin faire le joli cœur ! Pas vrai, Matthew ?

Colin n'avait toujours pas lâché la main de Sara.

– Lâche-la, Colin, marmonna Nathan.

– Présente-moi d'abord, répliqua son ami.

Il fit un clin d'œil à Sara qui rougit.

La femme de Nathan était ravissante et délicieuse de surcroît. Son ami se rendait-il au moins compte de la chance qu'il avait ?

– Alors ? fit-il en se tournant vers Nathan.

Celui-ci s'appuya contre la fenêtre en croisant les bras et soupira :

– Femme, voici Colin. Colin, voici ma femme. Maintenant, Colin, lâche-la ou je te frappe.

Colin se mit à rire.

– Cela te déplaît-il donc ? ironisa-t-il sans libérer la main de Sara.

Il ne quittait pas Nathan des yeux.

Sara intervint en souriant.

– Il y a beaucoup de choses qui déplaisent à Nathan, monsieur.

– Lui plaisez-vous au moins ?

– Oh oui, beaucoup ! répondit-elle en essayant sans succès de se dégager. Monsieur, je crois que vous essayez de mettre Nathan en colère.

Colin approuva lentement et Sara enchaîna :

– Alors nous avons un point en commun. Je provoque toujours les foudres de mon mari.

Colin renversa la tête en arrière et partit d'un grand rire.

Sara, étonnée, se demanda ce qui l'amusait tant.

Il avait fini par la lâcher et elle se cacha les mains dans le dos.

— Monsieur, nous sommes-nous déjà rencontrés ? interrogea Sara. Vous avez fait allusion à...

Il secoua la tête.

— Je vous ai aperçue de loin un après-midi. Mais, hélas ! je n'ai pu me manifester car j'étais en mission... Je devais vérifier si un certain objet... pouvait passer par une fenêtre.

— Tu n'es pas drôle, Colin, grommela Nathan.

Colin, qui avait l'air de s'amuser comme un petit fou, jugea qu'il valait mieux cesser de taquiner son ami.

— Asseyez-vous donc, lady Sara, et racontez-moi votre traversée.

— C'est loin d'être un succès, intervint Jimbo. (Son regard vint se fixer sur Sara et il ajouta :) Les catastrophes se sont enchaînées les unes aux autres, pas vrai ?

Sara haussa dédaigneusement les épaules.

— Moi, j'ai trouvé ce voyage fort agréable, déclara-t-elle. Il ne s'est rien passé d'extraordinaire. Jimbo, cessez de ronchonner. C'est très grossier.

— Rien d'extraordinaire ? répéta Matthew en souriant. L'ennemi nous a constamment guettés !

— Vous voulez parler de ces affreux pirates ? demanda Sara.

— Ce n'était qu'un détail.

Sara se retourna vers Colin et lui expliqua :

— Des pirates nous ont attaqués mais nous nous en sommes rapidement débarrassés. Le reste de la traversée s'est déroulé sans problèmes. Vous n'êtes pas de mon avis, Nathan ?

– Non.

Elle le foudroya du regard.

– Vous oubliez les ombrelles, rappela-t-il.

Colin avait perdu le fil de la conversation.

– De quoi parlez-vous ?

– Les ombrelles de Sara se sont révélées nos pires ennemies, lui expliqua Matthew. Elles étaient trois... ou quatre ? J'en ai des frissons rien qu'en y pensant.

– Expliquez-voùs donc ! le pria Colin.

– C'est sans aucun intérêt, coupa Sara qui ne tenait pas à les voir dévoiler ses petites erreurs de parcours. Matthew plaisante, voilà tout.

Nathan la vit se rembrunir et s'empressa d'ajouter :

– Euh oui, il plaisantait.

Colin devina qu'il était préférable de remettre à plus tard l'histoire des ombrelles et se leva pour aller ranger des papiers. Puis il revint s'asseoir et posa les pieds sur le bureau. Sara, stupéfaite, constata qu'il n'avait pas boité un seul instant.

– Mais, Nathan, Colin n'a pas...

– Sara !

– N'élevez pas la voix devant votre associé ! ordonna-t-elle avec sévérité.

– Qu'est-ce que je n'ai pas ? s'enquit Colin.

Sara s'assit, lissa les plis de sa robe et répondit en souriant :

– Vous n'avez pas mauvais caractère, monsieur. Comment pouvez-vous être si lié avec Nathan ? Vous êtes si différents !

Colin lui répondit, la mine épanouie :

– C'est moi qui suis chargé des relations publiques dans notre association.

Colin n'avait pas été long à s'apercevoir du changement d'attitude de Nathan. Son ami ne quittait pas sa femme des yeux et son regard brillait d'une flamme inconnue.

— Appelez-moi Colin, ou Dauphin comme les autres. (Il poursuivit avec une lueur malicieuse dans les yeux :) Comment m'autorisez-vous à vous appeler ? Je trouve « lady Sara » bien cérémonieux et après tout vous êtes partie prenante dans la compagnie. Nathan vous donne-t-il un surnom que je puisse également employer ?

Nathan, énervé, ne goûtait pas le tour affectueux que prenait la conversation. Il avait beau faire confiance à son ami et ne pas se juger démesurément attaché à sa femme, il sentait l'aiguillon de la jalousie le piquer.

— Colin, je l'appelle « ma femme », annonça-t-il sèchement.

— Dans ce cas, fit Colin en se renversant dans son fauteuil. Dommage... Il aurait pu vous appeler « ma chérie », ou « ma mie », ou encore...

— Morbleu, Colin ! Vas-tu cesser ce petit jeu ?

Sara redressa les épaules et foudroya son mari du regard.

— Non, Colin, annonça-t-elle. Jamais il n'emploie de termes affectueux à mon égard.

Nathan leva les yeux au plafond.

— Quand bien même je l'aurais fait, Colin, associés ou non, je te défends d'appeler ma femme « ma mie ».

— Cela te gêne ? s'enquit innocemment son ami.

Nathan devina que son ami cherchait à mesurer l'affection qu'il portait à Sara et il lui jeta un regard glacial pour lui ôter toute envie de poursuivre son petit jeu.

— Nathan aime s'adresser à moi en employant un

surnom, déclara soudain Sara. Je vous autorise à l'utiliser vous aussi.

– Ah ? fit Colin qui lut l'étonnement sur le visage de Nathan. Qu'est-ce donc ?

– « Crénom de nom, Sara ! »

– Vous avez bien dit..., fit Colin abasourdi.

– « Crénom de nom, Sara ! » C'est toujours ainsi que m'appelle Nathan. N'est-ce pas, très cher ? Alors, Colin, je vous autorise à...

– Crénom de nom, Sara ! grommela Nathan. Ne me provoquez-pas ou je...

Tous éclatèrent de rire, y compris Nathan. Puis Matthew leur rappela qu'ils avaient du pain sur la planche et ils se mirent au travail.

Sara s'assit sagement dans un coin tandis que Colin mettait son associé au courant des activités récentes de la compagnie. Quand il leur annonça cinq nouveaux contrats d'affrètement sur les Antilles, elle s'exclama, enchantée :

– Nathan, mais alors nous sommes...

– Non, nous ne sommes pas encore riches.

Elle parut affreusement désappointée. Il reprit :

– Nous serons riches quand vous...

– Je sais quelle est ma tâche, coupa-t-elle. Nul besoin de me le rappeler devant les autres.

Nathan sourit, mais Colin intervint :

– Je ne vous suis pas. Quelle est donc la tâche que vous devez assumer pour nous rendre riches ?

Lady Sara baissa la tête en rougissant et Colin se garda d'insister. Il se souvint que la récompense promise par le roi leur serait donnée à la naissance d'un héritier.

– Pour l'amour de Dieu, arrêtez vos bavardages, grommela Matthew. J'ai hâte de repartir, Colin. Et

278

j'ai des arrangements à boucler avant la fin de la semaine.

— Pourquoi es-tu si pressé ? interrogea Colin.

— Ciel ! Matthew, vous n'avez pas parlé de Nora à Colin, s'écria Sara.

— Qui est Nora ?

Sara se fit un plaisir de narrer les événements à Colin. Assis derrière le bureau, Colin voyait tout ce qui se passait dans la rue par la porte ouverte. Sara poursuivait ses explications au sujet de Nora quand il vit une calèche noire escortée de cinq cavaliers s'arrêter au milieu de la rue.

Il reconnut immédiatement l'emblème sur la portière. C'étaient les armoiries des Winchester. Il fit un signe de tête imperceptible en direction de Nathan et reporta son attention sur Sara.

Nathan fit un geste à Matthew et à Jimbo et les trois hommes se dirigèrent lentement vers la sortie.

Pendant ce temps, Sara vantait à Colin les mérites de sa tante et lui arrachait la promesse de ne rien répéter de ce qu'elle lui avait confié sur la passion de cette dernière pour Matthew.

A ce moment, elle allait se retourner pour voir ce que faisait son mari quand Colin lui demanda :

— Comment trouvez-vous notre bureau ?

— Sans vouloir vous vexer, Colin, je le trouve un peu triste. Mais il suffirait de le repeindre et d'y ajouter des tentures pour le rendre très agréable. Je veux bien m'en charger si vous le désirez. Que dites-vous du rose ?

— Oh non ! répondit-il si gaiement qu'elle ne s'en offusqua pas.

Elle se troubla néanmoins en le voyant sortir un pistolet d'un tiroir.

— Gardons le rose pour les femmes, si vous le voulez bien. Nous les hommes, nous préférons les vilaines couleurs sombres.

Constatant qu'il plaisantait, elle essaya de se raisonner : il n'allait tout de même pas lui tirer dessus pour une histoire de couleur. Nathan l'en empêcherait.

A propos, que faisait-il ? Sara se leva et se dirigea vers la porte. Nathan, encadré de Matthew et de Jimbo, se tenait devant la portière d'une calèche noire. La carrure athlétique de Jimbo lui masquait les armoiries de la voiture.

— Colin, avec qui parlent-ils ?

— Revenez donc vous asseoir, Sara. Nathan ne va pas tarder.

Elle allait obéir quand Jimbo fit un écart et elle aperçut l'emblème de sa famille.

— Mais c'est la voiture de mon père ! s'exclamat-elle stupéfaite. Comment sait-il déjà que nous sommes de retour à Londres ?

Sara se rua vers la sortie. Colin fourra son arme dans sa poche et bondit derrière la jeune femme.

Sara hésita une seconde et sentit son cœur se serrer. Elle pria le ciel pour que son père et Nathan s'entendent. Mais quels étaient ces hommes qui l'accompagnaient ?

— Pas de panique, murmura-t-elle.

Elle respira profondément, souleva sa jupe et traversa la rue en courant au moment où son père descendait de la calèche. Le duc de Winchester était un gentleman fort distingué. La tête couronnée de cheveux argentés, il avait un port altier et sa haute stature n'accusait pas d'embonpoint. Il avait les mêmes yeux bruns que sa fille mais leur ressemblance s'arrêtait là. Quand il fronçait son nez aquilin, ses yeux n'étaient plus que deux fentes étroites. Ses lèvres minces et sèches semblaient tracées d'un coup de pinceau.

Sara ne craignait pas son père mais ses sautes d'humeur perpétuelles la déconcertaient. Les réactions du duc étaient imprévisibles. Dissimulant son anxiété, elle se hâta d'embrasser respectueusement son père. Nathan remarqua que le duc se raidissait.

— Père, quelle bonne surprise ! fit Sara en reculant pour prendre le bras de Nathan. Comment avez-vous appris notre retour ? Nos malles ne sont même pas débarquées !

Son père détourna son regard courroucé de Nathan et répondit sèchement :

— Mes hommes arpentent les quais depuis ton départ, Sara. Maintenant viens avec moi, je te ramène à la maison.

La colère qui vibrait dans sa voix alarma la jeune femme qui se rapprocha instinctivement de son mari.

— A la maison ? Père, je suis mariée avec Nathan. Je dois rester avec lui. Vous comprenez bien que...

Elle s'interrompit en voyant sa sœur Belinda descendre de la calèche.

Sara commença à prendre peur. Belinda était radieuse. Or, sa sœur ne manifestait sa joie que dès qu'un drame couvait.

Belinda avait considérablement grossi depuis la dernière fois qu'elles s'étaient vues et elle éclatait littéralement dans sa robe. Lorsqu'elles étaient petites, Belinda était un amour d'enfant. Tous les hommes de la famille étaient en adoration devant ses boucles blondes, ses fossettes et ses adorables yeux pervenche. Hélas ! en grandissant, les fossettes s'étaient noyées dans la graisse et la glorieuse chevelure avait tourné au brun fade. Pour se consoler de ne plus être le centre d'attraction, l'enfant chérie des Winchester s'était réfugiée dans la gloutonnerie.

De son côté, Sara avait été une enfant plutôt terne et dégingandée. Elle était affreusement gauche et s'était mise à parler très tard. Seules, sa mère et sa nourrice la choyaient. Sara aimait sa sœur par devoir et avait pitié d'elle. Le destin avait été cruel à son égard et Belinda faisait parfois des efforts.

Pour le moment, Sara essaya de ne voir que les qualités de sa sœur et s'exclama d'une voix gaie que démentaient ses doigts crispés sur le bras de Nathan :

– Belinda ! Comme je suis contente de te revoir.

Sa sœur dévisagea grossièrement Nathan avant de répondre :

– Je suis contente de te voir enfin revenir à la maison, Sara.

– Mère est avec toi ?

– Votre mère vous attend chez nous, coupa le duc de Winchester. Montez dans cette voiture, ma fille. Pas d'incartades, j'ai tout prévu. Vous venez avec nous, personne ne sait que vous étiez en compagnie du marquis et si...

– Mais non, papa, intervint Belinda. Tout le monde le sait. Voyez l'avalanche de lettres que nous avons reçues depuis le départ de Sara.

– Silence ! rugit le duc.

Sara, prompte comme l'éclair, s'interposa :

– Belinda ne cherchait pas à vous contredire.

Son père s'apaisa.

– Je ne tolère pas l'insolence, maugréa-t-il. Ceux qui sont au courant de votre conduite honteuse n'auront qu'à bien se tenir. Et si le scandale arrive, je saurai m'en charger.

— Quel scandale, père ? s'écria Sara de plus en plus inquiète. Nathan et moi-même n'avons rien fait de mal. Nous avons obéi strictement aux conditions du contrat.

— Ne me parlez plus de ce contrat, ma fille. Et montez dans cette voiture ou j'ordonne à mes hommes de sortir leurs armes.

Sara sentit son estomac se nouer. Elle revint lentement à côté de Nathan.

— Pardonnez-moi, mon père, mais je ne peux pas vous suivre. Ma place est auprès de mon mari.

Une rage folle saisit le duc. Sa fille osait le défier en public ! Il allongea la main pour la gifler mais Nathan fut le plus rapide. Il attrapa le poignet du duc et commença à le tordre.

Sara l'arrêta d'un simple geste et se réfugia à ses côtés. Il lâcha le duc et passa un bras autour des épaules de sa femme. Il la sentait trembler contre lui et sa rage en fut décuplée.

— Elle n'ira nulle part, vieil homme, déclara posément Nathan.

Les sbires du duc, qui n'attendaient que cela, pointèrent leurs armes sur Nathan.

Terrifiée, Sara voulut lui faire un rempart de son corps mais il l'en empêcha et soutint le regard du duc en souriant.

— Nathanial, chuchota-t-elle pour le mettre sur ses gardes. Ils sont armés.

Nathan cessa de sourire pour la regarder. Huit de ses hommes s'étaient précipités à la vue de la calèche et se tenaient derrière Sara, parés au combat.

En outre, Nathan savait que Winchester n'oserait pas mettre ses menaces à exécution.

— Tout ceci est absurde, dit Sara à son père d'une petite voix tremblante. Père, ordonnez à vos hommes de baisser leurs armes. A quoi cela servirait-il de nous blesser, moi ou Nathan ?

Comme le duc de Winchester tardait à s'exécuter, elle s'écria :

— Je ne vous laisserai pas faire de mal à mon mari. Je l'aime !

— S'il touche à un cheveu de sa tête, je lui troue le crâne, fit la voix calme de Colin.

Sara se retourna pour dévisager le compagnon de Nathan. Il souriait mais son regard froid était sans équivoque.

Le duc fit immédiatement signe à ses sbires de rempocher leurs pistolets. Il fit alors jouer la corde sensible.

— Belinda, faites part à votre sœur de l'état de votre mère. Puisque Sara refuse de nous accompagner, dites-lui la vérité tout de suite.

— Sara, lâcha précipitamment Belinda. Mère est gravement malade.

— Elle veut absolument vous revoir, intervint le duc. En dépit de votre ingratitude.

Mais Sara secoua la tête.

— Vous mentez, dit-elle. C'est un piège pour me séparer de Nathan.

— Comment pouvez-vous imaginer une chose pareille ? s'indigna son père en donnant un coup de coude à Belinda.

Leur manège n'échappa pas à Nathan qui espéra que sa femme s'en était aussi aperçue.

Belinda fit un pas en avant.

— Maman est tombée malade juste après ton départ, Sara. Elle croyait que tu allais périr noyée ou tuée par... les pirates.

— Mais...

Sara s'arrêta à temps.

Sa mère avait dû cacher à son mari la lettre qu'elle lui avait écrite pour expliquer son départ.

— J'ai écrit une longue lettre à notre mère quand nous sommes arrivés à destination. Elle a dû la recevoir.

— Quand lui avez-vous écrit ? s'étonna Nathan.

— Lorsque vous êtes parti vous approvisionner.

— Nous avons bien reçu vos deux courriers, coupa le duc.

Sans laisser à Sara le temps de protester qu'elle avait envoyé une seule lettre, son père poursuivit :

— J'ai été ravi de l'information que vous m'avez livrée. Mais cette affaire n'est pas encore résolue, ma fille, et nous devons encore faire preuve de discrétion.

— De quelle information parlez-vous ? demanda-t-elle interloquée.

Mais le duc secoua la tête.

— Ne jouez pas la sotte avec moi, Sara. Votre mère vous attend.

Sara se tourna vers son mari.

— Voulez-vous m'accompagner auprès de ma mère ? Je me ferai du souci tant que je ne lui aurai pas parlé.

— Plus tard, répondit-il.

Sara se tourna vers son père.

— Dites à ma mère que je viendrai la voir dès que Nathan en aura terminé avec ses affaires.

Le duc de Winchester n'aimait pas les conflits directs. Il préférait agir par surprise, ce qui était moins dangereux. Mais voyant que le marquis le congédiait, il laissa exploser sa colère.

– Le prince régent est au courant de tout, vociféra-t-il. Il doit prononcer d'un instant à l'autre le décret d'annulation du contrat que vous avez violé.

– Vous divaguez ! répliqua Nathan. J'ai respecté les clauses du contrat. Notre mariage a été consommé et il est trop tard pour l'annuler.

Le visage du duc vira au violet. Sara n'avait jamais vu son père dans un tel état de rage.

– Père, je vous en prie. Calmez-vous.

– Sara, savez-vous de quoi parle votre père ?

Elle fit un geste négatif et ils se retournèrent tous les deux vers le duc.

Celui-ci fit signe à ses hommes de s'éloigner et ordonna à Nathan de renvoyer ses hommes.

– Voulez-vous vraiment qu'ils entendent ce que j'ai à vous dire ?

Nathan haussa les épaules.

– Qu'ils restent !

Belinda, souriante, s'empressa de leur fournir toutes les explications.

– Voyez-vous, Sara nous a écrit. Sans elle, nous n'en aurions rien su.

– De quoi parlez-vous ? interrogea Sara.

Belinda laissa échapper un petit soupir moqueur.

– Oh, Sara, ne fais pas l'innocente. Ça n'est plus la peine. (Elle regarda Nathan avec un sourire goguenard.) Elle nous a tout dit au sujet de votre père.

– C'est faux, s'écria Sara. Belinda ! Pourquoi...

Mais sa sœur ne la laissa pas poursuivre.

– Sara ne nous a révélé que des bribes, bien sûr, mais un ami haut placé de notre père a mené son enquête et tout va éclater au grand jour. Bientôt tout Londres saura que votre père était un traître.

Le duc ricana avec mépris.

— Vous espériez passer sa conduite ignominieuse sous silence ? Le duc de Wakersfield a failli renverser le pouvoir et Machiavel est un saint en comparaison de votre père. Tout retombe sur vos épaules, à présent, et je peux vous réduire en poussière.

— Père, arrêtez vos menaces, s'écria Sara. Je refuse de vous croire.

Mais il ignora sa prière et continua, les yeux fixés sur Nathan.

— Honnêtement, croyez-vous que le régent forcerait ma fille à passer le restant de ses jours aux côtés d'un félon de votre acabit ?

Un instant abasourdi, Nathan sentit une rage terrible s'emparer de lui. Comment cette canaille avait-elle découvert son secret ? Mon Dieu, si cette affaire éclatait au grand jour, comment Jade réagirait-elle ?

Le duc semblait lire dans ses pensées.

— Songez à votre sœur, déclara-t-il. Lady Jade est mariée au duc de Cainewood et ils sont la coqueluche de toute la Cour. Ha ! ha ! Les choses vont bien changer, ricana-t-il. Votre sœur va devenir la brebis galeuse de toute la haute société. Faites-moi confiance !

Terrifiée, Sara se demandait comment son père avait découvert la vérité au sujet du duc de Wakersfield. Elle avait promis à Nora de ne rien dire à personne et le dossier était enfermé dans le coffre-fort du ministère de la Guerre. Personne n'y avait accès.

En un éclair, elle comprit ce que tramaient les siens : ils voulaient faire croire à Nathan qu'elle l'avait trahi. Non, c'était absurde. Comment auraient-ils deviné qu'elle savait ?

– Comment avez-vous découvert... murmura-t-elle.

Belinda l'interrompit :

– Mais c'est toi qui nous l'as dit ! Tu n'as plus besoin de mentir à présent. Dès que papa a appris la nouvelle, il a suivi tes instructions, Sara. Réjouis-toi ! Tu vas bientôt être libre d'épouser un gentleman digne de toi. N'est-ce pas, papa ?

Le duc approuva.

– Si le contrat est annulé, le duc de Loughtonshire accepte de te prendre pour épouse.

– Mais il est fiancé à Belinda, bredouilla Sara.

– Il préfère t'épouser toi, marmonna le duc.

Terrassée par cette nouvelle, Sara se tourna vers sa sœur.

– Voilà pourquoi tu mens ? Tu ne veux pas épouser le duc et tu as fait un pacte avec père ?

– Je ne mens pas, répliqua Belinda. Tu nous as donné tous les renseignements nécessaires. Papa va faire confisquer les terres du marquis et il sera ruiné.

Les larmes ruisselaient sur les joues de Sara. Elle avait honte de sa famille.

– Belinda, non ! Ne fais pas ça !

Sans dire un mot, Nathan lâcha les épaules de sa femme. Le duc comprit qu'il avait gagné. Il connaissait de réputation la dureté et le cynisme du marquis de St James.

– Nathan ? demanda Sara d'une voix suppliante. Me croyez-vous capable d'écrire à ma mère pour lui révéler les erreurs de votre père ?

– Etiez-vous au courant ? rétorqua-t-il sans répondre à sa question.

Elle faillit lui mentir. Le visage de son mari était impassible mais sa voix vibrait de colère.

Il la croyait coupable.

— Oui, je le savais, reconnut-elle. Nora me l'avait dit.

Il recula d'un pas et elle bondit comme s'il l'avait frappée en pleine figure.

— Nathan ! Vous ne croyez tout de même pas que je vous aurais trahi. C'est impossible !

Colin prit la parole :

— Pourquoi pas ? Les preuves sont là. Le secret était bien gardé. Vous l'avez découvert et...

— Alors vous me déclarez coupable, Colin ?

Il haussa les épaules.

— Je ne vous connais pas suffisamment, reconnut-il avec une franchise brutale. Il n'empêche que vous êtes une Winchester.

Puis il se tourna vers son ami. Lui seul savait ce qu'il ressentait. Nathan affichait un air dégagé mais il était passé maître dans l'art de dissimuler ses émotions. L'ironie du destin voulait qu'une femme lui ait appris jadis à protéger ses sentiments. Aujourd'hui, une autre femme semblait apporter la preuve éclatante que son cynisme était justifié.

Pourtant l'anxiété de Sara était palpable. La pauvre enfant paraissait anéantie et Colin commença à éprouver des doutes. Sara était-elle capable d'une telle duplicité ?

— Reposez donc la question à Nathan, suggéra-t-il avec douceur.

Mais elle secoua la tête.

— Il devrait avoir suffisamment confiance en moi pour savoir que jamais je ne l'aurais trahi.

— Montez dans cette voiture, ordonna son père.

Sara fit volte-face.

— Père, déclara-t-elle. J'ai longtemps refusé de croire à votre conduite impie. Mais Nora avait raison. Vous ne valez pas plus cher que vos frères et vous me dégoûtez. Vous chargez votre frère Henry des sales besognes pour vous garder les mains propres ! Je ne veux plus jamais vous revoir.

Elle respira profondément avant de poursuivre dans un murmure :

– Je ne me considère plus comme votre fille, désormais. Quant à toi, ajouta-t-elle à l'attention de Belinda, prie le Seigneur de te pardonner tes mensonges. Dis à notre mère que je suis désolée de la savoir en mauvaise santé. Je m'assurerai de votre absence avant d'aller la voir.

Sur ces paroles, elle leur tourna le dos et traversa la rue en sens inverse. Colin voulut lui prendre le bras mais elle le repoussa.

Tous les regards étaient braqués sur elle. Elle rentra dans le bureau et claqua la porte derrière elle.

Le duc de Winchester s'apprêtait à la suivre et rugit à s'en faire éclater les veines du cou :

– Sara !

Nathan lui barra le chemin et le duc se garda d'insister.

Ils attendirent en silence que le carrosse des Winchester ait disparu au coin de la rue, suivi des cavaliers. Puis ils se mirent tous à parler en même temps.

Jimbo et Matthew plaidaient en faveur de Sara.

– Elle le leur a peut-être dit, déclara Matthew. Mais involontairement.

– Moi, je suis sûr qu'elle n'a rien dit du tout, grommela Jimbo.

Les bras croisés sur la poitrine, il regardait Colin d'un air féroce.

– Tu n'as pas été d'un grand secours, Dauphin. Tu

aurais pu profiter de ton influence sur Nathan pour défendre notre Sara.

– La dernière fois que j'ai pris la défense d'une femme, Nathan a failli se faire tuer, riposta Colin.

– C'était un gamin et un idiot à l'époque, observa Matthew.

– Il n'a pas changé, rétorqua Jimbo. Mais enfin, mon garçon, tu crois à ces âneries ? Cynique comme je te connais, tu t'attendais à ce que notre Sara te trahisse. Pas vrai ?

Mais Nathan, le regard perdu, ne les écoutait pas. Il finit par sortir de sa rêverie et fit demi-tour.

– Où vas-tu ? le héla Matthew.

– Il a peut-être repris ses esprits, fit Jimbo en le voyant traverser la rue. Il va demander pardon à Sara. J'avais le cœur serré devant sa petite figure bouleversée.

– Nathan ne sait pas demander pardon, intervint Colin. Mais peut-être sera-t-il en état de l'écouter, maintenant.

Pendant ce temps, Sara était convaincue que tous la jugeaient coupable. Elle arpentait la pièce sans pouvoir chasser de son esprit le visage de Nathan quand elle avait avoué qu'elle connaissait son secret.

Il croyait qu'elle l'avait trahi.

Elle ne s'était jamais sentie aussi seule. Elle ne savait pas où aller ni vers qui se tourner. Son bonheur s'était enfui et tous ses rêves s'écroulaient.

Nathan ne l'avait jamais aimée. Sa famille avait raison : il ne voulait que la récompense du roi.

Comme elle avait été naïve !

Une douleur aiguë et insupportable la submergea. Elle se souvint alors de l'affreuse menace que son père avait proférée à l'encontre de Jade. Ses pensées volèrent vers la sœur de Nathan et, bien qu'elle n'eût jamais rencontré la jeune femme, elle sut qu'il était de son devoir de la prévenir du danger. Ce plan lui donnait un but, une raison de vivre. Dans le feu de la discussion, personne ne la vit sortir. Elle franchit le coin de la rue et, dès qu'elle fut hors de vue, elle se mit à courir. Très rapidement elle se perdit.

Heureusement la Providence veillait sur elle et elle aperçut, alors qu'elle tentait vainement de reprendre son souffle, une calèche à quelques pas de là. Sara se précipita.

Elle n'avait pas un sou et ignorait l'adresse de l'endroit où elle voulait se rendre.

— A l'hôtel du duc de Cainewood, lança-t-elle au cocher, espérant que celui-ci saurait se débrouiller.

Puis elle monta dans la voiture et se blottit dans un coin.

Elle craignait que Nathan n'envoie ses hommes à sa poursuite. Le cocher la conduisit vers les quartiers élégants de la ville et demanda son chemin à plusieurs reprises.

Pendant ce temps, Sara essayait de retrouver son calme et priait le ciel de lui venir en aide.

Nathan, qui ne soupçonnait rien, s'efforçait de chasser son courroux avant de parler à Sara. Il ne voulait pas accroître le désarroi de la jeune femme. Comment avait-elle pu vivre dans une famille pareille ?

— Je ne lui en veux pas, lâcha-t-il pour mettre un terme aux objurgations de Jimbo. Je connais les défauts de Sara et cela ne m'a pas surpris. Maintenant, si tu veux bien me laisser tranquille, je vais aller lui dire que je lui pardonne. Tu es content ?

Jimbo, satisfait, hocha la tête. Nathan traversa la

rue à grandes enjambées et rentra dans le bureau. Il fouilla en vain les moindres recoins : sa femme avait bel et bien disparu.

La panique l'envahit. Elle n'était pas partie avec son père... elle avait donc pris la fuite.

Nathan frémit à la perspective de ce qui pouvait arriver à une femme seule dans ces quartiers malfamés. Son rugissement résonna dans les ruelles avoisinantes. Il devait absolument la retrouver.

Elle avait besoin de lui.

13

Sara pleura pendant tout le trajet. La voiture s'arrêta enfin devant une façade en brique et elle s'efforça de reprendre son sang-froid. D'une voix qui tremblait à peine, elle ordonna au cocher de l'attendre.

– Je n'en ai pas pour longtemps. Je vous doublerai la course si vous êtes patient.

– Bien, milady, acquiesça le cocher.

Sara grimpa les marches quatre à quatre et frappa à la porte. Elle craignait que les siens ne la repèrent et sentait que son courage allait bientôt lui faire défaut.

Un vieux domestique, grand et hautain, lui ouvrit la porte. Mais l'étincelle de bonté qui brillait dans ses yeux démentait son apparence austère.

– Puis-je vous aider, madame ? s'enquit le maître d'hôtel d'une voix cérémonieuse.

– Il faut immédiatement que je voie lady Jade, répondit Sara.

Elle jeta un coup d'œil par-dessus son épaule pour s'assurer qu'elle n'était pas suivie et souffla :

– Laissez-moi entrer, je vous en prie.

Et elle s'engouffra dans la maison. Puis elle supplia le domestique de verrouiller la porte et de ne laisser entrer personne.

– Votre maîtresse est-elle là ? s'enquit-elle. Mon Dieu, que vais-je faire si elle s'est absentée ?

A cette perspective, ses yeux se remplirent de larmes.

– Lady Jade est ici, la rassura le maître d'hôtel.

– Merci, mon Dieu.

Le vieux serviteur sourit.

– Qui dois-je annoncer ?

– Lady Sara. Dépêchez-vous, monsieur, poursuivit-elle en lui serrant la main de toutes ses forces. Mon courage s'enfuit à vue d'œil.

Saisi par la curiosité, le maître d'hôtel fit une grimace.

– Volontiers, lady Sara. Si vous voulez bien me lâcher.

– Pardonnez mon audace, monsieur, s'excusa Sara en laissant retomber sa main. Mais je suis si bouleversée.

– Je comprends, milady. Vous êtes lady Sara... hem ?

A la consternation du domestique, Sara éclata en sanglots.

– Je m'appelais lady Sara Winchester, et je suis devenue lady Sara St James. Mais demain, je ne sais plus quel sera mon nom, sanglota la jeune femme. Ce sera probablement « catin ». Tout le monde va croire que j'ai vécu dans le péché ! Mais c'est faux, monsieur. Je suis une femme honnête.

Elle s'essuya les yeux dans le mouchoir que lui tendait le maître d'hôtel.

– Appelez-moi catin tout de suite. Il faudra bien que je m'y accoutume.

Le domestique esquissa un mouvement de recul et elle comprit qu'il la prenait pour une folle.

Le duc de Cainewood qui passait à cet instant dans le vestibule entendit l'étrange réponse faite à son domestique. Il s'immobilisa, interloqué.

Sara rendit au maître d'hôtel son mouchoir trempé de larmes et balbutia :

– Je n'aurais jamais dû venir ici. J'écrirai à votre maîtresse. Lady Jade est certainement très occupée.

– Stern, rattrapez-la, ordonna le duc.

– A vos ordres, monsieur, répondit le maître d'hôtel en posant une main sur l'épaule de Sara qui n'opposa aucune résistance.

– Vous êtes le mari de lady Jade ? demanda-t-elle à l'élégant gentleman qui s'appuyait contre la rampe de l'escalier.

– Mon maître, le duc de Cainewood, annonça le maître d'hôtel d'une voix neutre.

Instinctivement, elle plongea dans une profonde révérence et faillit trébucher en entendant le domestique poursuivre :

– Votre Seigneurie, voici lady Catin.

Elle perdit l'équilibre et Stern la rattrapa de justesse.

– Excusez-moi, milady, je n'ai pu résister à la tentation.

Le mari de Jade s'avança avec un bon sourire.

– Appelez-moi Caine, dit-il gentiment.

– Je suis la femme de Nathan, bredouilla Sara.

– Je m'en étais douté en voyant votre désarroi. J'ai entendu une partie de vos explications, ajouta-t-il en voyant sa stupeur. Soyez la bienvenue dans notre famille, Sara.

Il prit affectueusement ses mains dans les siennes.

— Ma femme a hâte de vous rencontrer. Stern, allez donc chercher Jade. Sara, suivez-moi au salon. Nous allons faire plus ample connaissance en attendant l'arrivée de mon épouse.

— Monsieur, je ne suis pas venue exactement pour vous rendre visite. Quand vous saurez ce qui m'amène ici, vous allez me jeter à la porte.

— Comment pouvez-vous croire cela ? se récria le duc.

Il lui adressa un clin d'œil complice et la fit asseoir à ses côtés.

— Sara, cessez donc de m'appeler monsieur. Vous faites dorénavant partie de la famille.

— Plus pour longtemps, murmura-t-elle.

— Allons bon ! Vous n'allez pas recommencer à pleurer. Ça n'est pas si grave. Qu'est-ce que Nathan a encore fait ?

Il la taquinait, mais ses larmes redoublèrent quand il mentionna le nom de son mari.

— Il n'a rien fait du tout, hoqueta Sara. D'ailleurs, je n'irais jamais dire du mal de mon mari. Ce serait déloyal de ma part.

— Vous attachez donc de l'importance à la loyauté ?

Elle hocha la tête et murmura en fronçant les sourcils :

— Oui, tout comme je croyais à la confiance réciproque entre deux époux. Mais ce n'est pas le cas de tout le monde.

Caine avait du mal à suivre.

— Mais je ne suis pas venue vous parler de Nathan,

déclara-t-elle. Notre mariage ne va pas tarder à être annulé. Je vous préviens tout de suite.

Caine dissimula un sourire. Il s'agissait donc d'une querelle d'amoureux.

– Nathan est parfois difficile à vivre.

– C'est bien vrai !

Caine et Sara se tournèrent en même temps vers la porte. Lady Jade venait de faire son apparition dans la pièce.

Sara n'avait jamais vu une femme aussi belle. La sœur de Nathan avait de magnifiques cheveux roux et ses yeux étaient aussi verts que ceux de son frère. Elle avait un teint de porcelaine et Sara se jugea insignifiante en comparaison d'une telle beauté.

Pourvu que Jade ait meilleur caractère que son frère ! Sara se jeta à l'eau.

– Je vous apporte de mauvaises nouvelles.

– Hélas ! nous savons bien que vous êtes mariée à Nathan, intervint Caine. Que peut-il y avoir de pire, ma pauvre Sara ? Croyez à toute notre sympathie.

– Comme vous êtes méchant, lui reprocha Jade avec un sourire qui démentait ses paroles. Caine aime beaucoup Nathan mais il refuse de l'admettre.

Elle embrassa affectueusement Sara et reprit :

– Vous êtes fort différente de ce que j'imaginais. Je suis ravie de faire enfin votre connaissance, Sara. Où donc est Nathan ?

Sara s'écroula dans un fauteuil et murmura :

– Je ne veux plus jamais le revoir. Oh, je ne sais par où commencer !

Jade et Caine échangèrent un regard et les mots « querelle d'amoureux » se dessinèrent sur les lèvres du duc. Jade s'assit sur le sofa et Caine s'installa à ses côtés.

– J'ignore ce dont il s'agit, Sara, mais je suis convaincu que vous trouverez tous les deux un moyen de vous raccommoder, commença Caine.

– Nous nous disputions constamment au début de notre mariage, ajouta gentiment Jade.

– Non, mon amour, c'était avant, intervint Caine.

Jade allait protester quand Sara les interrompit :

– Je ne suis pas venue parler de notre mariage. Je... Mais en quoi suis-je différente de ce que vous imaginiez ?

Jade lui sourit.

– Je craignais que vous ne soyez... ennuyeuse et hypocrite, comme ces dames de la Cour. Or vous me semblez spontanée et franche.

– Nathan doit piquer des crises de nerfs ! ne put s'empêcher de remarquer Caine.

– Je refuse de parler de Nathan. Je suis venue vous avertir... d'un scandale qui va vous éclabousser.

– Quel scandale ?

– Il faut tout reprendre depuis le début, chuchota Sara. Connaissez-vous les conditions de notre contrat de mariage ?

Devant leurs airs interrogateurs, Sara soupira et poursuivit :

– Le roi George, dans sa démence, décida de mettre un terme à la querelle qui opposait les St James aux Winchester. Il les obligea à conclure un mariage entre Nathan et moi-même et, pour adoucir la rigueur de cet ordre, il leur promit une fortune en or ainsi que des terres situées entre les domaines des deux familles. Ce différend remonte au Moyen Age, mais là n'est pas la question. La terre est plus convoitée que l'or en lui-même, car elle est fertile. La rivière qui irrigue les deux domaines ennemis prend sa source sur cette terre promise. Celui qui en prendra possession pourra aisément ruiner son adversaire en le privant d'eau. Le trésor devait revenir à Nathan le jour où il viendrait me chercher. Quand je lui aurai donné un héritier, la terre sera à lui.

— Quel âge aviez-vous quand le contrat fut signé ? s'enquit Caine stupéfait.

— Quatre ans. Mon père a agi en mon nom. Nathan avait quatorze ans.

— Mais c'est insensé... et certainement illégal ! s'exclama Caine.

— Nous fûmes mariés par un décret royal. L'évêque était présent et a béni notre union.

Sara ne pouvait se résoudre à les regarder. Le plus difficile restait à avouer. Les yeux baissés, elle poursuivit :

— Si je rompais le contrat, Nathan obtenait la récompense et les terres. S'il se dérobait, je... ou plutôt ma famille recevait le tout. Le roi s'était montré très habile.

— Mais vous n'étiez que des marionnettes !

— Sans doute, reconnut Sara. Mais les intentions du roi étaient pures, il était animé par un désir de paix et je crois me souvenir qu'il prenait nos intérêts à cœur.

Caine cacha son désaccord et la pressa de poursuivre.

— Nathan est venu me chercher il y a trois mois. Nous sommes partis en mer et nous venons à peine de rentrer. Mon père nous attendait.

— Que s'est-il passé ?

— Mon père voulait que je revienne à la maison.

— Et ?

— Voyons, Caine ! intervint Jade. Vous voyez bien

qu'elle a refusé de l'accompagner, puisqu'elle est avec nous ! Mais pourquoi votre père veut-il vous obliger à rompre le contrat ? Nathan récupérerait alors la terre et le trésor, et les Winchester ne le toléreraient pas. D'ailleurs, j'imagine que vous avez vécu comme mari et femme. Il est trop tard pour...

— Ma chérie, laissez parler Sara, suggéra Caine. Vous poserez vos questions plus tard.

— Mon père a trouvé le moyen de rompre le contrat et de garder le trésor.

— Comment ? s'étonna Jade.

— Il a fait une terrible découverte au sujet de votre père, chuchota Sara.

Elle lança un regard à Jade et lut la peur dans ses yeux.

— Etiez-vous au courant des activités coupables de votre père ?

Jade ne répondit pas. Caine ne souriait plus.

— Qu'a découvert votre père ?

— Le duc de Wakersfield a trahi son pays.

Les deux époux restèrent silencieux. Caine avait passé un bras autour des épaules de sa femme.

— Oh, Jade ! Je suis désolée, murmura Sara dont le désarroi était visible. Nous n'avons pas le droit de juger votre père. Personne ne connaît les circonstances qui l'ont poussé à agir ainsi.

Jade était devenue blanche comme un linge. Elle semblait près de s'évanouir. Sara ne valait guère mieux.

— Cela devait arriver un jour ou l'autre, fit Caine.

— Mais alors, vous le saviez ? demanda Sara.

Jade approuva lentement.

— Nathan et moi le savions depuis longtemps. Vous vous trompez, dit-elle à son mari. Comment le secret a-t-il pu être divulgué ? Comment votre père l'a-t-il su ?

– C'est vrai, comment a-t-il pu le savoir ? réfléchit Caine. Le dossier était enfermé dans un coffre-fort. Je m'étais assuré que personne n'y avait accès.

– Nathan croit que c'est moi qui l'ai révélé à ma famille dans une lettre.

– Etiez-vous au courant ?

– Votre frère m'a posé la même question, répondit douloureusement Sara. J'ai été sur le point de lui mentir en voyant la colère qui brillait dans ses yeux.

– Le saviez-vous ? répéta Jade. Et si tel était le cas, comment l'avez-vous découvert ?

Sara redressa les épaules.

– Oui je le savais, Jade. Mais je ne puis vous dire comment je l'ai appris, ce serait déloyal de ma part.

– Déloyal ! bondit Jade outrée. Et que dire de votre attitude ! Comment avez-vous osé le dire à votre famille, Sara ?

Sara n'essaya même pas de se défendre. Son propre mari ne l'avait pas crue, pourquoi sa sœur la croirait-elle ?

Elle se leva et s'obligea à regarder Jade en face.

– J'ai pensé qu'il était de mon devoir de vous avertir, dit-elle d'une voix neutre. J'aurais pu vous demander pardon au nom de ma famille, mais je les ai tous reniés. D'ailleurs cela ne servirait à rien. Merci de m'avoir écoutée.

Elle traversa le vestibule.

– Où allez-vous ? lança Caine.

Il essaya de se lever mais sa femme le retint.

– M'assurer de la santé de ma mère, répondit Sara. Et ensuite je rentrerai chez moi.

Et elle disparut.

302

– Caine, laissez-la partir, murmura Jade. Je ne veux plus jamais la revoir. Mon Dieu, il faut retrouver Nathan. Il doit être bouleversé par cette trahison.

Caine fronça les sourcils.

– Je n'en crois pas mes oreilles ! Nathan doit se moquer éperdument de ce scandale. Voyons, Jade ! Vous savez bien qu'une odeur de soufre a toujours flotté autour des St James ! Pour l'amour du ciel, ressaisissez-vous. Vous ne vous êtes jamais souciée du qu'en-dira-t-on, pourquoi changez-vous soudain d'avis ?

– Seule votre opinion m'importe. Mais je parlais de la trahison de Sara. Cela a dû retourner mon frère.

– Alors vous la croyez coupable ?

Jade s'immobilisa. Puis elle acquiesça.

– Nathan est seul juge. Sara nous a dit qu'il ne l'avait pas crue.

– Non, rectifia Caine. Elle a dit que Nathan lui avait demandé si elle était au courant des activités de votre père. Jade, vous ne pouvez pas savoir ce que pense votre frère. Il faut le lui demander. Son cynisme n'a pas d'équivalent, mais sacristi, ma femme, j'espérais mieux de vous !

Jade écarquilla les yeux.

– Oh, Caine, je l'avais effectivement condamnée sans appel ! J'ai cru... Mais, elle ne s'est même pas défendue !

– Pourquoi l'aurait-elle fait ?

– Elle nous a bien dit qu'elle rentrait chez elle. Pour une femme qui vient de renier sa famille... Pour vous elle est innocente, n'est-ce pas ?

– Je n'ai vu qu'une seule chose : Sara aime Nathan. Il suffit de la regarder. Voyons, ma mie, pourquoi se serait-elle dérangée pour nous avertir si elle

303

se moquait de votre frère ? Lâchez-moi à présent, je vais la rattraper.

— Il est trop tard, Votre Seigneurie, lança Stern depuis le vestibule. La calèche est partie.

Caine se rua vers la porte.

— Pourquoi ne l'en avez-vous pas empêchée ?

— J'écoutais aux portes, reconnut piteusement le maître d'hôtel. Et puis je ne savais pas... Vous ne m'en voudrez pas si j'ai donné un peu de monnaie à votre belle-sœur pour régler sa course.

Un martèlement sur la porte coupa court à leur conversation. Nathan fit irruption à grand fracas dans le hall. Le maître d'hôtel s'effaça prudemment sur son passage.

Nathan salua sèchement les deux hommes.

— Où est ma sœur ?

— Nathan ! Comme je suis content de te revoir. Qu'est-ce qui t'amène aujourd'hui ? Tu viens voir ta filleule ? Olivia dort mais je suis sûr que tes rugissements ne vont pas tarder à la réveiller.

— Je n'ai pas le temps de lui faire des civilités, rétorqua Nathan. Olivia va bien ?

Un vagissement d'enfant lui répondit dans la cage d'escalier. Stern fronça les sourcils et gravit l'escalier.

— Je monte voir le bébé. Je vais la bercer pour qu'elle se rendorme.

Caine approuva. Le maître d'hôtel avait pris la petite Olivia sous son aile et tous les deux s'entendaient à merveille. L'enfant menait le domestique par le bout du nez.

Le duc allait tancer son beau-frère quand l'expression qu'il lut sur son visage le fit changer d'avis.

Pour la première fois de sa vie, le frère de Jade avait peur.

— Jade est dans le salon.

En voyant entrer son frère, Jade se leva.

— Nathan, Dieu merci te voilà !

Nathan rejoignit sa sœur en deux enjambées et lui ordonna de s'asseoir. Puis il lui déclara brutalement :

— Ecoute-moi bien ! Les Winchester ont tout découvert sur notre père, et d'ici peu nous serons publiquement déshonorés. Tu as bien compris ?

Elle hocha la tête et il fit immédiatement demi-tour pour repartir.

— Attends ! le héla sa sœur. Nathan, il faut que je te parle.

— Je n'ai pas le temps, lança son frère par-dessus son épaule.

— Je sais que tu n'es pas bavard, intervint Caine, mais pourquoi cette hâte ?

— Il faut que je retrouve ma femme, rugit Nathan. Elle s'est enfuie.

Il s'immobilisa à la porte en entendant Caine répliquer :

— Ta délicieuse épouse nous a quittés à l'instant.

— Sara était ici ?

— Nathan ! Pour l'amour de Dieu, pourquoi faut-il toujours que tu hurles ? Reviens ici.

Les sanglots de la petite Olivia résonnèrent à l'étage et une porte claqua. Stern réclamait visiblement le silence.

Nathan revint sur ses pas.

— Qu'est-ce que ma femme faisait ici ?

— Elle voulait nous parler.

— Crénom de nom ! Pourquoi l'avez-vous laissée partir ? Où est-elle allée ?

Caine poussa son beau-frère vers le salon et referma les portes derrière eux.

— Sara est venue nous mettre en garde. Mais elle a été moins brutale que toi, précisa-t-il sèchement.

— Vous a-t-elle dit où elle se rendait ?

Jade s'accrocha au bras de Nathan pour l'empêcher de disparaître à nouveau. Elle ouvrait la bouche pour répondre à sa question quand son mari lui fit signe de se taire.

— Nous te le dirons quand tu nous auras expliqué ce dont il s'agit, déclara-t-il. Pour une fois dans ta vie, tu vas tâcher d'être aimable. Compris ?

— Je n'ai pas de temps à perdre. Il faut que je retrouve Sara. Me faudra-t-il vous menacer pour...

— Sara est saine et sauve, l'interrompit Caine.

A moins que les loups ne dévorent leurs petits, songea-t-il à part lui.

Il glissa un bras autour des épaules de sa femme et la reconduisit vers le sofa. Puis il s'adressa à Nathan avec sévérité :

— Assieds-toi ! J'ai une ou deux questions à te poser.

Nathan dut se résigner. Caine ne céderait pas et Nathan admirait beaucoup le mari de sa sœur.

— Nom d'une pipe, pourquoi n'as-tu pas épousé Colin ? maugréa-t-il à l'adresse de sa sœur. Il est mille fois plus sympathique que son frère.

Jade sourit et leva les yeux vers son mari.

— Je n'ai jamais vu Nathan dans cet état.

— Je vous écoute, grommela son frère.

— Comment les Winchester ont-ils découvert votre secret ?

— Là n'est pas la question, répondit Nathan en haussant les épaules.

– Et comment ! s'écria Caine. Crois-tu que Sara l'ait dit à sa famille ?

– C'est probable.

– Pourquoi ? intervint Jade.

– Pourquoi le leur a-t-elle dit ou pourquoi est-ce ma conviction ?

– Cesse d'éluder nos questions et dis-moi pourquoi tu crois à sa trahison, Nathan. Je vois bien que tu es mal à l'aise.

– Sara est une femme, invoqua Nathan qui se rendit aussitôt compte de la puérilité de son explication.

– Moi aussi, rétorqua Jade. Quel est le rapport ?

– Tu es différente des autres femmes, Jade. Tu ne te conduis pas de la même façon.

Jade, interloquée, se tourna vers son mari.

– Nathan, fit ce dernier exaspéré. Tu n'as rien appris sur les femmes pendant que tu étais avec Sara ?

– Mais, Caine, je ne la condamne pas, se justifia Nathan. Je suis un peu fâché qu'elle m'ait menti. Mais elle n'a sûrement pas pu...

– S'en empêcher, acheva Caine. C'est bien cela ?

– Tes idées sur les femmes sont tout simplement ahurissantes, coupa Jade en élevant la voix. Tu n'as pas confiance en elle parce que c'est une Winchester ?

Caine ricana.

– Dans ce cas, je me mets à la place de Sara. Vu le passé de Nathan, elle ne doit pas avoir non plus grande confiance en lui !

L'embarras de Nathan grandissait à vue d'œil.

– Bien entendu, elle me fait confiance, marmonna-t-il. Je vous ai déjà dit que je ne lui en voulais pas.

Il allait se relever quand une question de Caine le pétrifia :

– Et si elle était innocente, Nathan ?

– Que veux-tu dire ?

– Si tu t'étais trompé ? Quelqu'un aurait pu dérober le dossier de ton père. Cela signifierait qu'un homme s'est introduit au ministère de la Guerre et qu'il a eu accès au coffre-fort. Il s'agirait alors d'une trahison. Ce coffre contient les informations les plus secrètes du royaume. C'est là que sont conservés ton dossier et celui de Colin, ainsi que le mien. Nous sommes tous en danger.

– Tes conclusions sont un peu hâtives, objecta Nathan.

– Non, mon frère, ce sont les tiennes, murmura Jade. Caine, il faut absolument découvrir la vérité.

– Morbleu, compte sur moi ! déclara Caine. Sara nous a dit qu'elle allait voir sa mère et qu'elle rentrerait ensuite chez elle. Cela nous a surpris.

– Elle nous a aussi avoué qu'elle reniait sa famille, lui expliqua Jade. J'ai eu l'impression que tu en faisais également partie.

Son frère était déjà dans le vestibule.

– Je démolirai l'hôtel des Winchester de la cave au grenier, vociféra-t-il. Mais je vous jure que je la retrouverai.

– Je viens avec toi, décréta Caine. Ils doivent être plus d'un à t'attendre.

– Je me débrouillerai tout seul !

Caine répondit sans s'émouvoir :

– Tu te débrouilleras tout seul pour le grand combat, mon cher, mais je t'accompagne chez les Winchester.

Stern descendait l'escalier quand Nathan hurla :

– De quoi parles-tu ?

Le cri de frayeur du bébé parvint jusqu'à leurs oreilles.

Stern fit volte-face.

– Quel grand combat ? répéta Nathan en ouvrant la porte.

– Celui que tu devras livrer pour reconquérir l'amour de Sara, répondit Caine sur ses talons.

Nathan frémit et essaya de refouler son inquiétude.

– Sacristi, Caine, parle plus bas ! Tu fais peur à ma filleule.

Caine résista à l'envie de le frapper.

– Nathan, j'espère sincèrement que Sara te le fera payer. Si la justice existe en ce bas monde, tu vas te traîner à ses genoux.

Nathan ne démolit pas l'hôtel des Winchester de la cave au grenier, mais il enfonça deux portes. Tandis que Caine faisait le guet dans le hall, Nathan fouilla méthodiquement toutes les pièces. Par chance, le duc et Belinda étaient sortis, ils recherchaient probablement Sara.

La mère de Sara n'essaya même pas de s'interposer. La frêle lady aux cheveux grisonnants se réfugia près de la cheminée du salon et attendit patiemment que le marquis en ait terminé.

Lady Victoria Winchester lui aurait rendu service en lui disant que Sara était venue brièvement la voir et qu'elle était déjà repartie. Mais intimidée par le marquis de St James, elle ne s'en sentit pas le courage.

Caine et Nathan s'apprêtaient à ressortir quand la mère de Sara les héla :

– Sara est venue il y a un bon quart d'heure.

Nathan, qui avait complètement oublié sa présence, revint dans le salon. Il s'arrêta en la voyant reculer craintivement.

— Vous a-t-elle dit où elle allait ? demanda-t-il avec douceur. Madame, je ne vous ferai aucun mal. Je me fais du souci pour Sara, il faut que je la retrouve le plus rapidement possible.

La gentillesse de Nathan redonna du courage à la pauvre femme qui s'étonna :

— Pourquoi la cherchez-vous, monsieur ? Elle m'a dit que vous ne l'aimiez pas.

Elle hocha tristement la tête. Elle ressemblait à sa sœur mais Nora avait une vitalité que la mère de Sara ne possédait pas.

— Pourquoi ? répéta-t-elle.

— Mais parce qu'elle est ma femme, répondit Nathan.

— Elle m'a dit que vous la cherchiez pour récupérer le trésor. Ma Sara veut trouver un moyen de vous laisser les terres et la récompense, monsieur, mais elle ne veut plus vous revoir.

Ses yeux se remplirent de larmes.

— Vous avez détruit son innocence, monsieur. Pendant toutes ces années, elle a cru en vous. Et nous lui avons tous menti, vous comme les autres.

— Sara vous aime et vous respecte, madame.

— Je l'appelais mon petit ange de paix, poursuivit-elle. Elle prenait ma défense lors de nos querelles.

— Quelles querelles ?

— Oh ! Des chamailleries familiales. Mon beau-frère Henry venait souvent semer la discorde entre Winston et moi. Sara était toujours de mon côté et tentait de rétablir l'équilibre.

Soudain la mère de Sara redressa les épaules et fronça les sourcils.

— Sara mérite d'être heureuse, monsieur. Il ne lui arrivera pas la même chose qu'à moi. Elle ne reviendra jamais ici. Nous l'avons tous terriblement déçue.

— Madame, je dois la retrouver.

Elle s'aperçut enfin de son inquiétude.

— Vous vous faites du souci pour elle ? Alors, vous l'aimez donc un peu ?

— Bien entendu, je m'inquiète. Sara a besoin de moi.

Lady Victoria sourit.

— Peut-être avez-vous besoin d'elle aussi. Elle m'a dit qu'elle rentrait à la maison. J'en ai déduit qu'elle allait vous rejoindre. Elle avait plusieurs choses à régler avant de quitter Londres.

— Elle ne quittera pas Londres, déclara abruptement Nathan.

Caine s'interposa.

— Diable ! Nathan, où a-t-elle bien pu se rendre ? Qu'appelle-t-elle sa maison ?

— Merci, madame, fit Nathan. Je vous ferai prévenir dès que j'aurai retrouvé Sara.

Les yeux de lady Winchester s'embuèrent à nouveau. Elle lui fit penser à Sara et il lui sourit. Il comprit d'où sa femme tenait cette propension à pleurer si facilement. Elle raccompagna Nathan à la porte.

— Sara vous a toujours aimé. Mais j'étais la seule à le savoir. Les autres se seraient moqués d'elle. Elle a toujours été une enfant rêveuse. Vous étiez son prince charmant.

— Pas si charmant que ça, objecta Caine.

– Merci, lady Winchester, répondit Nathan en ignorant la raillerie.

La tendresse qui vibrait dans sa voix stupéfia Caine. Les deux hommes s'inclinèrent devant la vieille femme.

Ils dévalaient déjà l'escalier quand la mère de Sara chuchota dans leur dos :

– Il s'appelle Grant. Luther Grant.

Les deux hommes se retournèrent.

– L'homme qui a découvert le secret de votre père s'appelle Luther Grant, expliqua la mère de Sara. C'est l'un des gardes et mon mari l'a généreusement payé pour qu'il fouille dans les dossiers. Je l'ai appris par hasard.

Nathan resta sans voix.

– Merci, souffla Caine. Vous nous faites gagner un temps précieux.

– Pourquoi nous aidez-vous ? dit enfin Nathan.

– Parce que Winston est allé trop loin. Sa cupidité le perdra et je refuse que Sara soit encore son bouc émissaire. Ne dites à personne que c'est moi qui vous l'ai dit. Vous me mettriez en danger.

Et elle referma la porte sans leur laisser le temps de répondre.

– Son mari la terrorise, murmura Caine. Pauvre femme ! Elle me fait pitié.

Mais Nathan avait déjà oublié la mère de Sara. Il se tourna vers Caine sans chercher à masquer son anxiété.

– Où allons-nous la chercher à présent, Caine ? Où est-elle ? S'il lui arrivait quelque chose, je... je ne sais pas ce que je ferais. Je me suis habitué à l'avoir à mes côtés.

Caine se demanda si cette tête de mule allait enfin se rendre compte qu'il aimait Sara.

— Nous la retrouverons, affirma-t-il. Allons sur les quais. Colin aura peut-être des nouvelles à nous donner. Ils peuvent avoir retrouvé sa trace.

Nathan s'accrocha à ce dernier espoir et ne prononça plus un seul mot jusqu'à leur arrivée. Il avait les nerfs à fleur de peau et la peur l'empêchait de réfléchir.

Quand ils atteignirent les docks, le soleil couchant éclairait les rues d'une lumière orangée. Des bougies brûlaient derrière les fenêtres de l'Emerald Shipping Company. Quand les deux hommes firent irruption dans le bureau, Colin bondit sur ses pieds. Un élancement lui transperça la jambe et il fit une grimace.

— Avez-vous retrouvé Sara ? demanda Caine à son frère.

— C'est elle qui nous a retrouvés, répondit-il en essuyant la sueur qui ruisselait sur son front.

— Que signifie...

— Sara est ici.

— Mais où ? Nom d'une pipe !

— Sur le *Seahawk*. Elle a demandé qu'on la ramène à la maison. Jimbo et Matthew l'ont emmenée à bord.

Caine poussa un soupir de soulagement.

— Alors sa maison, c'était donc le *Seahawk* ?

Nathan sentit l'étau qui lui broyait la poitrine se relâcher. Il arracha son mouchoir à Colin et s'épongea le front.

— C'est le seul endroit où nous ayons vécu ensemble, murmura-t-il d'une voix rauque.

— Cela veut sans doute dire qu'elle t'a pardonné.

Caine s'appuya au bureau et lança un clin d'œil à son frère.

– Dommage ! J'aurais bien aimé voir Nathan s'exercer.

– A quoi faire ? demanda Colin.

– A se mettre à genoux.

14

Nathan ne supporta pas longtemps le bavardage des deux frères. Il voulait retrouver Sara pour s'assurer qu'elle allait bien et pour calmer les battements de son cœur.

Il s'esquiva sans un mot d'adieu et regagna le *Seahawk* à bord de la chaloupe. Il fut surpris d'y retrouver la majorité des hommes d'équipage. Traditionnellement, les matelots passaient la première nuit à terre et fêtaient leur retour à grands coups de beuveries et de bagarres.

Une partie de l'équipage montait la garde sur le pont tandis que les autres attendaient pour les relayer dans la cambuse. Ils avaient accroché leurs hamacs au plafond et dormaient avec leurs couteaux sur la poitrine.

Nathan dut se rendre à l'évidence : ses hommes protégeaient leur maîtresse.

Dès qu'ils l'aperçurent, les matelots se volatilisèrent. La porte de la cabine n'était pas verrouillée et Nathan découvrit Sara plongée dans un profond sommeil. Elle serrait l'oreiller de Nathan contre son cœur. Les deux bougies brillaient sous leur globe de verre et jetaient un faible éclat sur son visage. Elle avait oublié de les éteindre.

Nathan referma doucement la porte et resta longtemps adossé contre le montant. Il ne pouvait se rassasier de la contempler dans son sommeil. Sa peur se dissipa petit à petit et il recommença à respirer normalement.

Un hoquet la secouait de temps à autre et il comprit qu'elle avait pleuré jusqu'à la limite de ses forces.

Un terrible sentiment de culpabilité l'envahit et il comprit soudain que la vie sans Sara lui serait intolérable.

Un voile se déchira : il tenait désespérément à elle !

Nathan s'étonna de ne pas souffrir. Ses facultés restaient intactes et le bouleversement qu'il redoutait ne se produisit pas !

Caine avait raison. Quel idiot il avait été ! Comment avait-il pu être aussi aveugle et égoïste ? Sara n'aurait jamais essayé de le manipuler. Elle était de son côté, non pas son ennemie.

L'amour qu'elle lui portait lui rendit des forces. Ensemble ils défieraient le monde. Tant qu'il aurait Sara à ses côtés, il serait vainqueur.

Il se creusa la tête pour trouver un moyen de faire plaisir à sa femme. Il n'élèverait plus jamais la voix contre elle. Il utiliserait ces petits noms tendres et ridicules que les maris donnent à leurs femmes. Sara serait enchantée.

Il regarda le désordre qui régnait autour de lui. Les robes de Sara étaient suspendues au beau milieu de ses chemises.

Elle avait envahi sa cabine. Un peigne et une brosse en ivoire traînaient sur son bureau au milieu d'épingles à cheveux éparses. Elle avait mis à sécher quelques affaires sur une corde tendue à travers la pièce.

Il retira sa chemise et chercha désespérément ses mots. Mon Dieu, que c'était difficile ! Pour la première fois de sa vie, il allait demander pardon à quelqu'un.

Il se pencha pour retirer ses bottes et fit tomber une chemise en soie qui séchait au-dessus de sa tête. Il allait la remettre sur le fil quand il s'exclama :

— Vous mettez votre linge à sécher sur mon fouet !

Ce cri lui avait échappé malgré lui, mais il ne la réveilla même pas. Sara murmura et se retourna dans son sommeil.

Nathan se reprit et sourit malgré lui de cet incident cocasse. Il décida de tout remettre au lendemain. Il en profiterait pour lui expliquer la nécessité d'éteindre les bougies avant de s'endormir et lui mentionnerait au passage que son fouet ne devait pas servir de fil à étendre le linge.

Il acheva de se dévêtir et s'allongea à côté de Sara. Rompue de chagrin, la jeune femme ne bougea même pas lorsqu'il glissa un bras autour d'elle.

Il ne se risqua pas à l'attirer contre lui, sachant pertinemment qu'il ne pourrait résister à la tentation de lui faire l'amour.

Il décida que la frustration qu'il endurait était le juste châtiment des tourments qu'il avait infligés à Sara. Il tint bon toute la nuit en se promettant qu'au petit matin, il lui donnerait les preuves de son amour.

Nathan s'endormit à l'aube et se réveilla en sursaut tard dans la matinée. Il se tourna pour prendre Sara dans ses bras.

Sa femme était partie avec ses affaires ! Nathan enfila son pantalon et bondit sur le pont.

— Où est Sara ? demanda-t-il à Matthew qui passait par là.

Le matelot désigna le quai.

— Colin est venu tôt ce matin pour t'apporter des papiers à signer. Sara et Jimbo sont repartis avec lui.

— Pourquoi diable ne m'as-tu pas réveillé ?

— Sara n'a pas voulu que je te dérange. Tu dormais comme un loir.

— C'est... gentil de sa part, murmura Nathan.

— Si tu veux mon avis, elle voulait t'éviter, intervint Matthew. Après le savon que nous lui avons passé hier soir, hem... nous nous sentions un peu coupables et nous l'avons laissée agir à sa guise ce matin.

— De quoi parles-tu ?

— Quand Jimbo a vu Sara descendre de cette voiture, il lui a fait un sermon sur les risques que courait une femme seule dans cette ville.

— Et alors ?

— Après, ça a été le tour de Colin, poursuivit Matthew. Ensuite Chester s'y est mis... ou était-ce Ivan ? Je ne sais plus. A vrai dire, ils attendaient tous leur tour en rang d'oignons pour la gronder. Jamais je n'oublierai ce spectacle.

Nathan sourit en imaginant le tableau.

— Les hommes lui sont tous dévoués, constata-t-il.

Il s'éloignait avec la ferme intention de récupérer sa femme quand il s'immobilisa.

— Matthew ? Comment était Sara ce matin ?

Le matelot lui lança un regard noir.

— Elle ne pleurait pas mais elle m'a fait bigrement pitié.

Nathan revint vers son compagnon.

— Morbleu, qu'est-ce que cela veut dire ?

— Elle est abattue, murmura Matthew. Tu lui as brisé le cœur, mon garçon.

Tout à coup, Nathan songea à la mère de Sara. Son mari en avait fait une femme triste et abattue. Etait-il donc aussi cruel ?

Matthew s'aperçut avec étonnement qu'un vent de panique soufflait sur Nathan.

— Nom de nom ! Que dois-je faire ? bredouilla-t-il.

— Tu l'as brisée, rétorqua Matthew. A toi de recoller les morceaux.

— Elle ne m'écoutera plus. Je ne puis l'en blâmer.

— Tu as donc si peu de foi en notre Sara ?

Nathan le dévisagea hagard.

— Je ne comprends pas.

— Nathan, elle t'aime depuis des lustres. Elle ne va pas cesser tout à coup de t'aimer, simplement parce que tu t'es conduit comme un mufle. Montre-lui simplement que tu as confiance en elle. Quand on piétine une fleur, on la tue. Notre Sara est aussi délicate qu'une fleur. Tu l'as blessée, alors prouve-lui que tu l'aimes. Sinon tu la perdras pour de bon. Elle m'a demandé de la ramener chez Nora.

— Il n'en est pas question !

— Je ne suis pas sourd, protesta le matelot en dissimulant un sourire. Elle nous a dit que tu ne la laisserais pas partir.

— Alors, elle a compris que je... (Nathan bafouillait comme un jouvenceau) ...que je l'aimais.

— Mais non, fit Matthew avec un petit reniflement de mépris. Elle est persuadée que tu convoites les terres et le trésor. Elle prétend qu'elle est un petit supplément qui accompagnait le don royal.

Tout ceci était vrai au départ. Mais désormais il tenait plus que tout à Sara.

Mais il l'avait perdue. Il lui avait brisé le cœur et il ne savait plus comment faire pour se racheter.

Il lui fallait les conseils d'un expert en la matière.

Il confia le *Seahawk* à Matthew et se changea pour descendre en ville. Sachant Sara en sécurité avec Jimbo et Colin, il se rendit directement chez sa sœur. Il ne voulait pas revoir sa femme avant de savoir exactement quoi lui dire.

Jade lui ouvrit la porte.

— Comment sais-tu déjà !... s'exclama-t-elle tandis que son frère s'engouffrait dans le vestibule.

— Il faut que je parle à Caine, déclara Nathan. Où est-il ? Crénom de nom, ne me dis pas qu'il est sorti ?

— Il est dans son bureau, répondit Jade. Nathan, je ne t'ai jamais vu dans cet état. Tu t'inquiètes au sujet de Sara ? Elle va bien. Je l'ai installée dans la chambre d'ami.

Nathan, qui avait déjà bondi dans le hall, fit volte-face.

— Elle est ici ? Mais comment...

— Colin nous l'a confiée, lui expliqua Jade. Nathan, je t'en conjure, cesse de crier. Olivia fait la sieste et, si tu la réveilles encore, Stern est bien capable de t'étrangler.

— Excuse-moi, chuchota Nathan avec un pâle sourire.

Il se dirigeait vers le bureau de Caine quand Jade lança :

— J'ai demandé pardon à Sara de l'avoir si mal jugée. Et toi ?

— Tu veux savoir si je l'avais mal jugée ?

— Non, répondit-elle sèchement. Je veux savoir si

tu lui as demandé pardon pour l'avoir crue capable de trahison. Elle en est incapable. Nathan, elle t'aime. Et pourtant elle veut te quitter.

— Je ne la laisserai pas partir, rugit Nathan.

De son bureau, Caine entendit la voix tonitruante de son beau-frère et il feignit de se plonger dans la lecture de ses journaux.

Nathan fit irruption dans la pièce et claqua violemment la porte derrière lui. On entendit le cri perçant d'un bébé.

— Il faut que je te parle.

Caine plia lentement son journal pour laisser à Nathan le temps de se calmer.

— Veux-tu un cognac ? On dirait que tu en as besoin.

Nathan déclina son offre et se mit à arpenter la pièce sous le regard placide de son beau-frère.

— Tu voulais me parler, l'encouragea Caine.

— Oui.

Cinq minutes plus tard, Caine essaya à nouveau :

— Qu'as-tu à me dire, Nathan ?

— C'est... difficile.

— Je l'avais deviné, riposta Caine.

Nathan recommença à tourner comme un lion en cage.

— Sapristi, assieds-toi ! Tu me donnes le tournis.

Nathan s'immobilisa devant Caine.

— Il faut que tu m'aides.

Son visage était devenu terreux et il semblait souffrir le martyre.

— Je ferai tout ce qui est en mon pouvoir pour t'aider. De quoi s'agit-il ?

Nathan le regarda avec incrédulité.

— Tu acceptes de m'aider sans même savoir ce que je veux te demander ?

Caine laissa échapper un long soupir.

— C'est la première fois que tu demandes quelque chose à quelqu'un, n'est-ce pas, Nathan ?

— Oui.

— Est-ce si difficile ?

Nathan haussa les épaules.

— Je me suis toujours débrouillé seul jusqu'à présent. Mais aujourd'hui, j'ai l'impression de perdre la tête.

— Et tu n'as jamais fait confiance à personne ?

Nathan fit le même geste désabusé.

— Ecoute-moi, Nathan. Lorsque j'ai épousé ta sœur, nous sommes devenus des frères. Alors, je veux t'aider. C'est à cela que sert une famille.

Nathan se tourna vers la fenêtre et confessa :

— J'ai l'impression que Sara a moins confiance en moi.

C'était la meilleure !

— Rends-lui confiance en toi, suggéra-t-il.

— Comment ?

— L'aimes-tu, Nathan ?

— Je tiens à elle, répondit-il. Je sais qu'elle est dans mon camp. Nous sommes... associés. Elle partage mes intérêts tout comme je partage les siens.

Caine leva les yeux au ciel.

— Colin est ton associé, Nathan. Sara est ta femme.

Voyant que Nathan restait silencieux, Caine insista :

— Veux-tu passer le reste de ta vie avec Sara ? Ou est-elle une charge dont tu t'accommodes pour obtenir le trésor du roi ?

322

— Je n'imagine plus la vie sans elle, confessa Nathan d'une voix fervente.

— Alors, elle est un peu plus qu'une associée, tu ne crois pas ?

— Bien entendu, murmura Nathan. Elle est ma femme, pour l'amour de Dieu. Colin est mon associé.

Les deux hommes se turent.

— Comment aurais-je pu me douter que cette... affection serait aussi irritante ? J'ai tout gâché, Caine. J'ai détruit sa confiance.

— Elle t'aime ?

— Bien sûr, riposta Nathan. Elle m'aimait, tout du moins. Elle me le répétait tous les jours.

Il soupira et reprit :

— Matthew avait raison. Pendant tout ce temps, Sara m'a aimé de toute son âme. C'était une fleur et je l'ai piétinée.

Caine cacha un sourire.

— Mon Dieu, Nathan, tu deviens... poétique.

Mais Nathan ne l'écoutait plus.

— Elle se considère comme un supplément dont j'ai dû m'encombrer pour avoir la terre et l'argent. C'était vrai au début. Mais tout a changé.

— Nathan, dis-lui simplement ce que tu ressens.

— Sara est tellement délicate, poursuivit Nathan. Elle mérite mieux que moi, mais que le diable m'emporte ! Personne ne me la prendra. Je dois tout réparer. J'ai piétiné...

— Je sais, coupa Caine. Je sais. Tu as piétiné cette fleur.

— Mais non ! Son cœur, nom d'une pipe ! grommela Nathan.

— Alors, que décides-tu ? demanda Caine en riant sous cape.

Cinq minutes s'écoulèrent. Puis Nathan se redressa.

– Je vais retrouver sa confiance.

– Bonne idée ! Quel est ton plan ?

– Je vais lui montrer... Quel idiot, pourquoi n'y ai-je pas songé plus tôt ? Il me faudra ton aide.

– Je t'ai déjà dit qu'elle t'était acquise.

– Maintenant, j'ai besoin de tes conseils, Caine. Tu t'y connais en femmes, dit-il d'un air détaché.

Sans laisser à son beau-frère le temps de s'étonner, il poursuivit :

– Je n'ai jamais compris comment Jade s'était laissé séduire par toi. Elle qui est si difficile. (Il sauta du coq à l'âne.) Tu vas m'aider à régler son compte à Luther Grant.

– Nathan ! Tu me parlais des femmes et voilà que...

– Il faut que ce Grant crache le morceau, insista Nathan.

Caine se renversa sur sa chaise.

– Je comptais bien mettre la main sur cette canaille, Nathan. Il va payer.

– Et s'il s'était enfui ?

– Ne t'inquiète pas, nous le saurons bien assez tôt.

– Nous devons lui faire avouer son crime avant le bal des Farnmount. A supposer qu'il ait pris la poudre d'escampette, cela ne nous laisse que deux jours pour le retrouver.

– D'ici là nous tiendrons une confession écrite en bonne et due forme, lui assura Caine. Mais pourquoi le bal des Farnmount ?

– Parce que le Tout-Londres s'y rendra.

– Mais tu n'y vas jamais !

– Eh bien, cette année, je dérogerai à mes habitudes.

324

Caine hocha la tête.

— Nathan, c'est la seule réception à laquelle se rend ta charmante famille.

— C'est le seul bal où l'on invite les St James, répliqua Nathan en souriant à son beau-frère.

Caine ignorait ce que tramait Nathan et décida d'attendre que ce dernier lui fasse part de ses projets.

— Tout le monde redoute ce bal à cause de ton oncle Dunford, fit-il remarquer avec amusement. Les gens craignent d'être sa prochaine victime et pourtant, ils ne manqueraient pas cette fête pour tout l'or du monde. Il faut avouer que Dunford offre un spectacle à lui tout seul. Il me fait penser à Attila qui se serait déguisé en homme du monde. Toi aussi, d'ailleurs.

Mais, plongé dans ses pensées, son beau-frère ne l'écoutait plus.

— Le prince régent assiste toujours à ce bal, lâcha-t-il au bout de quelques minutes.

Un lueur brilla dans les yeux de Caine.

— C'est exact. Et les Winchester aussi, maintenant que j'y pense.

— Il n'y en a qu'un qui m'intéresse : Winston.

— Crois-tu qu'il projette de révéler le scandale ce soir-là ? Diable ! Tu as sans doute raison. Ce serait le moment rêvé.

— Peux-tu m'arranger une entrevue avec sir Richards ? Je veux le mettre au courant au plus vite.

— Le ministre de la Guerre est déjà au courant de l'affaire. Je lui ai parlé ce matin. A l'heure qu'il est, il a dû convoquer cette ordure de Grant.

— A moins que celui-ci ne se soit évanoui dans la nature, grommela Nathan.

— Il ignore que nous avons découvert sa trahison.

Arrête de te préoccuper de ce Grant et dis-moi ce que tu comptes faire.

Nathan lui expliqua son plan et, quand il eut achevé, un sourire flottait sur les lèvres de Caine.

– Si la chance est avec nous, nous pourrons organiser cette entrevue dès demain après-midi.

– Parfait, approuva Nathan. A présent, parlons de Sara. Ne la quittez pas des yeux jusqu'à ce que cette affaire soit résolue. Les Winchester pourraient avoir des velléités de l'enlever pendant que je m'occupe des détails. S'il lui arrivait quoi que ce soit, Caine, je...

– Jimbo a pris Sara sous son aile et la surveille étroitement. Jade et moi, nous ferons de même. Tu seras de retour avant ce soir ?

– Je ferai mon possible. Maintenant, il faut que je parle à Colin. Je dois faire part de mes plans à mon associé.

– En quoi Grant le concerne-t-il ?

– Je veux parler de Sara, lui expliqua Nathan. Morbleu ! Caine, sois attentif.

Caine soupira avec philosophie.

– J'ai un dernier service à te demander.

– Oui ?

– Tu donnes toujours à Jade des petits surnoms ridicules.

– Jade adore ça, marmonna Caine.

– Justement ! riposta Nathan. Sara aussi.

Caine le regarda avec stupéfaction.

– Tu veux que je lui donne les mêmes noms tendres qu'à ma femme ?

La réponse de Nathan fusa immédiatement :

– Mais non ! Je veux que tu me les écrives sur un papier.

– Pourquoi ?

– Pour que je les apprenne, crénom de nom ! rugit-il. Et cesse de compliquer les choses, veux-tu ? Fais-moi une liste et laisse le papier sur ton bureau !

Caine ne s'aventura pas à rire, mais il sourit à l'idée de voir Nathan prendre des notes sur l'art de faire sa cour à Sara.

– Oui, oui ! Je te laisserai la feuille sur mon bureau, se hâta-t-il de répondre devant le regard furibond de son beau-frère.

Voyant que Nathan s'apprêtait à partir, Caine s'enquit :

– Tu montes voir Sara ?

– Non, je veux d'abord mettre mon plan sur pied.

L'anxiété qui vibrait dans la voix de Nathan ne lui échappa pas.

– Nathan, les mots d'amour ne sont pas nécessaires. Ecoute simplement ce que te souffle ton cœur.

Comme son beau-frère restait silencieux, Caine finit par deviner.

– Tu as peur ?

– Absolument pas ! tonna Nathan. Je veux que tout se passe bien, voilà tout !

Jade, qui passait à cet instant dans le couloir, entendit son mari éclater de rire. Elle s'arrêta pour écouter à la porte mais les bribes de conversation qui lui parvinrent n'avaient ni queue ni tête.

Nathan venait d'annoncer qu'il ranimerait sa fleur, coûte que coûte.

Jade, pensive, s'éloigna en se demandant ce que cela pouvait bien vouloir dire.

15

Sara passa l'après-midi dans sa chambre. Elle s'assit près de la fenêtre et essaya en vain de lire un livre que lui avait prêté Jade. Le regard absent, elle ne pouvait détacher ses pensées de Nathan. Comment avait-elle été assez naïve pour l'aimer ?

Pourquoi était-il incapable de l'aimer ?

Elle se répétait inlassablement cette question sans pouvoir y trouver de réponse. L'avenir la terrifiait. Elle avait d'ores et déjà décidé de rompre le contrat pour soustraire le trésor à sa famille. Mais dès que le régent apprendrait le scandale, Nathan serait déchu de ses droits.

Son père l'avait emporté sur Nathan par la ruse, mais Sara voulait trouver un moyen de rétablir la justice. Comme elle refusait désormais de vivre avec un homme qui ne l'aimait pas, elle décida de passer un marché avec Nathan. Elle lui rendrait tous ses droits sur le trésor en échange de quoi il la laisserait repartir avec Matthew.

La fourberie de son père lui faisait honte et son seul espoir reposait sur le régent. Elle frissonna à la perspective de plaider sa cause devant le prince.

Le prince George, futur roi d'Angleterre, était un beau jeune homme parfaitement éduqué. C'étaient malheureusement là ses uniques qualités et Sara le détestait. C'était un dandy capricieux et assoiffé de plaisirs qui plaçait ses intérêts avant ceux de son pays. Versatile de nature, le prince n'était guère populaire.

Elle lui écrivit une lettre afin d'obtenir une audience.

Elle avait cacheté l'enveloppe et s'apprêtait à la confier à Stern quand Caine vint la chercher pour le souper.

Sara refusa poliment sa proposition. Mais Caine la cajola tant et si bien qu'elle le suivit dans le vestibule.

Elle y retrouva Jimbo à qui elle tendit l'enveloppe en le priant de la porter à Carlton House. Sans laisser au marin le temps de s'exécuter, Caine s'empara de la missive.

— Je vais envoyer un de mes serviteurs, prétexta-t-il. Jimbo, conduisez lady Sara dans la salle à manger. Je reviens tout de suite.

Dès que Sara et Jimbo eurent disparu, Caine ouvrit la lettre, la lut et l'enfouit prestement dans sa poche. Puis il rejoignit les autres pour le dîner.

Caine s'installa au bout de la table.

— Sara, pardonnez mon incorrection mais j'ai remarqué que votre lettre était adressée au prince régent.

— Vous en connaissez beaucoup qui vivent à Carlton House ? ironisa Jimbo.

Caine le foudroya du regard et poursuivit :

— J'ignorais que vous étiez en si bons termes avec le régent.

– Oh non ! balbutia-t-elle. D'ailleurs je n'aime pas particulièrement...

Elle s'interrompit en rougissant et baissa les yeux.

– Excusez-moi. Je devrais surveiller mes paroles, confessa-t-elle. J'ai simplement demandé au prince de me recevoir demain après-midi.

– Mais pourquoi ? lui demanda Jade. Sara, le prince est dans le camp de votre père.

– J'espère que vous vous trompez, Jade.

– Elle n'a malheureusement pas tort, observa Caine. Votre père a été le seul à soutenir le prince lorsque celui-ci a voulu répudier sa femme, Caroline.

– Pourquoi le prince ne viendrait-il pas en aide à l'un de ses fidèles sujets ?

À la fois charmé et alarmé par tant de candeur, Caine préféra la mettre en garde.

– Hélas ! le prince est inconstant et il change d'avis aussi souvent que de ministres, Sara. On ne peut pas compter sur lui. Vous pouvez juger mon propos déloyal, mais je tiens à être franc avec vous. Laissez faire Nathan et contentez-vous de le soutenir contre votre père.

Elle hocha véhémentement la tête.

– Vous savez pourquoi j'ai refusé d'apprendre à nager ? lâcha-t-elle. Parce que je croyais que Nathan me protégerait contre tout, même de la noyade. Je me suis toujours occupée des autres, mais jamais de moi-même. Et maintenant vous voudriez que je laisse Nathan me défendre. Vous avez tort, Caine. Je ne veux plus dépendre de personne. Je dois me prendre en charge. Je veux être forte, nom d'une pipe !

Elle acheva cette tirade passionnée, rouge comme une cerise.

— Je vous prie d'excuser mon langage de charretier, murmura-t-elle.

Un silence embarrassé s'ensuivit et Jimbo s'empressa de le combler en racontant des histoires piquantes sur ses aventures en mer.

Après le dessert, Jade essaya de la retenir.

— Avez-vous vu notre adorable petite fille ?

En réalité, elle voulait amener la conversation sur Nathan.

C'était un crève-cœur de voir la mine abattue de la pauvre Sara.

— J'ai entendu votre bébé, confessa Sara en souriant malgré son chagrin. Mais je ne l'ai pas encore vue. Stern m'a promis de me laisser prendre Olivia dans mes bras ce soir.

— C'est un amour de bébé, déclara Jade. Elle sourit tout le temps et elle est très vive.

Jade se mit à vanter les mérites de sa fille âgée de trois mois et Sara remarqua que Caine approuvait chacune de ses paroles.

— Olivia a de la chance d'avoir des parents aussi aimants.

— Nathan fera un père fabuleux, intervint Jade.

Sara ne fit aucun commentaire.

— Caine, vous n'êtes pas de mon avis ?

— Si, mais il faudra lui apprendre à parler un ton plus bas.

Jade donna un coup de pied sous la table à son mari et poursuivit en souriant :

— Nathan a beaucoup de qualités.

Mais Sara n'avait aucune envie de parler de son mari.

— Ah, lesquelles ?

Décontenancée, Jade appela son mari à son secours :

– Dis-le-lui, toi.

Un nouvel échange de coups de pied eut lieu sous la table et Caine finit par dire en jetant un regard furibond à sa femme :

– Nathan est digne de confiance.

– C'est possible, rétorqua Sara en pliant sa serviette. Mais en revanche, il ne fait confiance à personne.

– C'est un garçon courageux, lâcha Jimbo, ravi de pouvoir ajouter son grain de sel.

– Il est très... ordonné, renchérit Jade qui se demanda au même instant si c'était exact.

Sara ne disait rien et Caine comprit qu'ils faisaient fausse route. Il prit la main de Jade et lui lança un clin d'œil complice.

– Nathan est l'homme le plus obstiné de la terre.

– Il est un peu têtu, certes, répliqua instantanément Sara. Mais ça n'est pas un péché en soi. Jade, votre frère me fait penser à une statue. Sous une beauté extérieure parfaite, il cache un cœur de marbre.

– Je ne l'ai jamais trouvé beau, observa Jade en souriant.

– Comment Sara peut-elle le trouver beau ? insista Caine en pressant malicieusement la main de sa femme. Nathan est un individu repoussant ! Voyons, son dos est couvert d'affreuses cicatrices.

Il retint son sourire en la voyant enfin manifester des traces d'émotion.

– C'est une femme qui lui a infligé ces blessures, s'écria-t-elle indignée. Et c'est elle aussi qui a blessé son cœur !

Elle se leva en jetant sa serviette sur la nappe.

— Comment osez-vous dire que Nathan est laid, monsieur ? Je le trouve infiniment séduisant et je suis affligée de voir que ces insultes proviennent de son propre beau-frère. A présent, je vous prie de m'excuser, je vais regagner ma chambre.

Jimbo fronça les sourcils à l'adresse de Caine et escorta Sara jusqu'à sa porte.

— Caine, vous l'avez bouleversée, allez lui présenter vos excuses, intervint Jade.

Jimbo revint précipitamment dans la salle à manger.

— Sara se méfie maintenant. Pourquoi m'avez-vous repris sa lettre ? Vous ne pensiez tout de même pas que j'allais me rendre à Carlton House ?

— Elle est dans ma poche. Je voulais y jeter un coup d'œil.

— Caine, quelle indiscrétion ! lui reprocha sa femme. Que disait cette lettre ?

— Ce que Sara nous a dit : elle demande au prince une audience pour lui parler du contrat.

— Je suppose que notre garçon a prévu quelque chose, fit Jimbo.

Caine acquiesça.

— Qui a raconté à Sara que c'était une femme qui avait fait ces cicatrices dans le dos de Nathan ? Cela s'est produit quand sa prison a pris feu.

— Ariah n'était-elle pas responsable de son emprisonnement ?

— C'est exact, reconnut Jimbo. Mais cela remonte à bien des années et je ne pense pas que Nathan lui en veuille. Cet incident l'a fait mûrir et nous avons quitté l'île avec un véritable pactole que nous nous sommes réparti entre nous.

Caine se leva.

– J'ai quelques détails à régler de mon côté. Je rentrerai tard, Jade. Sir Richards m'attend.

– Pourquoi devez-vous retrouver le ministre de la Guerre ? s'inquiéta Jade. Caine ! Vous n'auriez pas recommencé à travailler pour les services secrets sans m'en parler ? Vous m'aviez promis...

– Chut, mon amour ! J'aide votre frère à régler un problème délicat, voilà tout. J'en ai bel et bien fini avec l'espionnage, croyez-moi.

Jade parut soulagée et Caine l'embrassa.

– Je vous aime, murmura-t-il avant de s'en aller.

– Une minute ! Pourquoi avez-vous provoqué Sara ? Nous savions déjà qu'elle l'aimait. Il suffit de la regarder.

– Pour le lui rappeler, répondit Caine espiègle. A présent, excusez-moi tous les deux. Je viens de songer à quelques mots d'amour que je dois mettre sur le papier avant de partir.

Et Jimbo et Jade, éberlués, le virent disparaître.

Pour la première fois de la journée, Sara réussit à se changer les idées. La petite Olivia était exquise et passait du sourire aux larmes avec une facilité déconcertante. Quand elle hurlait, elle avait une voix à faire pâlir de jalousie une chanteuse d'opéra.

Olivia avait les yeux verts de sa mère, mais la petite houppette brune qui frisait au sommet de son crâne était identique à celle de son père. Stern ne la quittait pas des yeux.

– J'ai bien peur que mon petit trésor n'ait hérité du timbre de voix de son oncle. Elle peut crier aussi fort que lui, confessa le domestique en souriant. Olivia est très impatiente.

Il reprit le bébé dans ses bras et lui chantonna à l'oreille :

— Nous allons retrouver maman, mon petit ange ?

A contrecœur, Sara regagna sa chambre et sa solitude.

Elle se coucha tôt et dormit d'un sommeil de plomb. Le lendemain matin, elle se souvenait vaguement de s'être blottie contre son mari et devina qu'il avait dormi à ses côtés car la place était encore tiède. Elle en conclut que Nathan était encore si fâché qu'il n'avait même pas pris la peine de la réveiller. Il croyait toujours à sa trahison.

Sa colère alla croissant toute la matinée. Elle fit sa toilette et, bien qu'elle se fût longuement reposée, ses beaux yeux étaient soulignés de cernes mauves et ses cheveux tombaient tristement. Sara voulait être à son avantage pour plaider sa cause devant le régent et hésita sur la tenue à adopter. Cela lui changea un peu les idées et elle finit par porter son choix sur une robe rose assez stricte.

Sara attendit toute la matinée une invitation qui n'arriva pas.

Elle refusa de déjeuner et tourna en rond dans sa chambre tout l'après-midi, se demandant ce qu'elle allait faire. Elle était bouleversée de constater que Caine disait la vérité : le prince ne se souciait pas de ses sujets.

A cet instant, Caine frappa à sa porte.

— Venez, Sara, nous avons une course à faire.

— Où allons-nous ? demanda-t-elle en enfilant ses gants.

Soudain, elle s'immobilisa.

— Je ne peux pas sortir. Le prince régent devrait me faire appeler d'une minute à l'autre.

– Venez avec moi, lui ordonna Caine. Je n'ai pas le temps de tout vous expliquer, mais Nathan nous attend au ministère de la Guerre.

– Pour quoi faire ?

– Il vous le dira.

– Qui sera là ? Pourquoi le ministère de la Guerre ?

Mais Caine éluda toutes ses questions. Jade les attendait avec Olivia dans le vestibule.

– Tout ira bien, dit-elle à Sara. Je vais faire déballer vos malles pendant que vous serez sortie.

– C'est inutile, se hâta de dire Sara. Je repars demain.

– Pourquoi ? Nathan nous priverait-il déjà de votre compagnie ?

Sara ne répondit rien et descendit l'escalier. Caine lui ouvrit la porte de la calèche et elle vint s'asseoir en face de son beau-frère. Il essaya d'engager la conversation mais abandonna rapidement, lassé de l'entendre répondre par monosyllabes.

Ils s'arrêtèrent devant un grand bâtiment gris et fort laid. Une odeur de moisi flottait dans le hall. Caine conduisit Sara au deuxième étage.

– L'entrevue a lieu dans le bureau de sir Richards. Il vous plaira, Sara. C'est un homme très bon.

– Je n'en doute pas, répondit-elle machinalement. Qui est-ce, Caine ? Pourquoi veut-il nous voir ?

– Richards est le ministre de la Guerre, lui expliqua Caine en poussant Sara dans une vaste pièce.

Un petit homme bedonnant se tenait derrière un bureau. Il avait les cheveux grisonnants, un nez aquilin et le teint vermeil. A leur arrivée, il leva les yeux du papier qu'il lisait et se dirigea vers eux.

– Ah ! Nous vous attendions, dit-il en souriant. Lady Sara, je suis ravi de faire votre connaissance.

Charmée, Sara le vit s'incliner devant elle. Il s'empara de la main de la jeune femme et constata :

– C'est donc vous qui avez capturé notre Nathan ? Félicitations !

– Vous vous trompez, sir Richards, intervint Caine. C'est Nathan qui l'a capturée.

– Je crains que vous ne vous trompiez l'un et l'autre, murmura Sara. Nous avons tous deux été les victimes du roi George. Nathan n'a pas eu le choix, mais j'aimerais trouver le moyen de...

– De retrouver Nathan, c'est bien cela ? l'interrompit Caine. Où est-il ?

– Il attend les documents, leur expliqua sir Richards. Il sera là dans une minute. Mon assistant est extrêmement diligent. Ne vous inquiétez pas, ma chère, tout sera parfaitement légal.

Elle ouvrait la bouche quand une porte dérobée s'ouvrit, et Nathan entra dans la pièce. Elle oublia ce qu'elle allait dire et une violente douleur lui déchira la poitrine. Elle s'arrêta de respirer.

Sans accorder un regard à sa femme, il se dirigea à grandes enjambées vers le bureau et déposa deux feuilles sur une pile de papiers. Puis il s'approcha d'une fenêtre et, debout, la dévisagea intensément.

Hypnotisée, elle songea qu'il était décidément d'une impolitesse et d'une obstination rares. Jamais elle ne comprendrait cette tête de mule !

– Sir Richards, le carrosse du prince régent est là, annonça un garde.

L'arrivée du prince ne sembla absolument pas surprendre Nathan. Il s'appuya contre le mur d'un air dégagé et soutint son regard.

Il avait intérêt à lui parler, sinon elle ne...

Du doigt, il lui fit signe d'approcher et elle resta éberluée par une telle arrogance. Dans un coin, sir Richards et Caine bavardaient à voix basse. Nathan recommença et, tout en se disant qu'il ne fallait pas obéir à ce malotru, elle avança malgré elle.

Il ne souriait pas, mais il n'avait pas l'air fâché non plus. Nathan lui parut tout à coup si sérieux... si intense. Elle s'arrêta à quelques pas devant lui.

Pourvu qu'elle ne fonde pas en larmes ! Mais son mari ne lui facilitait pas la tâche. Que voulait dire cette satisfaction qui illuminait tout à coup son visage ? Il y avait de quoi, songeait-elle. Il lui suffisait de bouger le petit doigt et elle arrivait en courant.

Elle fit résolument demi-tour mais il la retint et glissa un bras autour de ses épaules.

– Je veux que vous me fassiez confiance, ma femme. Compris ? lui chuchota-t-il au creux de l'oreille.

Elle le dévisagea, bouche bée. Mais Nathan plaisantait rarement et tout à coup une colère froide l'envahit. Comment osait-il lui parler de confiance ? Ses yeux se remplirent de larmes et elle chercha désespérément un moyen de s'enfuir avant de se ridiculiser.

Nathan lui attrapa le menton et l'obligea à le regarder.

– Nom de nom, je sais que vous m'aimez !

Incapable de soutenir le contraire, elle resta muette.

– Savez-vous pourquoi ?

– Je me le demande !

Sans s'émouvoir de l'irritation qui vibrait dans sa voix, il lui expliqua :

– Vous m'aimez parce que je suis le mari dont vous avez toujours rêvé.

Du doigt, il essuya une larme qui roulait sur sa joue.

– Vous avez encore le front de vous moquer de moi ? L'amour est fragile et on peut le détruire...

Elle se tut en le voyant secouer la tête.

– Non, Sara, vous n'êtes pas fragile. Et votre amour est indestructible. (Il lui caressa doucement la joue.) Vous êtes mon trésor le plus précieux aujourd'hui. Je ne me moque pas de vous, Sara.

– Ce n'est plus la peine, chuchota-t-elle. Je sais que vous ne m'aimez pas, Nathan, et je l'ai accepté. Ne soyez pas fâché, je ne vous en veux pas. Vous n'avez jamais eu le choix.

Bouleversé, il aurait voulu être seul avec elle pour la prendre dans ses bras et lui prouver son amour. Mais il fallait attendre encore un peu.

– Nous en reparlerons plus tard, lui dit-il. Pour le moment, je vous ordonne de me laisser faire.

Elle ne comprenait pas un traître mot de ce qu'il voulait. A cet instant, le régent fit son apparition dans le bureau. Sara s'écarta immédiatement de son mari et plongea dans une profonde révérence devant son souverain.

Le prince était un bel homme brun, de taille moyenne. Drapé dans son arrogance, il attendit que chacun se fût incliné à son tour puis il s'adressa à la jeune femme :

– Je suis très heureux de vous voir, lady Sara.

– Merci, Votre Seigneurie, répondit-elle. Et merci de m'avoir accordé cette audience.

Le régent la regarda avec perplexité. Puis il hocha la tête et alla s'asseoir derrière le bureau de sir Richards. Les deux gardes qui l'escortaient se postèrent à ses côtés.

Caine se rapprocha de Sara et lui souffla à l'oreille :

— Sara, je n'ai pas envoyé votre lettre au prince.

Sir Richards s'entretenait avec le prince et les deux hommes ne leur prêtaient aucune attention. Sara lui répondit sur le même ton :

— Mais pourquoi ? Vous aviez oublié ?

— Non, répliqua Caine. Cette lettre aurait compromis les projets de Nathan.

— C'est donc lui qui a demandé cette entrevue ?

— Lui et sir Richards, confirma Caine. Asseyez-vous, Sara, la discussion risque d'être houleuse. Croisez les doigts.

Adossé contre le mur, Nathan les écoutait en silence et se réjouit de voir Sara s'asseoir sur une banquette à côté de lui alors qu'un fauteuil lui tendait les bras au milieu du bureau. Cette preuve de fidélité le fit rayonner de satisfaction.

Il s'assit à ses côtés et l'attira contre lui. Il s'en fallut d'un cheveu pour qu'il ne lui soufflât à l'oreille combien il l'aimait. Mais il se reprit à temps. Encore quelques instants et il serait libre de lui montrer l'ampleur de son amour.

Sara, qui jugeait cette proximité déplacée en présence du régent, se poussa à l'autre extrémité de la banquette.

Nathan, qui ne l'entendait pas de cette oreille, l'attira à nouveau contre lui sans ménagement.

— Nous sommes prêts, annonça le prince.

Sir Richards fit un geste et un garde ouvrit la porte à deux battants. Le père de Sara fit irruption dans le bureau.

340

À la vue de son père, la jeune femme se rapprocha instinctivement de son mari. Nathan passa un bras autour de sa taille.

Le duc de Winchester s'inclina devant le prince et fronça les sourcils en découvrant ce public indésirable.

— Asseyez-vous, Winston, déclara le prince. J'ai hâte de voir cette affaire réglée.

Le duc s'assit et se pencha en avant.

— Avez-vous pu regarder les documents que je vous ai adressés ?

— Oui, répliqua le prince. Winston, connaissez-vous le ministre de la Guerre pour lequel nous avons la plus grande estime ?

Winston salua brièvement sir Richards.

— Nous nous sommes déjà croisés, répondit-il. Mais que fait-il ici, Votre Seigneurie ? Nous devons discuter de l'annulation d'un contrat, et je ne vois pas en quoi notre affaire le concerne.

— Détrompez-vous ! rétorqua sir Richards d'une voix glaciale. Le prince et moi-même sommes particulièrement intéressés par un détail. Comment ces informations au sujet du duc de Wakersfield vous sont-elles parvenues ? Auriez-vous l'obligeance de nous éclairer à ce sujet ?

— J'ai le devoir de protéger la personne qui m'en a informé, répondit Winston en se tournant ostensiblement vers sa fille. Mais là n'est pas le problème, Votre Seigneurie. Vous avez pris connaissance des faits et vous conviendrez comme moi que ma fille ne peut décemment partager la vie du fils d'un traître. Toute la société la rejettera. Le père du marquis a failli à la loyauté qu'il devait à son roi et aux Winchester lorsqu'il a signé le contrat qui liait respectivement nos enfants. C'est pourquoi je viens vous implorer de libérer ma fille de cet engagement et de nous donner le présent royal qui accompagnait le contrat en dédommagement de cette humiliation.

— A mon grand regret, je me vois forcé d'insister, monsieur, d'où tenez-vous ces informations sur le père de Nathan ?

Winston, qui pensait trouver un appui auprès du prince, se tourna vers lui.

— Je préférerais ne pas répondre à cette question.

— Répondez, lui intima le régent.

Winston haussa les épaules et lâcha :

— Je le tiens de ma fille. Sara nous l'a écrit dans une lettre.

Sara ne dit pas un mot. Nathan lui pressa gentiment la main dans l'espoir de la réconforter.

« Laissez-moi faire. » C'étaient ses propres mots et elle s'efforçait d'y croire. Elle tâchait de se concentrer sur la discussion en cours mais sans cesse, cet ordre murmuré par Nathan lui revenait à l'esprit.

Pendant ce temps, son père s'efforçait de justifier ses dires et Sara avait envie de se boucher les oreilles en entendant ses mensonges.

Le prince fit un geste à l'un de ses gardes qui se dirigea vers une porte dérobée. Il l'ouvrit et un petit homme frêle apparut.

Sara ne le connaissait pas, mais son père sursauta.

— Qui est cet homme ? demanda-t-il en essayant de cacher sa surprise.

Personne ne fut dupe.

— Il s'appelle Luther Grant, déclara lentement sir Richards. Vous devez le connaître, Winston. Luther travaillait ici. En récompense de ses bons et loyaux services, nous lui avions confié la clé du coffre-fort et il avait pour charge de veiller à l'inviolabilité des secrets du royaume.

La voix du ministre se fit cinglante.

— Désormais, il veillera sur les quatre murs de sa prison à Newgate.

— Votre petit jeu est terminé, Winchester, intervint Caine. Grant a avoué que vous l'aviez soudoyé pour trouver le dossier de Nathan. Comme il n'y avait rien trouvé de compromettant, il s'est rabattu sur celui de son père.

Winston afficha une moue dédaigneuse.

— Qu'importe l'origine de ces informations, marmonna-t-il. L'important c'est...

— Oh si, cela importe ! coupa sir Richards. Vous vous êtes rendu coupable de trahison.

— Ce crime mérite la corde, intervint le prince.

Rien dans son ton ne laissait voir s'il parlait sérieusement.

— Parfaitement, renchérit sir Richards.

Winston tremblait de rage.

— J'ai toujours été fidèle à la Couronne, protesta-t-il en regardant le prince. J'étais à vos côtés lorsque les autres se moquaient de vos mesures politiques. Grands dieux ! J'ai même pris votre défense lorsque vous avez voulu répudier votre femme. Est-ce ainsi que vous me récompensez de ma loyauté ?

Le prince devint écarlate. Il ne goûtait visiblement pas les allusions faites à son impopularité et à ses tentatives de divorce. Il foudroya Winston du regard.

— Comment osez-vous faire preuve d'une telle insolence envers votre prince régent ?

Winston se rendit compte qu'il était allé trop loin.

— Pardonnez-moi, Votre Seigneurie, mais le désespoir m'a poussé à bout. Je voulais protéger ma fille. Le marquis de St James est indigne d'elle.

Le prince respira profondément. Le teint encore coloré mais sur un ton plus calme, il reprit :

– Je ne partage pas votre avis. Il est vrai que les activités reliées au ministère de la Guerre m'ennuient et que je n'y porte guère d'intérêt. Mais lorsque j'ai pris connaissance du dossier du père de Nathan, j'ai demandé à sir Richards de me confier également celui du marquis. Nathan n'est pas responsable des erreurs de son père. Si c'était le cas, mes sujets seraient en droit de me rendre responsable des déficiences de mon père, n'êtes-vous pas de mon avis ?

– Personne ne vous tient pour responsable de la maladie de votre père, l'assura Winston.

– Eh bien, de la même façon, je ne saurais imputer à Nathan les erreurs de son père, répéta le prince d'une voix lasse. Les actions valeureuses qu'il a entreprises au service du royaume suffisent à prouver la loyauté du marquis. Si ces secrets pouvaient être divulgués, lui et le comte de Cainewood mériteraient d'être faits chevaliers. J'ai lu leurs dossiers la nuit dernière, Winston, et je suis honoré de me trouver en présence de ces hommes fidèles et courageux.

Personne ne dit mot. Nathan sentait Sara trembler contre lui. Elle regardait fixement son père et il fut tenté de lui murmurer tout bas que tout irait bien.

Le prince reprit la parole :

– Sir Richards se refuse à rendre ces exploits publics et je m'en remets à sa sagesse. Je tiens néanmoins à manifester à ces hommes ma gratitude et j'ai une proposition à leur soumettre. (Il se tourna vers son ministre.) Si Winston nous promet de ne pas révéler ce qu'il sait au sujet du père de Nathan, je suggère que nous le laissions en liberté.

— Je préférerais le voir pendu haut et court, feignit de renâcler sir Richards. Mais vous êtes le seul maître et je suis votre serviteur.

Le prince hocha la tête et posa à nouveau son regard sur Winchester sans dissimuler son dégoût. Le duc comprit qu'il avait perdu la partie.

Sara avait une conscience aiguë de la rage de son père. La gorge serrée, elle souffla à l'oreille de son mari :

— Puis-je avoir un verre d'eau ?

Nathan sortit pour aller lui chercher à boire et Caine quitta la pièce de son côté avec Luther Grant.

Winston tenta une ultime manœuvre.

— Je proteste. Vous n'avez que la parole de Grant.

— Nous avons d'autres preuves, mentit Richards.

Le duc de Winchester baissa la tête et murmura, accablé :

— C'est bon. Comment avez-vous su pour Luther ?

— Votre femme nous l'a dit, répondit le prince. Elle a volé au secours de sa fille tandis que vous tentiez de la détruire. Sortez, Winston, votre vue m'insupporte.

Violet de rage, le duc s'inclina devant le prince, jeta un rapide coup d'œil à sa fille et sortit du bureau.

Sara, terrorisée, songea que sa mère allait bientôt subir les foudres de son mari.

Il fallait à tout prix qu'elle devance son père.

— Je vous prie de bien vouloir m'excuser, s'écriat-elle en se ruant vers la porte.

— Elle se sent mal ? s'enquit sir Richards.

— Il y a de quoi, répliqua le prince. Richards, je

sais que mes ministres me tiennent en piètre estime...
Oh, ne le niez pas ! J'ai mes sources de renseignements. Mais je sais également que vous n'avez jamais médit de moi. On me prête à tort la versatilité d'une girouette mais croyez-moi, c'est faux. Je ne changerai pas d'avis au sujet de Winston. Je vous le promets.

Sir Richards raccompagna le prince à son carrosse tandis que Nathan revenait dans la pièce avec un verre d'eau. Caine était avec lui.

— Où est Sara ? demanda-t-il.

— Aux commodités, lui expliqua sir Richards qui revenait sur ces entrefaites. Morbleu, tout s'est passé à merveille ! On ne sait jamais comment réagira le prince. Mais cette fois-ci, il a été à la hauteur !

Caine tempéra son enthousiasme.

— S'il ne change pas d'avis en cours de route.

Le ministre haussa les épaules.

— Je prie le ciel pour qu'il s'en tienne à cette décision. Mais je suis plutôt optimiste.

— Je n'arrive pas à croire que vous lui ayez laissé lire nos dossiers, Richards !

— Eh bien, ne le croyez pas. Je me suis contenté de lui brosser un résumé succinct de vos exploits. Cessez de froncer les sourcils, Caine. Et vous, Nathan, arrêtez d'arpenter la pièce comme un lion en cage ! Vous avez vidé votre verre sur mon tapis !

— Que fait donc Sara ?

— Elle ne se sentait pas bien. Laissez-la seule un instant.

Nathan soupira et ressortit remplir son verre.

Dix minutes plus tard, Sara n'était toujours pas revenue et il décida de partir à sa recherche.

— Où diable sont les commodités ? Sara a peut-être besoin de moi.

— Tous les papiers sont prêts ? demanda Caine à Nathan qui filait vers la porte.

— Je les ai mis sur le bureau, lança ce dernier par-dessus son épaule. Dès que j'aurai remis la main sur Sara, nous pourrons les signer et en finir une fois pour toutes.

— Quel romantisme ! ironisa Caine.

— Ce qu'il est sur le point de faire prouve au contraire qu'il est romantique au fond de l'âme. Nathan amoureux... Qui l'eût cru ?

Caine arbora un grand sourire.

— Qui aurait cru que quelqu'un voudrait de lui ! Sara est aussi éprise que lui. Et Nathan est décidé à prendre l'avantage.

— Amour, quand tu nous tiens ! soupira sir Richards. Sara sera certainement touchée par son geste et Dieu sait qu'elle mérite d'être heureuse. La journée a été dure pour la pauvre enfant. Cela m'a fendu le cœur de voir sa tête lorsque le prince a fait allusion à sa mère et pourtant, Caine, vous savez que je ne suis pas facile à émouvoir. Lady Sara semblait si effrayée que j'ai dû me retenir pour ne pas aller la consoler.

— Je ne me souviens pas que le prince ait mentionné la mère de Sara ! s'exclama Caine abasourdi.

— Vous étiez sortis tous les deux. Sara était seule.

— Sara n'est pas en bas, rugit Nathan dans l'embrasure de la porte. Morbleu, Richards ! Où l'avez-vous envoyée ? Dans la rue ?

Caine se leva, la mine soucieuse.

— Nathan, il y a un problème. Le prince a révélé à Winston que c'était lady Victoria qui nous avait donné le nom de Grant.

Nathan et Caine se précipitèrent ensemble vers la sortie.

– Winston n'oserait tout de même pas lever la main sur sa femme ou sur sa fille, grommela sir Richards en leur emboîtant le pas. Vous croyez que Sara s'est rendue là-bas ? Charles, ma voiture !

Nathan et Caine étaient déjà au rez-de-chaussée quand sir Richards leur cria du haut de l'escalier :

– Nathan, Winston serait-il capable de faire du mal à sa femme ou à sa fille ?

Nathan ouvrit la porte à toute volée et courut sur la chaussée.

– Non, s'époumona-t-il. Il n'y touchera pas, mais il chargera son frère de les corriger. Cette canaille agit toujours ainsi. Nom de Dieu, Caine ! Sara a pris ta voiture. Mon Dieu ! rejoignons-la avant qu'Henry ne mette la main sur elle.

Une calèche descendait la rue, Nathan se mit en travers du chemin et s'empara des rênes des chevaux. Aidé de Caine, il poussa sans ménagement le cocher de son siège. Le passager, un jeune homme blond qui portait lorgnon, passa la tête par la portière pour voir ce dont il s'agissait. Avant de réaliser ce qui lui arrivait, il se retrouva sur le trottoir.

Caine cria l'adresse au cocher tandis que sir Richards aidait l'étranger à se relever. Mais lorsqu'il s'aperçut que les autres allaient le laisser là, il repoussa avec brusquerie l'infortuné passager et grimpa dans la calèche à la dernière minute.

Durant le trajet, personne ne dit mot. Nathan tremblait d'appréhension. Pour la première fois de sa vie, il rejetait le splendide isolement dans lequel il s'était jusqu'alors cantonné. Il avait tellement besoin d'elle. Si Dieu pouvait lui laisser le temps de lui prouver à quel point il l'aimait, autant qu'elle le méritait. Sans elle, il ne survivrait pas. Au cours de ces interminables minutes, Nathan apprit à prier. Il se sentait aussi maladroit qu'un mécréant et tâcha sans succès de se rappeler les prières de son enfance. Il finit par supplier la clémence divine.

Il ne pouvait pas vivre sans elle.

Le trajet de Sara se déroula plus calmement car la jeune femme savait qu'elle avait une longueur d'avance sur son père. Ce dernier passerait d'abord chez son frère. Le temps de monter Henry contre les injustices dont il était l'objet, cela lui laissait une bonne demi-heure. En outre, Henry serait certainement en train de cuver sa dernière beuverie et il lui faudrait un certain temps pour se clarifier les idées et s'habiller.

Elle avait surtout la certitude étrangement réconfortante que Nathan ne tarderait pas à la rejoindre.

« Laissez-moi faire. » Une fois encore elle entendit sa voix murmurer cet ordre à son oreille. Elle voulut se mettre en colère. Comment osait-il croire...

Elle se demanda dans le secret de son cœur si elle avait réellement perdu confiance en lui. Elle dut s'avouer le contraire. Simplement, Nathan ne l'aimait pas.

Elle devait pourtant reconnaître qu'il avait été attentif avec elle. Elle se souvint de sa gentillesse le soir où elle avait tant souffert de ses crampes. Il avait été si tendre et si caressant.

Nathan était aussi un merveilleux amant. En dépit de son mutisme, il avait fait preuve de patience et de délicatesse et jamais elle n'avait eu peur de lui. Jamais.

Mais il ne l'aimait pas.

Il lui avait appris à devenir autonome. C'était sans doute parce qu'il ne voulait pas veiller sur elle. Elle avait toujours considéré de son devoir de protéger ceux qu'elle aimait, comme sa mère. Mais elle avait remis sa propre personne entre les mains de son mari.

Comme sa mère...

Seigneur ! Nora avait raison. Sans s'en apercevoir, elle avait suivi les traces de sa mère. Et si Nathan s'était révélé autoritaire et cruel comme son père, aurait-elle appris à ramper devant lui dès qu'il aurait haussé la voix ?

Mais non, elle ne se laisserait plus jamais impressionner. Grâce à Nathan, elle survivrait, seule, et elle saurait se défendre.

Il lui avait enseigné à se battre pour que rien ne lui arrive. Comme il était bon.

Elle éclata en sanglots. Pourquoi ne l'aimait-il pas ?

« Laissez-moi faire. » Puisqu'il ne l'aimait pas, quel besoin avait-il de sa confiance ?

Perdue dans ses songes, elle s'aperçut que la voiture s'était arrêtée lorsque le cocher la héla.

Elle lui demanda de l'attendre et se précipita dans la maison. Le maître d'hôtel lui annonça que sa mère et sa sœur étaient sorties pour l'après-midi. Comme il était dévoué à son père, elle n'en crut pas un mot.

Elle l'écarta de son chemin et grimpa l'escalier quatre à quatre.

Toutes les pièces étaient vides. D'abord soulagée, elle comprit qu'il lui fallait retrouver sa mère à tout prix. Elle parcourut les invitations dispersées sur son secrétaire sans y trouver la moindre indication.

Elle redescendit pour questionner les domestiques.

Sara arrivait sur le palier quand la porte s'ouvrit. Croyant que c'était sa mère qui rentrait, elle commença à descendre les marches et s'arrêta à mi-chemin en apercevant son oncle Henry dans le vestibule.

Il la vit tout de suite et une expression sardonique se peignit sur son visage. Une nausée la submergea.

— Père est allé directement chez vous pour déverser sa hargne ? fit-elle avec mépris. Je m'en doutais. Il croit plus rusé de laisser faire les sales besognes à son ivrogne de frère. Père vous attend chez White, n'est-ce pas ?

Son oncle plissa les yeux.

— Ta mère aurait mieux fait de tenir sa langue, elle va le payer. Mais ça n'est pas ton problème, Sara. Ecarte-toi de mon chemin. Je veux lui parler.

— Je vous en empêcherai, s'écria Sara. Vous ne lui parlerez pas, ni aujourd'hui, ni demain, ni jamais ! Je vais l'emmener loin de Londres, qu'elle le veuille ou non. Que diriez-vous d'une petite visite à sa sœur ? J'espère qu'elle n'aura aucune envie de revenir ici. Seigneur, mère mérite de goûter un peu de bonheur sur cette terre !

Henry referma la porte d'un coup de pied. Il n'avait pas l'intention de la frapper car la menace proférée par le marquis de St James dans la taverne résonnait encore à ses oreilles.

— Va donc rejoindre ton rustre de mari, vociféra-t-il. Victoria ! Descendez tout de suite, j'ai un mot à vous dire.

— Mère est sortie. Allez-vous-en ! Vous me dégoûtez !

Henry se dirigea vers l'escalier et s'arrêta devant

le porte-parapluies en cuivre qui se trouvait dans un coin du vestibule. Hors de lui, il voulait faire payer son insolence à cette péronnelle.

Il s'empara d'une canne à pommeau d'ivoire. Rien de tel qu'un bon coup de canne pour...

16

Elle faillit le tuer.

Des hurlements déchirants résonnaient jusque dans la rue.

Nathan sauta d'un bond sur la chaussée avant l'arrêt de la calèche et se précipita dans l'escalier. Fou d'angoisse, il ne se rendit même pas compte que c'était un homme qui poussait ces cris stridents. Il pulvérisa la porte sur son passage. D'un violent coup d'épaule, il enfonça le panneau qui atterrit avec un bruit mat sur la tête d'Henry Winchester. Le lourd vantail en bois massif étouffa un peu ses gémissements.

Nathan, stupéfait, s'immobilisa devant le spectacle qui s'offrait à ses yeux. Caine et sir Richards vinrent s'écraser contre son dos. Caine poussa un grognement : il avait eu l'impression de se cogner à un bloc d'acier. Reprenant leur équilibre, les deux hommes s'écartèrent pour voir ce qui paralysait ainsi Nathan.

Ils eurent du mal à comprendre ce qui s'était passé. Henry Winchester se tenait le bas-ventre, recroquevillé sur lui-même au milieu du vestibule. Il paraissait se tordre dans les affres de l'agonie et saignait abondamment du nez.

Nathan ne pouvait détacher son regard de Sara. La jeune femme se tenait immobile au pied de l'escalier, parfaitement calme, merveilleusement belle, sans une égratignure.

Elle n'avait rien. Cette canaille ne l'avait pas touchée.

Nathan passait et repassait ces deux phrases dans sa tête pour tenter de calmer les battements de son cœur.

En vain. Les mains tremblantes, il voulut entendre le son de sa voix.

— Sara ? chuchota-t-il d'une voix rauque.

L'oncle Henry faisait un tel raffut qu'il répéta plus fort :

— Sara ? Tout va bien ? Dites-moi qu'il ne vous a pas fait de mal.

Devant l'anxiété qui vibrait dans la voix de son mari, Sara sentit ses yeux se remplir de larmes. Elle s'aperçut que le regard de Nathan s'embrumait aussi. Son visage bouleversé était poignant : il avait l'air si... effrayé, si vulnérable, si... amoureux.

Doux Jésus ! Il l'aimait. C'était évident.

Elle avait envie de le lui crier, mais elle se contenta de lui adresser un sourire radieux.

— Crénom de nom ! Sara, répondez-moi, supplia Nathan d'une voix étranglée. Vous a-t-il touchée ?

— Je vais bien, Nathan, merci, dit-elle simplement. Par contre oncle Henry a un petit problème.

Sir Richards se pencha pour ôter un morceau de porte de la poitrine d'Henry.

— Ça m'en a tout l'air, ma chère. (Il fronça les sourcils en s'adressant à Henry :) Pour l'amour du ciel, monsieur, cessez de pleurnicher. Un peu de dignité, voyons ! Que s'est-il donc passé ? Parlez, Winchester ! Je ne comprends pas un traître mot à vos jérémiades.

Caine avait déjà reconstitué la scène. Sara se frottait le dos de la main et Henry se tenait l'entrejambe.

— Oncle Henry s'est fait un peu mal avant que la porte ne lui tombe sur la tête, expliqua gaiement Sara.

Elle rayonnait. Nathan, lui, n'avait pas suffisamment repris son sang-froid pour tirer les conclusions qui s'imposaient.

Pourquoi diable sa femme avait-elle l'air si contente d'elle ? Elle n'avait donc aucune conscience du danger ?

Elle se dirigeait lentement vers lui et il ne pensa plus qu'à la serrer dans ses bras.

Le sourire de Caine était contagieux et bientôt le ministre sourit à son tour, sans savoir pourquoi. Il se redressa et demanda à Sara :

— Je brûle de curiosité, que s'est-il donc passé ?

Mais Sara n'avait aucune envie de s'expliquer devant le ministre qui eût été scandalisé par une conduite aussi cavalière.

Nathan, par contre, serait fier d'elle et elle avait hâte d'être seule avec lui pour lui narrer tous les détails.

— Oncle Henry s'est pris les pieds dans une canne, répondit-elle sans cesser de sourire.

Nathan finit par se secouer de son hébétude et jeta un coup d'œil autour de lui. Sara l'avait rejoint. Il l'attira contre lui et regarda attentivement les marques rouges qui apparaissaient sur les phalanges de sa main droite.

Le grondement sourd qui lui échappa la fit frémir

de plaisir et elle sentit qu'une rage froide le gagnait lentement.

Elle noua ses bras autour de la taille de son mari et se pressa contre lui.

— Je vais bien, Nathan, murmura-t-elle. Ne vous faites pas tant de souci.

Elle appuya son visage contre sa poitrine et entendit son cœur qui battait la chamade. Il lui demanda néanmoins fort calmement :

— Qui tenait cette canne ?

— Il l'a prise dans le porte-parapluies avant de me rejoindre dans l'escalier.

Nathan imagina la scène et essaya de se libérer de son étreinte.

— Nathan ? Tout est fini. Il ne m'a pas touchée.

— A-t-il essayé ?

Elle eut soudain l'impression de tenir une statue entre ses bras. Elle soupira et le serra plus étroitement contre elle.

— Oui. Mais je ne me suis pas laissé faire et je n'ai pas oublié vos leçons. D'ailleurs sa surprise a joué en ma faveur : oncle Henry n'a pas l'habitude de voir une femme se défendre. Il avait l'air si... ébahi lorsqu'il est tombé à la renverse.

— Caine ? Emmène Sara, et attendez-moi dehors. Vous aussi, Richards.

Tous refusèrent en chœur. Caine ne voulait pas s'encombrer d'un cadavre. Sara craignait de voir son mari condamné aux galères et sir Richards traitait suffisamment de dossiers comme ça.

Quand ils terminèrent de lui exposer leurs arguments, la colère de Nathan n'était pas tombée. Mais il refusait de lâcher Sara. Exaspéré il s'exclama :

— Nom d'une pipe, Sara, si vous me laissiez seulement...

— Non, Nathan.

Il soupira et elle devina qu'elle avait gagné. Tout à coup elle eut hâte de se retrouver seule avec lui pour remporter une autre victoire. Quoi qu'il advienne, il allait devoir lui avouer qu'il l'aimait.

— Nathan, nous ne pouvons pas partir tant que maman n'est pas en sécurité, chuchota-t-elle. Mais je voudrais rentrer à la maison avec vous. Que faire ?

Son mari ne voyait qu'une solution. Son plan était parfaitement cohérent : s'il tuait Henry, il éliminait les soucis que Sara se faisait pour sa mère et cela lui procurerait du même coup une intense satisfaction. Il ne pouvait détacher son regard de la canne. Henry aurait pu la tuer.

— Nathan, j'ai l'impression qu'Henry a besoin d'un long repos, suggéra Caine conciliant. Un petit voyage aux colonies lui permettra de se refaire une santé.

Le visage de Nathan s'illumina.

— Bonne idée, Caine. Occupe-t'en.

— Je vais confier notre ami à Colin, dit Caine en soulevant Henry par la peau du cou. Une bonne corde et un bâillon lui feront office de bagages.

Sir Richards approuva d'un geste.

— Je vais attendre votre mère, Sara. Je lui expliquerai que votre oncle a eu envie de faire un long voyage. Et je veux également dire un mot à votre père. Prenez donc ma voiture et rentrez avec Nathan.

Pendant ce temps, Henry Winchester avait trouvé un regain de forces et, plié en deux, il essaya de prendre la poudre d'escampette. D'une bourrade, Caine l'envoya à son beau-frère. Profitant de l'aubaine, Nathan envoya son poing dans l'estomac d'Henry qui tomba derechef sur le plancher en se tordant de douleur.

— Te sens-tu mieux, Nathan ? demanda Caine.

— Incomparablement !

— Mais... et les papiers à signer ? demanda sir Richards à Nathan.

— Apportez-les ce soir au bal des Farnmount. Nous demanderons à Lester de nous prêter sa bibliothèque. Nous y serons vers 9 heures.

— Puis-je savoir ce dont il s'agit ? intervint Sara.

— Non.

Enervée par cette réponse abrupte, elle déclara :

— Je n'ai aucune envie de sortir ce soir. J'ai quelque chose de très important à vous dire.

Mais son mari la poussa vers la sortie en marmonnant :

— Faites-moi confiance.

Offusquée, elle s'écria :

— Comment pouvez-vous avoir l'effronterie de...

Mais elle s'interrompit quand il la souleva dans ses bras pour monter dans la voiture. Il était blanc comme un linge et ses mains tremblaient.

Il s'assit en face d'elle et la tint prisonnière entre ses jambes.

Dès que la voiture s'ébranla, il tourna son visage vers la fenêtre.

— Nathan ?

— Oui ?

— C'est... le contrecoup ?

— Non.

Elle parut déçue et rougit en se souvenant de quelle façon il avait chassé sa propre angoisse après l'attaque des pirates.

— Je n'aurais jamais frappé Henry devant vous, poursuivit-il en évitant toujours de la regarder.

— Vous auriez préféré que je ne sois pas là ?

— Fichtre oui ! J'aurais pu assommer cette canaille, mais je ne l'aurais pas fait sous vos yeux.

— Pourquoi ?

— Vous êtes ma femme, lui expliqua-t-il. Je ne veux pas que vous soyez le témoin de... violences. A l'avenir, j'éviterai...

— Nathan, coupa Sara. Ça m'était égal. Honnêtement. Je suis contre la violence en général mais je dois reconnaître qu'un bon coup de poing est parfois nécessaire ! Cela vous redonne des forces !

— Mais vous ne m'avez pas laissé tuer les pirates.

— Je ne vous ai pas empêché de les corriger.

Il haussa les épaules en soupirant.

— Vous êtes une femme. Si douce et si délicate, et je veux me conduire comme un gentleman lorsque je vous ai près de moi. Ce sera ainsi désormais, Sara. Ne discutez pas.

— Vous vous êtes toujours conduit en gentleman avec moi, murmura-t-elle.

— Fichtre non ! Mais je vais changer, Sara. A présent taisez-vous, j'ai besoin de réfléchir.

— Nathan ? Vous êtes-vous inquiété à mon sujet ?

— Et comment ! rugit-il.

Sara retint un sourire.

— Embrassez-moi.

— Non, répondit-il sans lui accorder un regard.

— Pourquoi non ?

— Il faut que ce soit un ordre, Sara. Je gâcherais tout si je vous embrassais maintenant.

Elle n'y comprenait rien. Qu'est-ce qu'un baiser pouvait gâcher ?

– Racontez-moi ce qui s'est passé avec Henry, lui ordonna-t-il.

– Je l'ai frappé... là où vous m'aviez appris.

Il se dérida un peu.

– Vous vous êtes souvenue de mes leçons ?

Elle resta muette pour l'obliger à tourner la tête vers elle et il finit par céder.

Il mourait d'envie de la serrer dans ses bras. Il résista vaillamment mais elle murmura en souriant :

– Je savais que vous seriez fier de moi.

Il l'attira brusquement sur ses genoux et glissa ses doigts dans ses cheveux bouclés. Il posa sa bouche sur ses lèvres et sa langue vint doucement jouer avec la sienne. Il ne pouvait se rassasier de l'embrasser et de la caresser.

Sa bouche s'attarda sur sa nuque tandis qu'il dégrafait sa robe.

– Je savais que, si je vous touchais, je ne pourrais plus m'arrêter.

Incapable de se contrôler, il ne s'aperçut pas de l'arrêt de la calèche. Sara dut le rappeler à l'ordre et lui demanda de reboutonner sa robe, ce qui prit beaucoup de temps car ses mains tremblaient. Ils traversèrent en courant le vestibule sous les yeux amusés de Jade et volèrent jusqu'à leur chambre.

Nathan retrouva son sang-froid lorsqu'ils arrivèrent devant la porte. Sara commençait déjà à dégrafer sa robe quand elle entendit claquer la porte.

Elle se retourna et découvrit avec stupeur que Nathan l'avait abandonnée. Il lui fallut quelques minutes pour réagir. Poussant un cri de rage, elle bondit vers la porte et se précipita dans le hall.

Jade la rattrapa sur le pas de la porte.

– Nathan vient de partir. Il a demandé que vous

soyez prête pour 8 heures. Il m'a suggéré de vous prêter une robe puisque votre malle est encore à bord.

— Comment a-t-il eu le temps de vous dire tout cela ?

— Il avait l'air d'avoir le diable à ses trousses, reconnut Jade en souriant. Il nous rejoindra plus tard, Sara, il avait des affaires à régler. Du moins c'est ce qu'il m'a raconté avant de sauter dans la voiture de Colin.

Sara tapa du pied.

— Votre frère est un être mal élevé et sans égards, orgueilleux, obstiné...

— Et vous l'aimez.

— Oui, je l'aime. Lui aussi m'aime, je crois, ajouta-t-elle tout bas. Il ne s'en rend pas encore compte, ou peut-être cela lui fait-il peur. Oui, bien sûr, Nathan m'aime. Comment pouvez-vous penser le contraire ?

— Loin de moi de telles idées, Sara. Moi aussi, je crois que Nathan vous aime. Cela crève les yeux d'ailleurs. On dirait... qu'il a perdu la tête. Il n'était déjà pas bavard, mais à présent, je ne comprends même plus ce qu'il marmonne.

Les yeux de Sara se remplirent de larmes.

— Je voudrais tant l'entendre dire qu'il m'aime, murmura-t-elle.

Remplie de compassion, Jade entraîna Sara vers sa chambre et essaya de la consoler.

— Savez-vous que je suis la femme idéale pour Nathan ? Personne ne saurait l'aimer comme moi. Ne me méprisez pas, Jade. Nous sommes si différentes.

La sœur de Nathan se tourna vers Sara, stupéfaite.

— Pourquoi croyez-vous que je vous méprise ?

Sara lui expliqua en bégayant que l'équipage du

Seahawk n'avait cessé de les comparer à son désa-
vantage.

— Quand les pirates nous ont attaqués, acheva-
t-elle, j'ai enfin pu me racheter à leurs yeux.

— Cela ne m'étonne pas.

— Moi aussi, je suis courageuse, lui dit Sara. Ce
n'est pas pour me vanter, mais Nathan m'en a convaincue.

— Et nous sommes l'une et l'autre fidèles à nos maris, compléta Jade en revenant à son armoire pour y
trouver une robe.

— Nathan n'aime pas les robes trop décolletées.

— Humm... révélateur, n'est-ce pas ?

— Je me suis toujours efforcée de lui faire plaisir,
marmonna Sara.

Jade réprima un petit rire en entendant sa voix
courroucée. La pauvre enfant se mettait à nouveau
martel en tête.

— Peut-être ai-je eu tort, Jade, déclara soudain
Sara. J'ai été trop docile. Je répétais sans cesse à
Nathan que je l'aimais et lui grognait pour toute réponse. Je vous jure que c'est vrai, Jade ! Eh bien,
c'est fini !

— Plus de grognements ?

— Non plus de docilité ! Prêtez-moi votre robe la
plus provocante.

Jade se mit à rire franchement.

— Vous voulez pousser Nathan à bout ?

— De tout mon cœur.

Cinq minutes plus tard, Sara tenait dans ses bras
une robe blanche.

— Je ne l'ai mise qu'une fois, et à la maison. Caine
m'a interdit de la porter pour sortir.

Sara trouva la robe ravissante et remercia Jade avec effusion.

— Puis-je vous demander quelque chose ?

— Sara, nous sommes sœurs à présent. Demandez-moi ce que vous voulez.

— Vous arrive-t-il de pleurer ?

— Bien entendu, lui répondit Jade, désarçonnée par cette question insolite. Souvent.

— Nathan vous a-t-il vue pleurer ?

— Je ne sais plus.

Sara avait l'air de tomber des nues.

— Attendez, se récria Jade. Maintenant que j'y songe, il m'a vue pleurer bien sûr, mais moins souvent que Caine.

— Oh ! merci de cette confidence. Vous ne pouvez pas imaginer à quel point vous me faites plaisir.

Jade se réjouit de voir un sourire radieux illuminer le visage de Sara.

Deux heures plus tard, Jade et Caine attendaient dans le vestibule que Sara veuille bien faire son apparition. Jimbo allait et venait comme un lion en cage devant la porte d'entrée.

Jade portait une robe de soie verte rehaussée de broderies sur les manches. Son léger décolleté laissait à peine entrevoir sa gorge. Caine fronça néanmoins les sourcils avant de lui murmurer à l'oreille qu'elle était ravissante. Il portait un élégant costume de soirée et Jade lui rendit ses compliments.

— Ne quittez pas Sara des yeux jusqu'à l'arrivée de Nathan, leur recommanda Jimbo pour la énième fois.

Leur attention fut détournée par l'arrivée de Sara en haut des marches. Jimbo laissa échapper un long sifflement.

— Nathan va piquer une belle colère en voyant notre Sara.

Elle était magnifique. Elle avait dénoué ses cheveux et les boucles soyeuses dansaient sur ses épaules à chaque pas.

Sa robe d'un blanc virginal était extrêmement échancrée et découvrait la naissance de ses seins. Caine reconnut la robe et souffla à l'oreille de sa femme :

— Je croyais avoir réduit cette robe en pièces en vous aidant à la retirer.

Jade rougit.

— Vous étiez pressé, certes, mais vous ne l'avez pas déchirée.

— Nathan s'en chargera.

— Croyez-vous que cette robe lui plaira ?

— Cela m'étonnerait.

— Tant mieux.

— Jade, ma chérie. Je ne sais pas si c'est une très bonne idée. Tous ces messieurs vont lorgner Sara ce soir, et Nathan sera furieux.

— Oui.

Sara les rejoignit et s'abîma dans une profonde révérence.

— Voyons, Sara ! Ne soyez pas si cérémonieuse avec nous, lui dit Caine.

— Je vérifiais si je ne risquais pas de perdre ma robe tout à l'heure, sourit Sara, l'air angélique.

— Et que ferez-vous quand votre mari essaiera de vous tordre le cou ? s'enquit Jimbo. Votre robe y résistera-t-elle ?

— Je vais aller lui chercher un manteau, décida Caine.

— Il fait trop chaud, répliqua Jade.

Et ils continuèrent à se disputer au sujet de la robe pendant tout le trajet.

Le duc et la duchesse de Farnmount habitaient à quelques miles de Londres dans une gigantesque demeure dont les terrasses dominaient de superbes jardins. Dans le parc, des domestiques éclairaient la route avec des flambeaux.

— Il paraît que le prince a tenté d'acheter la propriété des Farnmount, leur confia Caine.

— Ah ? répondit poliment Jade qui écoutait son mari d'une oreille distraite. Sara ? Quelque chose ne va pas ?

Sara, qui se torturait l'esprit depuis un moment, déclara tout à coup :

— Les Winchester seront là ce soir. Mais aucun d'entre eux ne se risquerait à offenser le duc et la duchesse. Je me demande d'ailleurs pourquoi c'est la seule réception à laquelle se rendent les St James.

— C'est le seul bal où ils soient invités, lui expliqua Caine avec un grand sourire.

— Je me fais du souci pour Nathan, leur avoua Sara. Jimbo, j'aimerais que vous nous accompagniez à l'intérieur. Nous risquons d'avoir besoin de vous.

— Nathan ne risque rien, répliqua Jimbo. Ne vous tracassez pas.

Ils n'échangèrent plus un seul mot jusqu'à leur arrivée. Le carrosse s'immobilisa devant l'escalier d'honneur et Jimbo bondit pour aider Sara à descendre.

Sara prit une profonde inspiration, ramassa ses jupes et gravit les marches.

Un escalier illuminé de bougies et décoré de fleurs fraîchement coupées conduisait à la salle de bal au dernier étage.

Caine tendit son carton au chambellan qui agita une sonnette. Rares furent ceux qui levèrent la tête, l'orchestre entamait une valse et le domestique annonça d'une voix forte :

– Le comte et la comtesse de Cainewood.

Puis Sara présenta à son tour son invitation au chambellan.

– Lady Sara St James.

Les invités s'immobilisèrent, comme frappés par la foudre. Un murmure s'éleva de la foule et s'amplifia à une vitesse incroyable.

Tous se décrochaient le cou pour apercevoir Sara.

La tête haute, la jeune femme soutint les regards et pria le ciel de lui donner de l'aplomb. Caine et Jade lui prirent chacun la main.

– Ma chère Sara, vous avez remarqué que les Winchester et les St James se regardaient en chiens de faïence, chacun d'un côté de la salle de bal ? Ils n'ont pas l'air de s'entendre très bien.

Sara ébaucha un sourire.

– Le bruit court qu'ils ne s'aiment guère, plaisanta-t-elle.

Caine descendit les marches encadré des deux jeunes femmes.

– Nathan n'est pas encore là ? s'enquit Jade. Souriez, Sara. Vous êtes le centre d'attraction. Ce doit être votre robe. Vous êtes ravissante ce soir.

L'heure qui suivit fut pénible. Le père de Sara, qui se trouvait parmi les invités, ignora ostensiblement sa fille. Quand elle regarda du côté des Winchester, tous les membres de sa famille lui tournèrent le dos.

Leur manège ne passa pas inaperçu et Caine fulmina devant le nouvel affront qu'ils infligeaient à la pauvre Sara. Mais il se détendit en voyant qu'elle souriait.

Dunford St James, lui non plus, n'avait rien perdu de la scène. Le chef du clan des St James renifla avec mépris et se dirigea vers la femme de son neveu.

Dunford était un homme tout en muscles à la carrure impressionnante. Ses cheveux rares et grisonnants étaient coupés court et il portait la barbe. Il paraissait mal à l'aise dans son habit de soirée.

— Oh, mais qui voilà ! s'exclama-t-il d'une voix forte en s'arrêtant devant Sara. Serait-ce la femme de Nathan ?

— Vous savez parfaitement qui elle est, répliqua Caine. Lady Sara, connaissez-vous Dunford St James ?

Sara fit la révérence.

— Je suis charmée de faire votre connaissance.

Dunford la regarda, interloqué.

— Vous vous moquez de moi ?

— Non, Dunford, elle est simplement bien élevée. Etonnant pour une St James !

Une lueur brilla dans les yeux du vieil homme.

— Elle l'est depuis peu et j'attendrai qu'elle fasse ses preuves.

Sara fit un pas en avant. Ce geste surprit Dunford plus encore que la révérence. Il avait l'habitude de voir les femmes reculer devant lui. Généralement, elles ne souriaient pas. Celle-ci semblait différente des autres.

— Que dois-je faire ? lui demanda Sara. Faudra-t-il que je tue l'un de vos frères pour gagner votre faveur ?

Il prit sa boutade au sérieux et Caine dut intervenir pour lui expliquer que Sara plaisantait.

Dunford se frotta pensivement la barbe et esquissa un sourire diabolique.

— Vous avez entendu parler de ce petit malentendu ? Oh, Tom ne m'en veut pas. Dommage ! Une bonne querelle vous insuffle du sang neuf dans une famille.

Sans laisser à personne le temps de relever cette allusion choquante, Dunford grommela :

— Où est votre mari ? J'ai un mot à lui dire.

— Il sera là d'un instant à l'autre, lui répondit Caine.

— Votre femme est-elle ici ? s'enquit Sara. J'aimerais faire sa connaissance.

— Pour quoi faire ? rétorqua Dunford. Elle est allée me chercher mon dîner.

— Mon oncle, allez-vous enfin me saluer ? intervint Jade. Ou continuerez-vous à m'ignorer ? Vous êtes toujours contrarié parce que j'ai donné le jour à une fille ?

— Vous avez remis ça ? lui demanda rudement son oncle.

Jade secoua la tête.

— Je ne vous parlerai pas avant que vous ne m'ayez donné un neveu. (Il apostropha Caine.) Faites-vous tout ce qu'il faut ?

— Dès que l'occasion se présente, lâcha ce dernier avec nonchalance.

Sara était rouge de confusion tandis que Jade dissimulait un sourire. Tout à coup Dunford se tourna vers Sara et ses mains énormes vinrent encercler les hanches de la jeune femme.

— Mais... que faites-vous ? murmura Caine horrifié en essayant de le repousser.

368

Sara était trop sidérée par l'audace de Dunford pour esquisser un mouvement.

— Je prends ses mesures, déclara Dunford. Son bassin n'a pas l'air bien large et je vérifiais si un enfant pouvait passer. Ces robes sont trompeuses. C'est bon, ce doit être suffisant.

Son regard vint ensuite se fixer sur sa poitrine. Sara se couvrit immédiatement la gorge de ses mains pour l'empêcher de mesurer quoi que ce fût d'autre.

— Par contre je constate que vous avez de quoi le nourrir. Et vous, êtes-vous enceinte ?

Les joues en feu, elle fit un pas en avant.

— Allez-vous vous tenir correctement ? siffla-t-elle outrée. Posez encore une fois la main sur moi, monsieur, et je vous gifle. Vous n'avez donc aucunes manières ?

— Absolument pas, rétorqua Dunford.

Sara avança encore d'un pas sous le regard impressionné de Caine. Celui-ci n'en crut pas ses yeux quand il vit Dunford battre en retraite.

— J'ai soif, oncle Dunford, voudriez-vous aller me chercher une coupe de punch ? demanda Sara.

Dunford haussa les épaules et Sara poursuivit avec un soupir :

— Dans ce cas, il ne me reste plus qu'à demander à un Winchester de me rendre ce service.

— Il vous cracherait à la figure, déclara Dunford. Vous êtes de notre côté dorénavant, n'est-ce pas ?

Sara hocha affirmativement la tête et ébaucha un grand sourire.

— Je serais ravi de vous apporter à boire.

Dunford fendit la foule et écarta d'une bourrade les invités qui attendaient près du punch. Il commença par boire goulûment à même le bol, puis il remplit un verre et revint dans la salle de bal.

Il essuya sa barbe dégoulinante d'un revers de main et offrit la coupe à Sara.

— Dites à Nathan que je veux lui parler, rappela le chef des St James en fronçant les sourcils.

Puis il tourna les talons et s'en fut rejoindre le reste de sa famille.

Sara s'aperçut que les invités s'écartaient prudemment sur son passage et elle trouva que Nathan lui ressemblait beaucoup.

— Le marquis de St James !

Tout le monde tourna la tête et Sara sentit son cœur cogner follement dans sa poitrine en voyant apparaître son mari.

C'était la première fois qu'elle le voyait en habit de soirée et cette vision lui coupa le souffle. Ses cheveux étaient noués en catogan et il portait l'habit noir avec une suprême aisance. Elle sentit ses genoux se dérober devant son air fier et sa prestance.

Instinctivement elle se dirigea vers lui.

Nathan n'eut aucun mal à la repérer parmi la foule. A l'annonce de son nom, tous les invités avaient reflué dans les coins et Sara se tenait seule au milieu de la salle de bal.

Elle lui parut merveilleusement belle. Si fragile, si exquise, et morbleu... si dénudée.

Nathan dévala l'escalier à sa rencontre. Il retirait déjà sa veste.

Les Winchester firent un pas en avant, l'air menaçant. Les St James les imitèrent instantanément.

Caine donna un coup de coude à Jade.

— Allez vous asseoir, murmura-t-il. Il risque d'y

avoir du grabuge et je ne veux pas m'inquiéter à votre sujet.

Jade obéit et aperçut Colin qui descendait les marches à la suite de Nathan. Elle devina que la bosse qui déformait sa veste cachait une arme.

Lorsqu'il eut rejoint Sara, Nathan était en chemise. Il avait oublié la raison pour laquelle il avait ôté sa veste.

– Sara ?

– Oui ?

Mais il resta immobile à la contempler. Les yeux de Sara débordaient d'amour et elle lui souriait avec tendresse. Mon Dieu, il ne le méritait pas et pourtant elle l'aimait !

Il sentit une sueur glacée lui couler dans le dos et se rendit compte qu'il tenait sa veste dans ses mains. Il la remit machinalement sans pouvoir détacher son regard de sa ravissante épouse.

Sara se haussa sur la pointe des pieds pour rectifier le nœud de sa cravate.

Une boule lui nouait la gorge. Il fallait que tout fût parfait. Elle méritait ce qu'il y avait de mieux sur cette terre. Ils iraient dans la bibliothèque pour signer les papiers et ensuite...

– Je vous aime, Sara, croassa-t-il.

Elle le fit répéter, mais ses yeux se remplirent de larmes et il devina qu'elle avait bien entendu la première fois.

– Ce n'est pas ce que je voulais dire... enfin pas encore, balbutia-t-il, le visage défait. Je vous aime.

Elle eut pitié de lui.

– Je le savais, Nathan. Cela m'a pris du temps – autant que vous pour venir me chercher – mais aujourd'hui j'en suis sûre. Vous m'aimez depuis long-temps.

— Pourquoi ne pas me l'avoir dit ? chuchota-t-il avec soulagement. Fichtre, Sara, vous n'avez pas idée du tourment que j'ai enduré.

— Comment ! s'écria-t-elle en écarquillant les yeux. Mais c'est vous qui avez refusé de me faire confiance ! C'est vous qui me fermiez votre cœur. Je vous répétais sans cesse que je vous aimais, Nathan.

— Non, Sara, sourit-il penaud. Seulement une fois par jour. Parfois vous attendiez jusqu'au soir, et moi je m'inquiétais.

— Vous attendiez tous les jours que je vous dise que je vous aimais ? répéta Sara rayonnante.

— Voulez-vous m'épouser ? murmura-t-il d'une voix fervente. Si vous le désirez, je vous le demanderai à genoux, Sara. Ce n'est pas que cela me plaise, confessa-t-il. Mais je suis prêt à le faire. Je vous en prie, épousez-moi.

Elle n'avait jamais vu son mari bouleversé à ce point. Sachant combien il lui était pénible d'extério-riser ses sentiments, elle l'en chérit d'autant plus.

— Mais je vous rappelle que nous sommes mariés, Nathan.

Tous les invités étaient captivés par le spectacle romantique que leur offrait le couple enlacé. Les femmes empruntaient les mouchoirs de leurs maris pour se tamponner les yeux.

Nathan les avait complètement oubliés et ne son-geait plus qu'à hâter les choses pour ramener Sara à la maison.

— Allons dans la bibliothèque. Je veux vous faire signer l'annulation du contrat.

— Bien, Nathan.

Il savait qu'elle accepterait mais son amour redoubla en voyant la confiance aveugle qu'elle lui portait.

— Mon Dieu, Sara, je vous aime tant que... j'en ai mal.

Elle acquiesça gravement.

— Je le vois bien, murmura-t-elle.

— Quand vous aurez signé ce document, je signerai le mien.

— Vous aussi ? s'étonna-t-elle.

— Je romps moi aussi le contrat et je ne veux plus de la récompense, lui expliqua-t-il. J'ai déjà le plus beau trésor dont on puisse rêver : vous.

Il lui sourit tendrement avant d'ajouter :

— Vous êtes tout ce dont j'ai toujours rêvé.

Elle fondit en larmes. Incapable de se maîtriser, il la prit dans ses bras et ils échangèrent un long baiser.

Toute la gent féminine laissa échapper un soupir ému.

Nathan aurait souhaité que cette soirée se déroulât sans heurts. Hélas ! personne n'oublierait la bagarre qui s'ensuivit.

L'étincelle fut innocemment allumée par Nathan qui entraînait Sara vers la bibliothèque. Elle posa une main sur sa manche et lui dit :

— Je sais que vous m'aimez, Nathan. Vous n'avez pas besoin de me le prouver en renonçant à la récompense du roi.

— Si fait, répliqua-t-il. C'est la meilleure preuve que je puisse vous offrir de mon amour. Vous m'aimez depuis si longtemps et je vous ai fait tant de mal. Ce sera ma punition, Sara.

— C'est inutile, Nathan. Prouvez-moi votre amour

en acceptant le trésor. Vous l'attendez depuis si long-temps, gardez-le.

– Ma décision est prise.

– Eh bien, changez d'avis.

Elle comprit à son expression qu'il irait jusqu'au bout de son noble sacrifice.

– Et si je refuse de signer ce papier ? demanda-t-elle en croisant les bras avec défi.

– Dans ce cas, votre famille récupérera le cadeau du roi. Moi, je n'en veux pas, rétorqua Nathan excédé.

– Il n'en est pas question !

– Ça suffit, Sara...

Tout à coup, Sara se rendit compte qu'ils criaient à tue-tête. Elle se tourna alors vers le groupe des St James et aperçut celui qu'elle cherchait.

– Oncle Dunford ? appela-t-elle. Nathan veut renoncer au présent du roi.

– Morbleu, Sara, pourquoi...

Elle fit taire son mari d'un sourire. Il retira sa veste, imité par Caine et par Colin.

Elle se mit à rire. Elle était vraiment devenue une St James. Nathan avait retrouvé tout son aplomb et une lueur brillait dans ses yeux. Il était si fort. Ils étaient vraiment faits l'un pour l'autre. Nathan contempla son décolleté d'un air furibond et lui jeta sa veste sur les épaules.

– Si je vous revois dans cette robe, je la mets en lambeaux, murmura-t-il. Sacristi, les voilà.

Les St James avançaient en rangs serrés.

– Nathan, je vous aime. N'oubliez pas de serrer fort le poing pour vous protéger les doigts.

Nathan haussa un sourcil et elle lui répondit en esquissant une moue sensuelle. Il la saisit par les revers de sa veste, lui vola un baiser et la poussa derrière son dos.

Ce fut une nuit mémorable et le duc et la duchesse de Farnmount n'eurent pas à se soucier de distraire leurs invités. On parlerait longtemps de leur petite réception.

Les deux sexagénaires buvaient leur punch en haut des marches et, lorsque le signal des hostilités fut donné, le duc ordonna à l'orchestre de jouer une valse.

Mais Sara préféra infiniment la suite. Dès que la bagarre fut achevée, Nathan lui prit la main et ils s'enfuirent à tire-d'aile vers l'hôtel de Cainewood.

Il brûlait de la caresser et elle ne songeait qu'à le laisser faire. Ils firent l'amour passionnément.

Sara était allongée sur son mari au milieu du lit. Le menton appuyé sur les mains, elle se noyait avec bonheur dans ses magnifiques yeux verts.

Il paraissait merveilleusement heureux et lui caressait doucement le bas des reins. Nathan allait pouvoir lui dire qu'il l'aimait sans pâlir d'anxiété.

Quel romantique en vérité ! Il ouvrit le tiroir de la table de nuit et lui tendit une feuille de papier.

— Choisissez ceux que vous aimez, ordonna-t-il.

Elle opta pour « mon cœur », « mon amour » et « ma mie » et Nathan lui promit de les apprendre par cœur.

— A dire vrai, j'étais un peu jalouse de Jade, lui avoua-t-elle. Je pensais que je n'arriverais jamais à lui ressembler.

— Mais je vous veux comme vous êtes, murmura-t-il en l'embrassant. Votre amour me rend si fort, Sara. Je ne peux plus m'en passer. C'est la seule certitude que je possédais et j'ai mis si longtemps à m'en rendre compte.

– Combien de temps vous faudra-t-il pour me faire totalement confiance ?

– C'est déjà fait.

– Allez-vous tout me dire sur votre passé ?

– Plus tard, répondit-il mal à l'aise.

– Maintenant !

– Non, mon cœur. Cela ne servirait qu'à vous inquiéter. J'ai un passé un peu... chargé. Je vous le raconterai au fur et à mesure.

– Est-ce par égard pour moi ?

Il acquiesça.

– Etait-ce parfois... illégal ?

Son mari avait l'air affreusement embarrassé.

– C'est un point de vue, admit-il.

Elle se retint de rire.

– Votre sollicitude me touche profondément, mon mari, et vous m'éclairez sur les motifs de votre réserve. Ce n'est pas par crainte de me voir révéler accidentellement votre passé tumultueux, mais bel et bien pour m'épargner des soucis.

Il s'étonna de voir une étincelle malicieuse briller dans ses yeux. Que tramait-elle encore ? Il l'enlaça et bâilla avec satisfaction.

– Je sais que vous m'aimez, murmura-t-il en fermant les yeux. Plus tard – disons dans cinq ou dix ans –, mon amour, je vous dirai tout. Quand vous vous serez habituée à moi.

Elle rit gaiement. Il avait donc encore un peu peur. Oh ! elle savait qu'il lui faisait confiance mais tout cela était si neuf pour lui. Il lui faudrait du temps pour se débarrasser de sa cuirasse.

Pour elle, c'était si différent. Elle l'aimait depuis la nuit des temps.

Nathan souffla la bougie et frotta son nez contre l'oreille de sa femme.

— Je vous aime, Sara.

— Moi aussi, Pagan.

Découvrez les prochaines nouveautés
de nos différentes collections *J'ai lu pour elle*

AVENTURES
&PASSIONS

Le 4 mai :

Les machinations du destin ⌁ Judith Mac Naught (n° 3399)
Il est la coqueluche des soirées londoniennes mais n'en a cure.
Incorrigible séducteur, il prétend volontiers ne pas croire à l'amour.
Pourtant, à la surprise générale, le duc Jordan de Hawthorne vient de se
marier. L'heureuse élue ? Une ravissante inconnue, Alexandra. Épousée,
elle le sait, par simple reconnaissance : elle a sauvé la vie de Jordan. De
cette étrange union va pourtant naître une passion des plus intenses...

Le trésor des Highlands —2. Une séduisante épouse ⌁
May McGoldrick (n° 8345)
Ecosse, 1535. En proie à la haine du roi d'Angleterre, la famille de
Laura a été dispersée aux quatre coins de l'Ecosse. Celle-ci se retrouve
prisonnière des Sinclair, jusqu'au jour où l'on envoie le seigneur de
Blackfearn, William, pour la délivrer. Ce dernier arrive juste à temps
pour la sauver des griffes de ses ravisseurs et l'emmène chez lui. Très
vite, il est enchanté par la femme qu'il a secourue...

Le 25 mai :

Tant d'amour dans tes yeux ⌁ Karen Ranney (n° 8346)
Après que son père lui a arraché son enfant à la naissance, Jeanne est
enfermée dans un couvent d'où elle ne ressort que grâce à la
Révolution Française. Elle fuit en Ecosse et survit en travaillant
comme préceptrice. C'est alors qu'elle retrouve Douglas, son premier
amour, le père de son enfant...

Les frères Malory —8. Les trésors du désir ⌁
Johanna Lindsey (n° 8348)
Gabrielle aime naviguer avec son père, chasseur de trésor. Quand il est
temps pour elle de se marier, celui-ci l'envoie chez son vieil ami, James
Mallory. Gabrielle rencontre alors Drew qui aimerait faire d'elle sa
dernière conquête. Mais lorsqu'un vieil ennemi capture le père de
Gabrielle, elle prend le commandement du bateau de Drew et le laisse
enchaîné dans sa propre cabine...

Nouveau ! 2 rendez-vous mensuels
aux alentours du 1ᵉʳ et du 15 de chaque mois.

Si vous aimez Aventures & Passions,
laissez-vous tenter par :

Passion intense

Quand l'amour vous plonge dans un monde de sensualité

Le 25 mai :

Ardeurs tropicales ❧ Amy J. Fetzer (n° 8349)

Un recueil de trois nouvelles érotiques qui mettent chacune en scène une jeune femme secourue par un marine viril et dévoué, sous le soleil des tropiques. Au Panama, McAllister vient en aide à Mary Grace, la belle-sœur de l'ambassadeur qu'il a connue autrefois. En mer de Chine, Jack NacKenzie, un macho au cœur tendre, va découvrir que la scientifique qu'il est venu délivrer des terroristes cache en fait un corps de rêve. Et en Amérique du Sud, Rick doit sauver un volontaire des Peace Corps, la séduisante Samantha Previns...

> *Nouveau ! 1 rendez-vous mensuel*
> *aux alentours du 15 de chaque mois.*

Romance d'aujourd'hui

Le 25 mai :

Le souffle du scandale ❧ Sandra Brown (n° 3727)

A Palmetto, en 1976, Jade Sperry, la plus jolie fille du lycée, se fait violer par trois camarades de classe : Hutch, Lamar et leur chef de bande, le cruel Neal Patchett qui appartient à la famille la plus puissante de la ville. En conséquence, au commissariat, l'affaire est étouffée. Et la vie de Jade détruite : son petit ami, la croyant infidèle, met fin à ses jours. Quinze ans plus tard, la jeune femme revient pour se venger...

En proie aux tourments ❧ Sarah Duncan (n° 8086)

Précédemment paru sous le titre *Adultère mode d'emploi*

Après avoir passé plusieurs années à l'étranger à s'occuper de sa petite famille, mais aussi à vivre hors des sentiers battus, Isabel Freeman, de retour en Angleterre, a besoin de changement. Elle décroche un poste de secrétaire à domicile chez un célibataire et va bientôt découvrir le piment des amours clandestines...

> *Nouveau ! 2 titres tous les deux mois*
> *aux alentours du 15.*

Et toujours la reine du roman sentimental :

Le 4 mai :
Les amours mexicaines (n° 1052) *collect'or*
Fragile bonheur (n° 4296)

Le 25 mai :
Ce serait un si beau mariage (n° 8342)

Nouveau ! 2 rendez-vous mensuels
aux alentours du 1er et du 15 de chaque mois.

3219

Achevé d'imprimer en France (Manchecourt)
par Maury-Eurolivres
le 19 mars 2007
Dépôt légal mars 2007. EAN 9782290355961

Éditions J'ai lu
87, quai Panhard-et-Levassor, 75013 Paris
Diffusion France et étranger : Flammarion